Für alle, die sich manchmal fragen,
wo denn eigentlich ihr Happy End mit Musicalnummer bleibt …

STEP 1 – WRITING A LIST

Schreibe eine Liste mit Dingen, die du tun willst, bevor du *hier beliebiges Lebensereignis eintragen* und setze diese Dinge um!

Ich war gerade babysitten, als mir die Idee kam. Marco, der kleine Junge, auf den ich aufpasste, hatte sich vor etwa einer Stunde nach langem, tapferem Kampf endlich dem Schlaf ergeben. Ich hatte ihn hoch in sein Zimmer getragen, noch kurz dabei zugesehen, wie er beim Atmen eine seiner kleinen Löckchen immer wieder aus dem Gesicht pustete, und mich dann mit einem wohligen Gefühl auf die Couch zurückgezogen.

Im Fernsehen lief ein Teeniefilm, den ich schon zigmal gesehen hatte. Einer dieser Filme voller Cheerleader, Jocks, Nerds und Geeks. Voller Klischees. Voller Erfahrungen, die angeblich zum Teenieleben dazugehörten. Erfahrungen, die ich noch nicht gemacht hatte, obwohl meine Schulzeit bereits in etwas mehr als einem Jahr vorbei sein würde. Meine Gedanken begannen zu rasen, während ich der schüchternen Protagonistin dabei zusah, wie sie sich durch neue Kleider vom hässlichen Entlein in einen wunderschönen Schwan verwandelte. Auch wenn ich mit mir ganz zufrieden war und deshalb auf ein Makeover gut verzichten könnte, so hatte ich trotzdem das plötzliche Bedürfnis, ebenfalls in eine neue Rolle zu schlüpfen. Etwas zu tun, was ich nie zuvor getan hatte. Wenn ich daran dachte, wie vernünftig ich mich immer verhielt und wie bemüht ich war, alle Menschen um mich herum glücklich zu machen, hätte ich am liebsten vor Wut geheult. War die Pubertät nicht genau für das Gegenteil gemacht? Es *musste* sich etwas ändern! Jetzt. Sofort.

Wie von selbst wanderten meine Hände zu meiner Tasche und wühlten darin nach einem Stift. Als ich einen Kuli hervorgekramt hatte, zog ich meine

Serviette näher zu mir heran und begann mit der Liste, die zur Basis meines Projektes werden würde. Darauf standen Dinge wie: ›Ein Kuss im Regen‹, ›Eine Party schmeißen‹, ›Sich Nachsitzen einhandeln‹ … Die Liste wurde lang. Länger als ich gedacht hatte. Und mir wurde schnell klar, dass es unmöglich sein würde, das alles innerhalb von einem Jahr zu erleben.

Stirnrunzelnd blickte ich auf meine Serviette hinab, während im Fernsehen bereits ein zweiter Film begonnen hatte, dieses Mal einer mit explodierenden Autos.

»Also auf *die* Erfahrung kann ich verzichten«, murmelte ich, als der Held gerade angeschossen auf die Knie sank, während er sich trotzdem weiter gegen seine Angreifer verteidigen musste. Wieder glitt mein Blick hinab auf meine Liste und meine Gedanken wanderten einen Moment lang zurück zu der kalten Frühlingsnacht im Mai vor knapp zwei Jahren. Es war, als könnte ich das Piepen der Maschinen im Krankenhaus hören, als hätte es sich in mein Hirn gebrannt und mir so seinen Stempel aufgedrückt. Ich schloss die Augen und lehnte mich seufzend auf der Couch zurück. Das was damals geschehen war, hatte mich irgendwie so sehr geprägt, dass es mich auch heute noch ausbremste. Dabei war das Leben voller Chancen. Ich musste bloß beginnen sie zu nutzen, egal wie schwer es sein würde.

Tock, Tock.

Mein Herz machte einen kleinen Hüpfer und ich richtete mich kerzengerade auf, während ich die Ohren spitzte, falls sich das Geräusch wiederholen sollte. Es hatte geklungen, als hätte da jemand gegen die Scheibe draußen geklopft. Ich kniff die Augen zusammen und versuchte im stockdusteren Garten etwas zu erkennen, aber … nichts. Einen Moment lang überlegte ich, das Geräusch einfach zu vergessen und mich wieder dem Fernseher zuzuwenden, aber dann fiel mein Blick auf die Liste. Zwar gab es dort keinen Punkt, der ›Stelle dich einem gefährlichen Angreifer und gehe dabei fast drauf‹ lautete, aber trotzdem durchströmte mich beim Anblick der vollgekritzelten Serviette das Bedürfnis, etwas zu unternehmen.

Leise erhob ich mich, um den potentiellen Einbrecher nicht zu verscheuchen – obwohl das sicher die intelligentere Methode gewesen wäre. Die Tür des Schlafzimmers der Eltern war nur angelehnt und so griff ich vorsichtig um die Ecke nach dem Baseballschläger, den Marcos Vater Erik für Notfälle hier aufbewahrte. Als er mir bei meiner Einstellung davon erzählt hatte, hatte ich mich gefragt, was für ein Mensch ständig einen Baseballschläger parat haben wollte, aber nun war ich sehr dankbar dafür. Leise schlich ich zur Verandatür und atmete tief durch. Fest davon überzeugt, den Verstand verloren zu haben, stieß ich die Tür auf. Den Baseballschläger zum Schlag erhoben, blieb ich auf der Schwelle stehen und blickte hinaus in die Nacht. Der Mond versteckte sich heute hinter dicken, dunklen Wolken, so dass mir nur das Licht blieb, das aus dem Wohnzimmerfenster in den Garten fiel. Für einen Moment glaubte ich hinter der kleinen Rutsche einen Schatten in der Dunkelheit zu erkennen, aber meine Augen konnten mir auch einen Streich gespielt haben.

»Ist da jemand?« Ich versuchte dabei einen Tonfall à la »Yo, Einbrecher, ich dachte, ich check mal die Lage. Wie läuft's denn so?« zustande zu bringen. Leider wurde daraus eher ein »Oh mein Gott, ich werde STERBEN«. Um genau zu sein, klang ich wie eines dieser jungen Mädchen aus Horrorfilmen, die dumm genug waren, die Tür zu öffnen und zu schauen, ob das Geräusch dahinter tatsächlich von einem ... Moment mal, ich hatte ein paar Teenie-Erfahrungen machen wollen, aber ganz sicher wollte ich nicht mit einer riesigen Kettensäge entzweigeschnitten werden!

»Okay, also falls du ein Einbrecher bist, könntest du dann vielleicht nochmal wiederkommen, wenn ich gerade nicht babysitte? Dankeschön.«

Einen Moment lang glaubte ich ein leises Lachen zu hören. Die Vorstellung ließ eine Gänsehaut meine Arme hinaufkriechen. Hastig flüchtete ich mich wieder ins Innere, sperrte die Tür ab und ließ zur Sicherheit direkt noch die Rollläden herunterfahren. So musste ich nicht mehr hinaus in die dunkle Nacht schauen, in der es plötzlich von Schattenwesen, die an den Scheiben entlangglitten, nur so zu wimmeln schien.

Als die Fenster und die Tür endlich gesichert waren, atmete ich tief durch und ließ meine Stirn gegen die Wand sinken. Ich wurde paranoid. Das war die einzige Erklärung. Hier war niemand, der mich angreifen würde. Ich war vollkommen allei-

»Was machst du da?«

Fast wäre ich an einem Herzinfarkt gestorben. Mit einem panischen Quietschen fuhr ich herum und konnte mich erst wieder beruhigen, als ich erkannte, wen ich da vor mir hatte. Der kleine Marco sah mit großen Augen zu mir auf. Für seine fünf Jahre hatte er einen bereits ziemlich ernsten Blick aufgelegt, die Lippen fast schon missbilligend zusammengepresst.

»Warum hast du die Rollos runtergemacht?«

»Ich ...« Nervös begann ich meine Hände zu kneten. »Es war dunkel draußen und naja, da dachte ich, ich lasse sie herunter. Kein Grund zur Sorge.« Ich lächelte, kniete mich zu ihm herunter und strich seinen Pyjama glatt. »Alles ist in Ordnung.«

»Es ist gar nicht in Ordnung«, meinte Marco mit vorgeschobener Lippe, begann dann aber zu gähnen. Dabei entblößte er kleine weiße Zähnchen.

»Doch, ist es. Wollen wir wetten?«, fragte ich neckisch. Marco schüttelte hastig den Kopf. Er hatte in dem halben Jahr, in dem ich regelmäßig auf ihn aufpasste, wenn seine Eltern ausgingen, bereits gelernt, dass es keine gute Idee war, mit mir zu wetten.

Ich schlang die Arme um seinen kleinen Körper, nahm ihn huckepack und trug ihn wieder die Treppe hinauf in sein Zimmer. Marco kicherte, als ich ihn auf dem Bett ablegte. Die Decke zog ich ihm bis zu seiner Brust hoch und strich ihm dann das braune Haar aus der Stirn. Die Farbe hatte er von seinem Vater, denn die Haare seiner Mutter waren fast so hell wie meine.

»Kannst du die Rollos wieder hochmachen?«, fragte er, während seine Lider bereits zufielen. »Sonst kommt er nicht.«

Ich war gerade dabei das Licht auszumachen und hielt in der Bewegung inne. »Wer kommt nicht?«, flüsterte ich leise und kam mir schon wieder vor wie in einem Horrorfilm.

Marcos Atemzüge waren währenddessen bereits gleichmäßiger geworden und ich beschloss, dass es unfair wäre, ihn schon wieder zu wecken. Mein Blick glitt hinüber zum Fenster, das einen Spalt breit offen stand. Als ich in den Garten hinabspähte, glaubte ich erneut zu sehen, wie sich unten etwas bewegte, aber kurz darauf schüttelte ich bloß den Kopf. Da war nichts. Ich bildete mir das bloß ein. Und überhaupt: Ich hatte ein ganzes Teenieleben nachzuholen, da blieb keine Zeit, um in fremden Gärten einem Geist nachzujagen …

STEP 2 – FORCING A NEIGHBOUR

Bringe jemanden dazu, dass er sich gezwungenermaßen im Unterricht neben dich setzt, und verliebe dich dann in ihn. (Alternativ kann auch ein enges und tiefes Band der Freundschaft geknüpft werden. Man muss ja nicht gleich übertreiben!)

Living the Dream. Das waren die Worte, die ich – dieses Mal auf einem schönen Notizblock statt auf einer Serviette – in Schnörkelschrift über meine Liste gesetzt hatte. Die Liste selbst hatte ich tief in einer meiner Schreibtischschubladen vergraben, sie aber im Laufe der letzten Tage immer wieder rausgekramt, während ich versucht hatte mich auf ein erstes Erlebnis festzulegen. Nach intensivem Studium weiterer amerikanischer Teeniefilme hatte ich mich dafür entschieden, die Mission ›Gezwungener Sitznachbar‹ zuerst anzugehen. In Filmen ist es schließlich immer so, dass die Protagonistin neben jemandem sitzen muss, den sie kaum kennt, und sich daraus dann eine epische Liebe oder Freundschaft entwickelt. Da es sich in den meisten Fällen um Liebe handelt, war dies auch mein bevorzugtes Ergebnis dieses Schrittes.

Aus diesem Grund saß ich nun mit pochendem Herzen und wippendem Fuß in meinem Mathekurs und wäre vor Aufregung beinahe explodiert, als es zum zweiten Mal schellte. Es fühlte sich an, als würde ich seit langer Zeit zum ersten Mal wieder richtig atmen können. Seit dem Unfall hatte ich besonderen Wert darauf gelegt, mich immer an die Regeln zu halten, aber heute? Der heutige Tag könnte so viel Unerwartetes für mich bereithalten! Erwartungsvoll richtete ich meinen Blick auf die Tür, durch die gerade die letzten Schüler an ihre Plätze huschten. Der Mathekurs war für meine Zwecke perfekt geeignet. Zum einen begann er zur ersten Stunde, was dazu führte, dass regelmäßig Leute verschliefen und zu spät kamen, und zum anderen waren hier die Plätze genau abgezählt, so dass kein einziger frei blieb.

Ich saß in der hintersten Reihe am Fenster und war schon viermal gefragt worden, ob der Platz neben mir noch frei sei. Ich hatte jedes Mal verneint. Meine beiden besten Freundinnen, die in der zweiten Reihe saßen, drehten sich immer wieder zu mir um und schüttelten verwirrt die Köpfe. Aber nicht umsonst hieß dieser Trick *gezwungener* Sitznachbar. Wenn sich jemand freiwillig neben mich gesetzt hätte, wäre es einfach nicht dasselbe gewesen.

Es gab noch zwei freie Plätze, als Herr Beckmann das Klassenzimmer betrat. Ich ließ den Blick durch den Raum schweifen und stellte fest, dass Zachery Martinez und Justin Braun noch fehlten. Letzterer war eigentlich keiner der üblichen Zuspätkommer und saß normalerweise neben seinem Zwillingsbruder Dustin. Ja, die zwei hießen wirklich Justin und Dustin. Was Eltern von Zwillingen sich bei so etwas dachten, das würde für mich wohl auf ewig ein Mysterium bleiben. Dustin saß etwa in der Mitte und warf immer wieder Blicke zur Tür, was mich vermuten ließ, dass Justin noch erscheinen würde. Vielleicht war er kurz auf dem Klo verschwunden. Ich beugte mich hinunter, um unter Dustins Tisch zu spähen, und entdeckte dort tatsächlich auch Justins Tasche. Ein Grinsen breitete sich auf meinem Gesicht aus, denn damit war klar, dass Zachery Martinez, den alle bloß Zach nannten, mein *gezwungener Sitznachbar* sein würde.

»Frau Benz, was tun Sie da auf dem Boden?«

Das Grinsen verflüchtigte sich so schnell wie mein Vater, wenn meine Mutter auf die Idee kam, dass es Zeit war, mal wieder ihre Schlagermusik aufzulegen. Die Klasse kicherte vor sich hin, während ich mich langsam aufrichtete. Meine Freundin Hannah warf mir von ihrem Platz in der zweiten Reihe aus einen erheiterten Blick zu. Mit ihren roten Locken und den Sommersprossen erinnerte sie mich jedes Mal an Pippi Langstrumpf. Ich hatte sie auch in diesem Jahr wieder angefleht an Karneval mit geflochtenen Zöpfen und Ringelsocken zum Zug zu kommen, aber sie weigerte sich konsequent. Na, vielleicht würde ich im nächsten Jahr mehr Glück haben. Zur Not würde ich diesen Plan auch ohne ihre Einwilligung durchziehen. Die Welt brauchte Pippi Langstrumpf, ob Hannah wollte oder nicht.

Ich blickte hoch und sah, dass auf Herrn Beckmanns Stirn eine Ader pulsierte. Er wartete noch immer auf meine Antwort.

»Ich habe meinen Stift fallen lassen«, sagte ich mit möglichst unschuldiger Stimme.

»Und wo ist dieser Stift jetzt, wenn ich fragen darf?«

»Ja, Sie dürfen fragen. Um genau zu sein, haben Sie mich ja schon etwas gefragt.« Die Ader pochte noch heftiger. Ich ließ mich davon jedoch nicht beirren, denn ich war eine hervorragende Lügnerin. Der Trick dabei war, bis zum bitteren Ende auf der ursprünglichen Geschichte zu beharren. Ihr kennt sicher die Gerüchte, dass Lügner sich früher oder später in ihrem eigenen Lügennetz verfangen, oder? Nun, das konnte natürlich passieren, selbst mir, aber im Normalfall war mein Gegenüber von meiner Entschlossenheit so verunsichert, dass es irgendwann aufgab.

»Wenn ich wüsste, wo der Stift ist, dann würde ich ja nicht danach suchen«, fügte ich also noch hinzu.

Herr Beckmann verdrehte die Augen, beließ es aber dabei und wandte sich wieder der Tafel zu. »Wer von Ihnen kann mir sagen, an welcher Stelle die Population am stärksten ansteigt?«

Dazu musste ich doch nicht anfangen zu rechnen. Das hatten wir in Sozialwissenschaften durchgenommen: In bildungsfernen Schichten. Irgendwie hatte ich allerdings das Gefühl, dass Herr Beckmann von dieser Antwort nicht allzu begeistert sein würde.

Es klopfte an der Tür und Justin Braun steckte den Kopf herein. »Entschuldigen Sie, Herr Beckmann, aber die Sitzung der Schülerzeitung hat länger gedauert als erwartet.«

»Das ist kein Problem, Justin. Setz dich einfach.«

Wisst ihr, worüber die Schülerzeitung mal wirklich berichten sollte? Darüber, dass die Lieblinge der Lehrer geduzt wurden, während ich bloß Frau Benz war. Dabei war ich in Mathe wirklich gut. Um genau zu sein war ich im letzten Jahr nur knapp an einer Zwei vorbeigeschrammt. Tatsache ist allerdings, dass ich im Unterricht nie aufpasste. Mal im Ernst, ich hatte doch besseres zu tun als die x-te Ableitung einer Funktion auszurechnen, die sich irgendein alter Sack ausgedacht hatte, um uns Schüler zu quälen.

Bevor Herr Beckmann weitermachen konnte, flog die Tür erneut auf, dieses Mal ohne das höfliche Klopfen. Ich richtete mich auf meinem Stuhl auf, drapierte meine blonden Haare so, dass sie mir über die rechte Schulter fielen und schlug die Beine übereinander. Zachery Martinez betrat den Raum und ich war wirklich begeistert von der Auswahl, die der Zufall für mich getroffen hatte. Für diese Aktion hätte es gar keinen besseren Kandidaten geben können als Zachery. Das rabenschwarze Haar fiel ihm in die Augen, die Muskeln zeichneten sich deutlich unter dem engen Shirt ab und die Lederjacke machte den Eindruck des Draufgängers geradezu perfekt. Und doch war er ein Außenseiter. Das hing vor allem damit zusammen, dass Zachery Martinez sich seinen Mitschülern gegenüber meist wie ein Arschloch verhielt.

Ohne das kleinste Wort der Entschuldigung schlurfte er auf meinen Tisch zu, ließ sich auf den Platz neben mir fallen und kippte mit dem Stuhl so gegen die Wand, dass er den Kopf dort abstützen konnte. Herr Beckmann setzte kurz zu einer Ermahnung an, besann sich dann aber offenbar eines Besseren und fuhr stattdessen ohne Kommentar mit dem Unterricht fort.

Ich muss gestehen, ich hatte mir nie viele Gedanken über Zachery gemacht. Natürlich hatte ich wie jedes andere Mädchen des Robert-Koch-Gymnasiums bemerkt, dass er extrem gut aussah. Aber es kursierten Gerüchte, dass er nachts die Straßen unserer schönen Stadt mit einer Gang unsicher machte und deshalb jeden Morgen so müde aus der Wäsche schaute. Schlafzimmerblick nannten es die meisten Mädchen gern. Ich allerdings fand, dass er einfach aussah, als sei er auf Drogen.

»Willst du vielleicht ein Foto machen, damit du dir meinen Anblick noch besser einprägen kannst?«, murmelte Zachery leise und warf mir einen langen Blick zu.

Normalerweise wäre ich jetzt wütend geworden und hätte ihm erklärt, dass er mal ganz dringend sein Selbstbild anpassen sollte, aber heute ging es darum, Dinge anders zu machen als normalerweise. Es war schließlich nicht das Ziel der Living the Dream-Liste, dass ich meinen *gezwungenen Sitznachbarn* vergraulte. Also setzte ich mein schönstes, harmlosestes Lächeln auf und sagte mit zuckersüßer Stimme: »Nein, geht auch so. Ich habe ein sehr gutes Gedächtnis.«

Es kostete mich eine Menge Anstrengung, aber ich schaffte es, seinen dunklen Augen nicht auszuweichen. Das Problem war allerdings, dass auch er den Blick nicht senkte. Gleichzeitig breitete sich ein leises Lächeln auf seinen Lippen aus. Gab es da nicht diese bestimmte Anzahl an Sekunden, die man einem Menschen in die Augen blicken konnte, ohne dass es merkwürdig wurde? Ich glaubte, dazu einmal eine Dokumentation gesehen zu haben, aber weil ich mich nicht mehr genau daran erinnern konnte, zählte ich einfach bis drei und wandte mich dann der Tafel zu. Zachery tat es mir gleich, legte seine Finger aber über meine Hand, die unruhig mit dem Kuli auf den Tisch geklopft hatte.

»Elisabeth, das nervt.« Ich sah überrascht auf. Er kannte meinen Namen? Wir hatten nie groß miteinander gesprochen und ich hatte eigentlich nicht gedacht, dass er sich für seine Klassenkameraden überhaupt interessierte. Mal ganz davon abgesehen, dass die meisten ohnehin meinen Spitznamen benutzten.

»Meine Freunde nennen mich Lilli«, sagte ich und versuchte in seinen Augen zu erkennen, warum er dies nicht auch getan hatte.

Er erwiderte meinen Blick herausfordernd und ich sah, wie seine Mundwinkel zuckten. »Ich weiß. Wir sind aber nicht befreundet.«

Ich konnte nicht widerstehen. Wie sollte man bei so einer Vorlage auf einen guten Spruch verzichten? »Das stimmt. Also gut. Meine Freunde *und* flüchtige Bekanntschaften mit aufgeblasenem Ego nennen mich Lilli.«

Jetzt grinste er mich offen an. »Also gut Lilli, warum sitzt du heute nicht bei Arielle und Schneewittchen da drüben?« Damit meinte er Hannah und Katrina, meine beiden besten Freundinnen. Das war eine sehr gute, berechtigte Frage, da wir normalerweise fast unsere gesamte Zeit miteinander verbrachten. Die beiden wussten allerdings nichts von meiner Living the Dream-Liste. Ich war einfach noch nicht bereit, meine verrückte Idee mit jemand anderem zu teilen.

»Warum nennst du sie Arielle und Schneewittchen?«, wich ich daher der Frage aus.

»Irgendeinen Namen muss ich den ganzen Idioten schließlich geben, bis ich von hier verschwunden bin. Und ihr drei seid einfach die Disneyprinzessinnen der Klasse. Du bist übrigens Cinderella.«

»Cinderella?« Eine Frechheit! Wenn ich schon eine Disneyprinzessin sein musste, der ich ähnlich sah, dann wenigstens Elsa oder Rapunzel. Ich warf ihm einen vernichtenden Blick zu und beschloss, ihn für eine Weile zu ignorieren und stattdessen dem Unterricht zu folgen. Bildung war schließlich noch immer die oberste Priorität! Dass die Klasse gerade gemeinsam herausgefunden hatte, dass bei x=4 kein Extremum, sondern ein Scheitelpunkt lag, würde mich im Leben noch sehr weit bringen.

Lange hielt die Stille zwischen uns nicht an. Bereits ein paar Minuten später seufzte er und flüsterte: »Ich wusste, du würdest dich ärgern. Wäre es dir lieber, wenn du einfach nur die bezaubernde Miss Elisabeth wärst? Wie sieht's aus, hast du deinen Mr. Darcy schon gefunden?«

Zachery war mit seinem Stuhl nach vorn gerückt, hatte den Arm auf dem Tisch abgestützt und beobachtete, wie ich mit grimmiger Miene die Aufgabe von der Tafel abschrieb. Er seufzte, als ich ihm nicht antwortete. »Ist es wegen der anderen beiden Prinzessinnen?«

Ich folgte seinem Blick zu Katrina und Hannah. Katrina kritzelte wild in ihr Heft, während Hannah verträumt in die Luft blickte.

»Na hör mal, das war ein Kompliment«, fuhr er fort, als er meinen Gesichtsausdruck bemerkte. »Ist doch nichts Schlechtes, reich und schön zu sein. Andere Mädchen wären begeistert, wenn man sie als Prinzessinnen bezeichnen würde.«

Was Katrina und Hannah anging, so hatte er schon irgendwie Recht. Hannahs Vater war ein hohes Tier in der Stadtpolitik, während Katrinas Mutter die Erbin einer großen Hotelkette war. Meine Eltern waren Lehrer, weshalb ich mich in der Gegenwart der anderen beiden manchmal fast schon arm fühlte, obwohl meine Familie davon weit entfernt war. Außerdem sah Katrina mit ihrer blassen Haut und dem Haar wie Ebenholz tatsächlich aus wie Schneewittchen. Aber das hätte ich Zachery gegenüber natürlich nie zugegeben.

»Weißt du, wenn du dir die Mühe machen würdest die Leute richtig kennenzulernen, dann würdest du vielleicht merken, dass sie ganz anders sind, als du denkst.«

»Ist das so?« Er grinste und ich hatte das Gefühl, als würde sein Blick durch meine Augen direkt in meine Seele blicken. Dorthin, wo meine dunkelsten Träume und Wünsche lauerten. »Ist das der Grund, warum du hier sitzt? Weil du herausfinden willst, wer ich wirklich bin?«

Ich stutzte. War es das, was ich gerade machte? Bei der Liste ging es schließlich darum, Neues herauszufinden und zu erleben. Zach kennenzulernen zählte schon irgendwie dazu ... »Nicht wirklich.«

»Also gut, Fräulein Benz, Sie haben mich neugierig gemacht. Warum erweisen Sie mir heute die Ehre Ihrer Gesellschaft?«

»Ich habe mich mit Hannah und Katrina gestritten«, erfand ich.

»Was?« Er fasste sich ans Herz und riss die Augen auf. »Was soll die Schule nun tun? Ist die Presse benachrichtigt worden? Was ist mit der Bundeskanzlerin? Wir sollten eine nationale Krise ausrufen.«

»Du bist eine ziemliche Drama Queen, weißt du das?«

»Das sagt mein Vater auch immer, aber was soll ich machen? Die Kamera liebt mich.« Er schüttelte den Kopf, als wollte er sich seine imaginäre Haarmähne aus dem Gesicht werfen. Weil er jedoch mit dem Stuhl leicht nach hinten gekippt stand und sein einziger Halt der linke Fuß war, den er in das Bein von meinem Stuhl gehakt hatte, brachte ihn die Bewegung aus dem Gleichgewicht. Der Stuhl kippte zurück und Zacherys Kopf knallte mit voller Wucht gegen die Wand. Herr Beckmann hätte das vielleicht noch übersehen, aber den Lachkrampf, der mich bei Zachs überraschtem Gesichtsausdruck packte, den konnte er nicht ignorieren.

»Herr Martinez, Sie haben sich soeben eine Woche Nachsitzen eingehandelt. Wenn ich noch einmal sehe, dass Sie Frau Benz vom Unterricht ablenken, dann werden Sie das ganze Jahr über nach der Schule die Toiletten putzen. Habe ich mich klar ausgedrückt?«

»Aber Herr Beckmann, ich kann nichts dafür! Sie hat gelacht und nicht –«

»Sie sind in der Oberstufe, mein Lieber! Wenn Sie im nächsten Jahr ihr Abitur bestehen möchten, dann sollten Sie langsam anfangen, sich um Ihre Zensuren zu kümmern. Und das bedeutet, im Unterricht aufzupassen und nicht auch noch andere, lernwillige Mitschüler zu behindern.«

Zachery Martinez warf mir einen so wütenden Blick zu, dass ich zurückwich. Ich wusste, dass es eigentlich nicht meine Schuld war, dass er sich das Nachsitzen eingehandelt hatte. Immerhin war er es gewesen, der mich zum Lachen gebracht hatte. Trotzdem konnte ich meine Schuldgefühle nicht komplett abschütteln. Zachery schien jedenfalls davon überzeugt, dass ich ab sofort die Wurzel allen Übels auf Erden war. Er sprach nicht nur die ganze Stunde lang kein Wort mehr mit mir, er bedachte mich auch mit äußerst hasserfüllten Blicken. Ganz so, als könnte er ein Loch in meinen Schädel brennen, wenn er sich nur genug konzentrierte. Als es schließlich klingelte, stürmte er aus dem Raum, als könnte er nicht schnell genug von mir fort kommen.

Tja, so leicht machte man sich also Feinde. Die Mission ›Gezwungener Sitznachbar‹ war irgendwie nicht ganz so optimal gelaufen, wie ich es mir erhofft hatte.

STEP 3 – LOVING THE STAGE

Nichts ist häufiger Thema als die große Bühnenliebe. Verliebe dich also in deinen Ko-Star bei den Proben zu einer großen Aufführung (vorzugsweise Shakespeare). Wer weiß, vielleicht entdeckt dich dabei sogar ein Trendscout, du wirst berühmt und heiratest schließlich Dylan O'Brien. Ein Mädchen muss ja wohl noch träumen dürfen.

Als Hannah mir beim Mittagessen erzählte, dass momentan das Vorsprechen für das nächste Schulstück stattfand, war es, als würde himmlisches Licht auf mich herabstrahlen und ich hörte die Engel *Halleluja* singen. Ich hatte mich vorher nie wirklich fürs Theater interessiert. Große Bühnen waren jedenfalls nicht mein Ding, aber genau das war der Grund, es jetzt auszuprobieren. Jede Menge neue Leute, die ich kennenlernen konnte. Jede Menge Erfahrungen, die ich sammeln würde.

»Ich bin dabei!« Sowohl Hannah als auch Katrina blickten mich an, als hätte ich gerade einen Frosch auf den Tisch gespuckt.

»Ehm, Lilli, du erinnerst dich schon, dass ich dich ungefähr tausend Mal gebeten habe in die Theater AG mitzukommen, oder? Du hast jedes Mal gesagt, dass du es nur über deine Leiche tun würdest.« Hannah zog die linke Augenbraue so hoch, dass sie unter ihrem schrägen Pony verschwand. Darin war sie ungeschlagene Meisterin.

»Tja, da hast du deine Antwort. Ich bin letzte Nacht von einem Vampir angefallen worden, er hat mir das Leben ausgesaugt und jetzt bin ich eine Leiche.«

»Versuch nicht mit deinen Scherzen abzulenken!« Katrina war richtig wütend. Sie konnte ziemlich kalt sein, wenn ihr etwas nicht passte und der Tonfall gerade kündigte eine neue Eiszeit an. »Woher das plötzliche Interesse? Was ist überhaupt los mit dir? Warum wolltest du in Mathe unbedingt allein sitzen? Und dann diese Sache mit Zachery Martinez.« Sie spuckte den Namen aus, als sei er eine Krankheit, die sie dringend loswerden musste. Komisch, dass sie noch vor einer Woche im Sportunterricht von seinen Oberarmen geschwärmt hatte.

»Seit wann bist du mit so einem Freak befreundet?«, schob sie sogar noch nach.

»Wow«, machte ich. »Warum bist du denn gleich so hart zu ihm? Und außerdem bin ich nicht mit ihm befreundet.« Und ein Freak war er ja wohl auch nicht. Jedenfalls nicht allzu sehr. Moment, warum verteidigte ich ihn? Wenn auch nur in meinem Kopf! Böses Gehirn! Aus!

»Und warum habe ich von Tom Lorenz gehört, dass du ihm erzählt hast, wir hätten uns gestritten?«, fragte Hannah mit ernster Miene.

»Wir haben uns gestritten?«, erwiderte ich ehrlich verdutzt.

»Das ist eine sehr gute Frage!« Katrinas Augen sprühten Funken.

Ich brauchte einen Moment, aber dann begriff ich, wovon sie sprach, und auch, warum sie so wütend war. »Ach *den* Streit meinst du. Zach hat gefragt, warum ich nicht wie sonst bei euch sitze, woraufhin ich geflunkert habe. Wir haben keinen Streit, Leute. Wir sind doch das Dreamteam des Jahrtausends! Ich möchte gerade einfach nur etwas Neues ausprobieren, okay? Deshalb auch die Theatersache.«

Katrina wirkte weiterhin skeptisch, aber Hannah glaubte mir sofort. War ja auch *irgendwie* die Wahrheit ...

»Das ist toll! Wir werden zusammen jede Menge Spaß haben.« Hannah lebte fürs Theater. Sie wollte später einmal Modedesignerin werden und fand, dass es ein guter Start war, mit den Kostümen für die Aufführungen der Schule zu beginnen. Ich hatte einige ihrer Kleider gesehen und fand, dass sie ein einzigartiges Talent hatte. Ihr Vater war nicht gerade begeistert und er schien noch immer zu hoffen, dass sie ihre Meinung im Laufe des nächsten Jahres ändern würde.

»Hast du dir überlegt, für was du dich bewerben möchtest?«, fragte sie und ihre Augen glitzerten.

»Mhm, nicht wirklich.« Mir war die Idee ja auch gerade erst gekommen. »Was für ein Stück wird noch gleich gespielt?«

Hannahs Mund blieb offen stehen. Katrina verdrehte die Augen. »Echt mal Lilli, in welcher Welt lebst du, dass du das verpassen konntest? Wir sind doch gerade noch an dem riesigen Plakat vorbeigelaufen!« Katrina lächelte plötzlich wissend. »Aber vielleicht hast du nur an deinen neuen Geliebten gedacht.«

Den letzten Teil ihres Kommentars überging ich. »Tut mir leid, aber meine Alienfamilie musste kurz mental mit mir in Kontakt treten, deshalb habe ich nicht aufpassen können.«

Katrina stöhnte, aber Hannah kicherte. »Es ist *Stolz und Vorurteil*! Ich bin schon super aufgeregt, weil doch sicher viele den Film mit Keira Knightley gesehen haben und Madame Baffour geht davon aus, dass wir deshalb dieses Jahr ziemlich viel Zuwachs haben werden.« Hannah kratzte sich an der sommersprossigen Nase. Das machte sie immer, wenn sie aufgeregt war. »Vielleicht werden dieses Jahr sogar ausnahmsweise alle männlichen Rollen auch von Jungs besetzt. Die Sache mit *Hamlet* im letzten Jahr war der blanke Horror.«

Es wäre auf jeden Fall ein Problem, wenn mein Mr. Darcy weiblich wäre. Zur Not würde ich aus Lizzy eine Lesbe machen müssen. Obwohl das, wenn man meinen Teeniefilmen Glauben schenkte, ja nun doch eher eine College-Erfahrung war.

»Na, dann ist ja wohl klar, dass man mir, Elisabeth Benz, die Rolle der Elisabeth Bennet geben muss.« Ich sah mich schon auf der Bühne herumwirbeln und mich über den griesgrämigen Darcy beschweren. Geschah ihm auch recht, diesem Miesepeter. Wer nicht mit mir tanzen wollte, hatte nichts anderes verdient.

»Ich glaube nicht, dass du da eine Chance hast, Lilli. Du siehst überhaupt nicht aus wie Lizzy. Außerdem hast du keinerlei schauspielerische Erfahrung. Madame Baffour würde nie einem Anfänger die Hauptrolle geben. Die bekommen normalerweise nur Leute, die schon länger in der Theater AG sind.« Hannah warf mir einen mitleidigen Blick zu. Dann drückte sie mich an sich. »Ach Kindchen! Komm an Mamis Brust. Wie wäre es, wenn du dich auch für die Kostüme meldest?«

Aus ihrem Mund klang das nach der tollsten Aktivität überhaupt, aber ich seufzte bloß und wandte mich wieder meinem Mittagessen zu. Die Pampe, die man uns als Lasagne verkaufte, konnte meine Stimmung auch nicht aufbessern. »Das ist dein Ding. Du magst vielleicht Spaß daran haben, stundenlang ein und dasselbe Stoffstück mit einer Nadel zu massakrieren, aber ich bin nicht so sadistisch veranlagt.«

»Ich bin halt einfach ein Monster. Besser das Stoffstück als ihr.« Hannah grinste bei diesen Worten unheilvoll.

Katrina war mittlerweile fertig mit dem Essen. Kein Wunder, denn ihres hatte auch bloß aus einem Apfel und einer Scheibe Brot bestanden. Sie hätte ein wunderbares Keira Knightley Double abgegeben, aber Katrina interessierte sich fürs Theater sogar noch weniger als ich.

»Hast du nicht ohnehin dieses schreckliche Lampenfieber und fällst in Ohnmacht, wenn du auf einer Bühne stehst, Lil?«, fragte sie nun, wie immer schmerzhaft ehrlich.

Ich grummelte etwas Unverständliches. Und mir fiel eine Lebensweisheit ein: Wenn man mal nicht wusste, was man sagen sollte, sagte man am besten gar nichts.

»Na, egal, ich muss zur Mathe-AG.« Sie verdrehte die Augen. »Ihr müsst mir aber auf jeden Fall berichten, wie es beim Vorsprechen gelaufen ist.«

»Genau. Ich berichte dir dann von meinem Bühnendebüt«, meinte ich. »Viel Spaß mit ›den Irren‹.«

»Die Irren«, das waren Katrinas Mathekollegen Andi, Tommi und Zoey. Eigentlich hießen sie Andreas, Tomas und Zora, aber sie waren der Meinung, dass Gemeinsamkeiten den Teamgeist förderten. Zu schade, dass Katrina sich bis heute weigerte, Kati genannt zu werden. Vielleicht war das der Grund, warum sie bei all den Wettbewerben, an denen sie teilnahmen, immer nur den zweiten Platz belegten.

»Lil, du weißt, dass ich es hasse, wenn ihr die drei so nennt. Sie sind nicht irre, nur ein wenig … anders.«

Ich schnaubte. Anders? Ich war vielleicht anders. Diese drei sollten dringend therapiert werden, um sie und ihre Mitmenschen zu schützen. Versteht mich bitte nicht falsch, ich bin kein Mensch mit Vorurteilen. Ich hatte sie nicht als »Irre« bezeichnet, weil sie sich anzogen wie steinalte Politiker. Nicht einmal wegen der Sache mit den Namen. Nein, sie waren für Hannah und mich »die Irren«, weil sie einfach eine Schraube locker hatten. Andi beispielsweise verzichtete seit Jahren auf Käse, weil er glaubte, das sei die Ausgeburt des Teufels. Tommi blickte ungefähr alle zehn Minuten in einen Spiegel, weil er eine unerträgliche Panik davor hatte, er könnte mit einem anderen Menschen den Körper tauschen. Die beiden waren einfach verrückt, aber Zoey war ... geradezu angriffslustig. Als Hannah und ich sie zum ersten Mal getroffen hatten, hatte sie geschrien, dass *The Man* uns korrumpiert hätte. Katrina erklärte uns später, dass Zoeys Ausbruch darauf zurückzuführen war, dass wir beide Chucks getragen und zu allem Überfluss darüber gesprochen hatten, dass wir bei Facebook angemeldet waren.

Wenn ich also »die Irren« sagte, dann meinte ich das nicht als Beleidigung, sondern lediglich als Feststellung allgemein bekannter Tatsachen.

»Solange du uns an deinem Geburtstag nicht wieder mit ihnen quälst, ist alles in bester Ordnung«, meinte Hannah. Katrinas schuldbewusster Blick sprach jedoch Bände. Hannah stöhnte genervt und mir wurde zum Heulen zumute.

»Ihr wisst doch, dass meine Mutter –«

»Jaja, ist schon gut.« Hannah seufzte.

»Du kannst ja nichts dafür.« Ich seufzte ebenfalls.

Katrinas Mutter war besessen von Katrinas Schulnoten und vertrat die Meinung, dass der Freundeskreis ihrer geliebten Tochter nur aus auserlesenen, intelligenten Menschen bestehen durfte. Um also meinen und Hannahs mangelnden IQ und Ehrgeiz auszugleichen, verbrachte Katrina einen Teil ihrer Zeit mit »den Irren«.

»Und ich dachte, das mit dem Streit sei nur ein Gerücht! So wie ihr zwei aus der Wäsche guckt, scheint da aber was dran zu sein.« Peter, Hannahs Freund, hatte sich zu uns gesellt. Sein braunes Haar stand mal wieder in alle Himmelsrichtungen ab und seine Klamotten waren völlig verknittert. Er sah aus, als wäre er gerade erst aufgestanden, dabei war es bereits Mittag. Hannah sprang auf und küsste ihn stürmisch. Ich lächelte. Die beiden passten so herrlich zusammen, dass es fast schon schmerzte.

»Ach Peter, mach dir da mal keine Gedanken. Das Dreamteam kann nichts trennen!« Ich reckte triumphierend die Hand in die Höhe.

»Hallo Lilli. Ich hab gehört, du hast dich an Zachery Martinez rangemacht? Ich find's ja gut, dass du langsam Interesse zeigst, aber der ...?«

Meine Hand ballte sich zur Faust und ich warf Peter einen verärgerten Blick zu. »Also ranmachen ist ja wohl was anderes. Nur, weil wir in Algebra gezwungen waren nebeneinander zu sitzen.« Gezwungen? Ha! Geniale Planung war das gewesen.

»Das ist gut. Ich dachte schon, ich müsste dir eine Predigt darüber halten, warum der Typ Ärger bedeutet.«

»Warum bedeutet er denn Ärger?«

Wir machten uns auf den Weg zur Aula, wo die Theater AG jeden Nachmittag probte.

»Ist das nicht offensichtlich?« Peter verdrehte die Augen. »Er muss dauernd nachsitzen und ich habe gehört, dass er mit Pedro Sancez in dieser Knightrider Gang ist. Die, die vor ein paar Monaten den Juwelier überfallen haben. Wenn der so weitermacht, dann landet er im Knast, bevor er überhaupt volljährig ist.«

»Ich habe gehört, dass Zachery Pedro hasst«, warf Hannah ein und ich war ihr irgendwie dankbar dafür. Damit war also nichts bestätigt und ich war beruhigt. Ich fragte mich allerdings, warum mich das überhaupt interessierte.

»Lilli, warum bist du eigentlich noch nicht zu Hause? Guckst du mir beim Vorsprechen zu?« Peter grinste. »Ich versuche den Mr. Bingley zu mimen. Meinst du, ich habe da eine Chance?«

»Also verplant genug bist du auf jeden Fall. Aber kannst du dir allen Ernstes so viel Text merken?«

Hannah zog ebenfalls kritisch eine Augenbraue hoch, sagte aber nichts. Offenbar hatte ich eine Punktlandung hingelegt, denn Peter ließ die Schultern hängen und grummelte leise vor sich hin, während wir endlich die Aula erreichten. Es war eine riesige Halle, auf die das Robert-Koch-Gymnasium sehr stolz war. Fast so stolz wie auf die jährlichen Theateraufführungen, die Leute aus der ganzen Stadt anlockten. Unser Direktor brüstete sich immer wieder damit, dass wir die meisten Karten im ganzen Bezirk verkauften. Aber da unser Bezirk relativ klein und unsere Schule darin die größte war, war das keine wirkliche Leistung.

Auf Stühlen in der Mitte des Saales hockten rund vierzig Jugendliche, die gebannt der Szene auf der Bühne folgten.

»Wer meinen Respekt einmal verliert, hat ihn auf ewig verloren«, sagte Jonas Dahlen gerade mit einer so blasierten Miene, dass ich laut zu kichern begann. Die Leute stutzten und blickten zu uns herüber.

»Madame Baffour, entschuldigen Sie bitte, dass wir uns verspätet haben«, sagte Hannah mit ehrlichem Bedauern in der Stimme.

Ein riesiges rosafarbenes Flauschknäuel, besser bekannt als Madame Baffour kam zu uns herüber und betrachtete mich aus aufmerksamen, freundlichen Augen. »Und wer mag diese junge Dame sein? Etwa unsere liebe Miss Jane Bennet?«

Ich runzelte die Stirn. Jane? Lizzys ernste Schwester? Wie kam sie denn auf diese absurde Idee?

»Madame, das ist meine Freundin Elisabeth Benz. Sie möchte heute gern für Lizzy vorsprechen.«

Die Lehrerin zog die Brauen zusammen, als sei sie darüber gar nicht erfreut, schleifte uns allerdings mit sich in Richtung Bühne.

»Bei diesem Namen sollten Sie wenigstens eine Chance erhalten. Na dann«, sagte sie erheitert. »Rauf mit Ihnen. Herr Schumann, Sie können gleich den Bingley probieren. Wir spielen die Szene auf dem Ball. Ich hoffe, Sie alle kennen den Text.«

Ohje ... Text. Ich schluckte.

»Ehh, Madame Baffour? Ich kenne das Buch zwar sehr gut, aber ich denke nicht, dass ich es wörtlich auswendig kann! Hätten Sie nicht vielleicht noch eine Textausgabe, die sie mir –«

»Ah, meine Liebe, Sie werden das schon schaffen. Der Text wurde ohnehin modernisiert. Wenn Sie den Inhalt kennen, können Sie sicher gut improvisieren.«

Na, gut dass ich diese Szene ganz besonders liebte. Vielleicht würde ich das ja aus dem Kopf hinkriegen. Peter und ich kletterten auf die Bühne. Jonas Dahlen stand einfach weiter dort. Seine Miene hatte sich nicht geändert. Ich hatte keinen Zweifel, dass er die Rolle des Mr. Darcy bekommen würde.

»Und auf Anfang«, brüllte die Madame durch die Aula.

Die anderen beiden wechselten ein paar Worte. Ich versuchte zuzuhören, aber mir wurde mit der Zeit ganz furchtbar schwindelig. Da saßen so viele Leute im Publikum. Konnten die nicht einfach woanders hinschauen? Und jetzt blickte mich Jonas so auffordernd an. Ich warf Peter einen Blick zu, der mit den Lippen Worte bildete, die ich versuchte zu entziffern.

»In ... Wahrheit ...« Ein Licht ging mir auf. »In Wahrheit erstickt die Poesie doch die Liebe!«, sagte ich mit Nachdruck und setzte dazu passend ein überlegenes Lächeln auf. War gar nicht so schwer, auch wenn ich keine Ahnung hatte, ob mein Text mit dem auf Madame Baffours Papier übereinstimmte.

»Ich dachte, die Poesie sei dazu da, die Liebe zu nähren«, sagte Jonas und eine Falte, die ihn noch mehr aussehen ließ wie Darcy, bildete sich zwischen seinen Brauen.

»Na klar! Wenn die Liebe stark ist! Aber wenn nicht, dann kann selbst das kleinste Gedichtchen ihr den Garaus machen.« Ich nickte dabei, als wollte ich betonen wie wichtig dieser Teil der Sache war. Und natürlich, dass ich viel mehr Ahnung hatte als der olle Darcy.

»Und was wäre Ihre Alternative?«

Das war meine liebste Stelle. Na vielleicht mit Ausnahme von der Szene im Regen, als Darcy ihr einen Antrag macht und sie ihm erklärt, er wäre das Letzte.

»Tanzen. Auch wenn man den Partner nur ›okay‹ findet.« Ich drehte mich auf der Stelle um und stolzierte über die Bühne. Leider achtete ich nicht darauf, wo ich hinlief und in meinem Kopf drehte sich noch immer alles. Ehe ich mich versah, taumelte ich über die Kante und stürzte von der Bühne. Ein Aufschrei ging durch die Zuschauer und ich schloss die Augen, in Erwartung auf etwas Hartem zu landen. Doch seltsamerweise war das Etwas unter mir weich. Außerdem konnte es reden.

»Runter von mir, du Verrückte!« Ich bekam einen Schubs und landete mit dem Hinterteil auf dem Parkettboden.

Mein Mund klappte auf, als ich Zachery Martinez erkannte. »Was machst du denn hier?«, fragte ich verblüfft.

Er rieb sich die Seite und funkelte mich wieder wie im Matheunterricht an. Mir fiel auf, dass er braune Augen hatte, die zur Iris hin jedoch immer mehr in einem Goldton changierten. Faszinierend ...

»Willst du dich vielleicht mal entschuldigen?« Zachery war mittlerweile aufgestanden und hielt mir die Hand hin, auch wenn er mich, seinem Blick nach zu schließen, lieber umgebracht hätte.

Ich ignorierte seine ausgestreckte Hand also und rappelte mich selbst hoch. »Selber schuld! Warum stehst du auch im Weg rum?«

Jonas kam von der Bühne gehopst und drängte sich zwischen uns. »Lizzy, ist alles in Ordnung?« Dabei sah er so ernst drein, als sei ich gerade eine Klippe und nicht eine Bühne hinabgestürzt.

»Lizzy?«, wiederholte Zachery den Spitznamen von der Elisabeth aus dem Stück. Dabei sah er Jonas an, als hielte er ihn für einen Höhlenmenschen mit dem Intellekt einer Scheibe Toastbrot. »Du weißt schon, dass die Szene vorbei ist, oder Dahlen?«

»Was machst du hier?« fragte ich Zachery noch einmal und ignorierte den fürsorglichen Jonas. »Warum bist du denn in der Theater AG?«

»Na wegen dir.«

»Weil du dich unsterblich in mich verliebt hast und du es nicht ertragen kannst, eine Sekunde ohne mich zu sein?«, fragte ich mit übertrieben begeisterter Stimme. Dann wurde meine Miene ernst und ich zog ironisch eine Augenbraue hoch. »Ich glaube kaum.«

Jonas klappte erschrocken der Mund auf, aber Zachery blieb ganz ruhig.

»Nein«, sagte er gedehnt und in einem Tonfall, der sich anhörte, als würde er meinen IQ gerade mit dem von Jonas gleichstellen. »Weil ich wegen dir eigentlich nachsitzen müsste. Dank meiner unglaublichen Überredungskünste allerdings habe ich stattdessen bloß diese blöde AG aufs Auge gedrückt bekommen. Wenn ich gewusst hätte, dass du auch hier bist, dann hätte ich vielleicht doch lieber Bekanntschaft mit den Schultoiletten gemacht.«

Er sagte das ganz ernst, aber ich wusste, dass es nicht stimmte. Da gab es etwas, das er mir nicht sagte. Irgendetwas ... Aber bevor ich in seinen Augen lesen konnte, war er bereits wieder zu dem kleinen Grüppchen gewandert, das sich um die Bühnenbilder kümmerte. Ich brauchte einen Moment, um mich vom Anblick seines Rückens loszureißen.

Der Rest des Kurses verging ohne weitere Vorfälle, aber mein Blick wanderte immer wieder in Zacherys Richtung. Ich hatte so ein Gefühl, dass Zachery Martinez ein Geheimnis hatte. Und ich, ich liebte Geheimnisse.

Mit meiner bevorstehenden Bühnenkarriere und Zacherys mysteriösem Verhalten versprachen die nächsten Wochen mehr als interessant zu werden ...

STEP 4 – SEARCHING FOR CLUES

Spioniere jemandem hinterher, um dessen Geheimnis zu lüften. Optimalerweise deckst du dabei ein Verbrechen auf und lieferst den Kriminellen an die Polizei aus.

Als ich noch jünger war, war ich geradezu besessen davon gewesen, später einmal Privatdetektivin zu werden. Ich hatte mir all dieses verrückte Zeug zum Geburtstag gewünscht: Brillen mit eingebauter Minikamera, eine Perücke und ein als Kugelschreiber getarntes Aufnahmegerät. Stundenlang hatte ich mir Folgen von Veronica Mars angesehen, dieser amerikanischen Serie über ein junges Mädchen, das ihrem Vater bei der Detektivarbeit hilft. In riesigen Ordnern hatte ich mir ihre Vorgehensweise genau notiert. Allerdings wären dazu eigentlich keine riesigen Ordner nötig gewesen, denn im Grunde bestand besagtes Vorgehen nur aus folgenden Schritten:

1. Erhalten des Auftrages
2. Aufspüren von Unklarheiten
3. Tarnen, um unbemerkt mehr Informationen zu sammeln
4. Den endgültigen Beweis finden und so den Täter entlarven

Da Teil eins und zwei bereits abgeschlossen waren, konnte ich direkt zu Teil drei übergehen. Die Frage, die sich stellte, war, wo ich mich undercover einschleichen konnte, um mehr über Zachery zu erfahren.

Als ich nach der Schule zu Hause angekommen war, setzte ich mich also auf mein Bett, zückte Stift und Papier und begann mit dem Brainstormen. Hastig kritzelte ich die Namen der Personen herunter, mit denen ich Zachery schon einmal gesehen hatte. Viele waren es nicht. Da waren ein paar Wiederholer, mit denen ich bisher kaum ein Wort gewechselt hatte. Weil ich deren Namen nicht kannte, hießen sie jetzt Ziegenbart, Ohrring und Partybruder. Es dauerte jedoch nicht lange, bis ich alle drei als mögliche Informanten wieder verwarf. Es würde einfach viel zu auffällig sein, wenn ich mich in der Pause zu ihnen stellte.

Blieb außer Zacherys Cousin Pedro Sancez, dem ich nicht so ganz über den Weg traute, nur noch seine Schwester Maria. Sie war eine Stufe unter uns, aber trotzdem kannte jeder ihren Namen, was mit Sicherheit damit zu tun hatte, dass sie wunderschön und angeblich leicht zu haben war. Außerdem war sie Zacherys Cousine, was die Chance erhöhte, dass sie auch sein Geheimnis kannte. Es war also klar, dass sie mein bevorzugtes Ziel sein musste.

Ich begann zu planen und wurde erst durch die Ankunft meiner Eltern wieder aufgeschreckt.

»Lillimaus! Kommst du bitte mal runter? Wir möchten kurz mit dir reden.«

Ich beschloss das zu ignorieren, weil ich eine Ahnung hatte, worüber sie mit mir reden wollten. Mein Herz zog sich bei diesem Gedanken schmerzhaft zusammen. Vielleicht hatte ich ja Glück und meine Mutter würde nicht noch einmal nachhaken.

»Elizabeth!«

Okay, das war's dann mit dem Glück. Möglichst langsam ging ich die Treppe hinunter ins Erdgeschoss und sah meine Eltern mit ernsten Mienen auf der Couch sitzen. Das war gar kein gutes Zeichen.

»Leute, ich bin verabredet«, erfand ich hastig eine Ausrede. »Können wir das vielleicht auf später verschieben?«

Ich ging zur Garderobe und schlüpfte hastig in meine Schuhe.

»Lilli, du verschiebst das schon seit einem Jahr auf später. Irgendwann musst du mit jemandem darüber sprechen. Nächsten Monat ist schließlich Monas und dein Geburtstag und wir dachten, dass ihr ...«

Ich schnappte mir meine Jacke vom Haken und wandte mich der Tür zu. »Ich habe Mona nichts zu sagen«, unterbrach ich sie und wunderte mich nicht darüber, dass meine Stimme bei diesen Worten zitterte.

Meine Mutter seufzte. »Okay, Schatz, aber da ist noch etwas.«

Was auch immer da noch war, ich hörte es nicht mehr, weil die Tür hinter mir bereits ins Schloss fiel.

Ihr fragt euch jetzt sicher, warum ich meinen Eltern keinen Respekt zollte oder warum ich mich benahm wie die Oberzicke des Jahrhunderts. Nun ja, zum einen war ich in der Pubertät. Wenn man zickig und aufmüpfig sein durfte, dann ja wohl in meinem Alter. Zum anderen nervten die beiden mich mit Mona schon seit etwa einem Jahr. Seit dem Tag, an dem meine Cousine sich, nachdem ich ein Jahr lang nichts von ihr gehört hatte, daran erinnert hatte, dass es mich überhaupt noch gab.

Sie war die Tochter des Bruders meines Vaters und wir zwei waren in der Kindheit wie Schwestern gewesen, hatten Geheimnisse miteinander geteilt und uns geschworen, dass wir uns niemals im Stich lassen würden. Aber dann hatte sie es doch getan. Sie war gegangen und hatte mich zurückgelassen. Seit einem Jahr sagten meine Eltern schon, ich müsse mich endlich mit ihr vertragen, mich aussprechen, damit ich das Erlebnis verarbeiten könnte. Aber ich weigerte mich, das zu tun. Wenn sie sich wenigstens bei mir entschuldigt hätte, dann hätte die Sache ganz anders gelegen. Aber so wie es momentan aussah, würde es wohl nie dazu kommen. Daran änderte auch unser gemeinsamer Geburtstag nichts.

Weil ich meinen Eltern gesagt hatte, ich sei verabredet, hatte ich jetzt eine Menge Zeit totzuschlagen. Also ging ich ins Einkaufszentrum und beschloss, mich für den morgigen Tag mit einem guten Kostüm auszustatten. Anpassung war die beste Tarnung. Und um mich an Maria Sancez und insbesondere an ihre Freundinnen anzupassen, wusste ich genau, was für ein Kostüm ich brauchen würde.

Ich verbrachte zwei Stunden in einem recht günstigen Laden und entschied mich schließlich für einen kurzen, schwarzen Rock, Schuhe mit Absätzen und ein weit ausgeschnittenes, rotes Top. Die Sachen lagen ziemlich eng an, aber sie bedeckten immer noch so viel Haut, dass es in der Schule keine Probleme geben würde. Ich fühlte mich zwar etwas unwohl, wenn ich daran dachte, dass mich morgen die ganze Schule so sehen würde, aber wenn ich mir lang genug einredete, dass ich ja bloß eine Rolle spielte, dann kam es mir gleich nur noch halb so schlimm vor.

***

Meine Eltern waren an diesem Abend ausgegangen, weshalb ich sie erst am nächsten Morgen wieder zu Gesicht bekam. Da bei uns morgens vor der Schule allerdings jedes Mal die Büchse der Pandora geöffnet wurde und der Haushalt Benz im Chaos versank, musste ich mich nicht mehr mit dem Thema Mona oder anderen ernsten Dingen beschäftigen. Meine Eltern hatten mein Outfit zwar mit einem kritischen Blick gemustert und mich scherzend gefragt, ob ich mein Geld neuerdings als Stripperin verdienen wollte, sich aber offenbar entschieden, mich einfach machen zu lassen. Ich hatte zuerst überlegt, mir etwas drüberzuziehen, aber da meine Mutter an meiner Schule unterrichtete und mir deshalb ständig über den Weg laufen konnte, war Offenheit die beste Strategie.

Viele Jugendliche hielten es für den reinsten Albtraum, wenn ein Elternteil an der eigenen Schule unterrichtete. In Wirklichkeit aber war das halb so wild. Ich wurde schließlich nicht von ihr unterrichtet und sie war auch nicht der Typ Mutter, der sich in die Angelegenheiten seiner Tochter eingemischt hätte. Um genau zu sein ignorierte sie mich so ziemlich jedes Mal, wenn wir uns in der Schule begegneten. Außerdem hatte ich durch sie den Benz Bonus, der dazu führte, dass die anderen Lehrer mich tendenziell besser bewerteten. Warum zur Hölle ich schlauer sein sollte als andere, nur weil meine Mutter Lehrerin war, das würde mir wohl auf ewig ein Rätsel bleiben.

Der einzige Nachteil daran auf der gleichen Schule wie meine Mutter zu sein, war, dass sie darauf bestand, mich zur Schule mitzunehmen. Das allein war zwar kein wirklicher Nachteil, sondern vielmehr die Tatsache, dass sie sich weigerte, mich vor der Schule rauszulassen und dann erst auf den Lehrerparkplatz zu fahren. So musste ich jedes Mal einen Umweg zurücklaufen oder den direkten Weg durch die Büsche nehmen.

Die Hälfte der Autofahrt verbrachten wir schweigend, aber meine Mutter war sehr neugierig – das lag sicher in den Genen, denn auch meine Oma war, was das anging, unerträglich – weshalb sie die Sache mit den Klamotten natürlich nicht auf sich beruhen ließ.

»Also, was soll das hier jetzt? Gibt es da einen Jungen, den du beeindrucken möchtest oder bist du endlich ein richtiger Teenager und überschreitest unsere Grenzen?«

Pfft, Pädagogen … »Letzteres natürlich. Gut, dass du dich informierst. Gnade Gott, dass deine Tochter etwas Unerwartetes tut. Das kann sie gar nicht, denn selbst wenn sie das täte, wäre das noch immer zu erwarten gewesen. Teenager sind schließlich unberechenbar.«

»Gnade Gott, dass meine Tochter beginnt in der dritten Person von sich zu sprechen.«

»Gnade Gott, dass meine Mutter ein Stoppschild übersieht.« Sie legte eine Vollbremsung hin, als sie das Schild in letzter Sekunde bemerkte.

Ich lächelte triumphierend und begann völlig falsch und völlig schief den Song aus dem Radio mitzuträllern: *»I'm walking on sunshine, wooooohooo.«*

»Schade, dass es nicht um einen Jungen geht. Die anderen Mütter dürfen sich alle darüber beklagen, mit ihren Töchtern *das* Gespräch zu führen und meine Tochter scheint das männliche Geschlecht einfach zu ignorieren. Bist du dir sicher, dass du nicht doch irgendwelche Fragen diesbezüglich hast?«

»Ich ignoriere es nicht, ich bin sogar höchst fasziniert davon. Leider ist es nicht ganz so fasziniert von mir. Oder eher gesagt, diejenigen, die mich ganz besonders faszinieren sind es nicht. Da kann ich doch nichts für. Das Schicksal verhindert es. Außerdem kann ich sowas von auf *das* Sex-Gespräch verzichten.«

»Junge Dame! Was habe ich dir beigebracht?«

»Was? Soll ich Sex nicht mehr sagen? Das ist ein biologisch anerkannter Begriff, der kein bisschen umgangssprachlich ist.«

»Ich meinte eigentlich deine unhöfliche Art, mein Angebot abzulehnen.«

»Ach, das Sex-Gespräch war ein Angebot? Tut mir leid, dass ich das nicht sofort erkannt habe, oh gütigste Mutter aller Mütter.«

Sie antwortete nicht auf diese Erwiderung, was ich schade fand, weil ich sehr gern diskutierte und es gerade erst interessant geworden war. Mama seufzte und wappnete sich offenbar für etwas, das gleich folgen würde.

»Ich würde gerne noch einmal auf gestern zurückkommen.«

Ich setzte bereits zu einer Ablenkungsstrategie an, aber sie hielt die Hand hoch und warf mir einen strengen Blick zu.

»Es geht nicht um Mona, sondern um Sandra.«

Sandra? Marcos Mutter? Ich runzelte leicht verwirrt die Stirn.

»Was ist mit ihr?«

»Sie ist gestern auf der Arbeit die Treppe heruntergefallen und hat sich dabei den Fuß gebrochen.«

»Oh mein Gott, das ist ja schrecklich!« Und ich war einfach abgehauen! »Geht es ihr gut?«

»Naja, bis auf den gebrochenen Fuß ... Sie muss operiert werden und etwa zwei Wochen im Krankenhaus bleiben. Darum wollten wir auch mit dir sprechen. Sie hat uns darum gebeten, dass wir so lange auf Marco aufpassen. Er kennt dich schließlich sehr gut und unser Gästezimmer ist auch immer frei.« Sie sah kurz zu mir herüber, als wollte sie überprüfen, was ich von dieser Bitte hielt.

»Natürlich hast du ja gesagt, oder?«, wollte ich wissen.

Sie nickte. »Dein Vater holt ihn heute vom Kindergarten ab. Er hat die letzte Nacht noch zu Hause geschlafen.«

»Was ist mit Erik?« Warum passte er nicht auf seinen Sohn auf, während Sandra im Krankenhaus lag? Ich wusste, dass er und Sandra eine ganze Weile lang getrennt gewesen und erst kurz bevor ich mit dem Babysitten angefangen hatte wieder zusammengekommen waren. Marco war sein Sohn, auch wenn ich nie gesehen hatte, dass Erik besonders liebevoll mit ihm umgegangen war.

»Der hat beruflich zu viel zu tun.« Ich sah, wie ihr Mund sich bei diesen Worten missbilligend verzog und wusste, dass sie auch nicht mehr von Erik hielt als ich. Doch bevor ich noch einmal nachhaken konnte, bog sie auf den Parkplatz ein und hielt neben dem roten Cabrio des Direktors an.

Als sie den Motor ausstellte, seufzte sie. »Versuch einfach, dich normal zu verhalten und Marco die ganze Situation ein wenig leichter zu machen.«

»Hallo? Wann verhalte ich mich jemals nicht normal?«, fragte ich, während ich aus dem Wagen stieg und dabei auf den hohen Schuhen ins Straucheln geriet. Meine Mutter hob bedeutungsschwer eine Augenbraue, woraufhin ich empört davonstolzierte. Na gut, davonstolperte traf es besser.

Als ich an der Straße ankam, lenkte mich jedoch etwas von meinen hohen Schuhen ab. Zachery Martinez stand am anderen Ende des Schulhofes und redete eindringlich auf einen Mann ein, der ihn an der Schule abgesetzt zu haben schien. Da beide sehr dunkles Haar und die gleiche hohe Statur hatten, konnte es gut sein, dass es sich dabei um einen Verwandten handelte. Die Miene des Mannes wurde von Sekunde zu Sekunde finsterer, während Zachery immer weiter sprach. Ich schlich in die Richtung der beiden und versuchte ein paar Fetzen des Gespräches aufzuschnappen.

»Du übertreibst enorm«, beschwerte sich Zachery.

»Zach, du wirst nicht dorthin gehen, haben wir uns verstanden? Das ist viel zu gefährlich für dich.«

»Aber –«

»Kein Aber! Keine Alleingänge mehr und Schluss mit der Diskussion.« Damit stieg der Mann wieder in den Wagen und ließ den Motor aufheulen.

Zachery ballte die Hände zu Fäusten und trat gegen einen Laternenpfahl. Ich duckte mich ein wenig tiefer hinter das Auto, das ich als Deckung benutzt hatte, und betete, dass er mich nicht entdeckte. In meinem Kopf drehten sich die Rädchen. Was war das gerade gewesen? Ein Drogendeal, den Zach allein durchgezogen hatte? Oder gar ein Überfall wie bei dem Juwelier? Oder ging der Gute auf den Strich und das da war sein Zuhälter gewesen? Während ich beobachtete, wie Zach im Gebäude verschwand, kam mir der Gedanke, dass er mit *dem* Hintern sicher gutes Geld machen würde.

Das erste Klingeln der Schulglocke ignorierte ich, als ich mich um das Gebäude herumschlich und Ausschau nach den Rauchern hielt. Tatsächlich wurde ich relativ schnell fündig und sah mich schließlich Maria Sancez gegenüber. Sie bedachte mich von Kopf bis Fuß mit einem dieser Ich-weiß-dass-du-was-im-Schilde-führst-Blicke. Allerdings hellte sich ihre Miene etwas auf, als ich sie anlächelte und mich neben sie an die Wand lehnte. Mit dem dunklen Haar, den vollen Lippen und ihren Rundungen sah sie aus wie Megan Fox in Transformers.

»Hey, Maria«, sagte ich, als würden wir beide uns schon seit einer halben Ewigkeit kennen. Marias drei Freundinnen, die aussahen, als seien sie ihre Klone, zogen synchron an ihren Zigaretten und bedachten mich mit feindseligen Blicken.

»Kennen wir uns?« Lässig schnipste Maria ihre Kippe auf den Boden und trat sie aus. Ich hatte mich schon mein Leben lang gefragt, ob das nicht die Schuhsohlen ruinierte. Aber sicher war da was mit fehlendem Sauerstoff und der Erstickung des Feuers, was verhinderte, dass sich ein dickes Loch hinein brannte.

»Nicht wirklich, aber du bist doch Pedros Schwester, oder?«

Marias Augen wurden schmal.

»Und wenn?«, fragte sie und ich spürte, dass sie dabei in Verteidigungshaltung überging.

»Naja, ich finde ihn echt toll, weiß aber nicht genau, wie ich das angehen soll.«

Sie brauchte einen Moment, um zu begreifen, was ich meinte. Dabei sah sie ein wenig verblüfft und fast schon besorgt aus. »Ganz einfach: Zieh dein Oberteil aus und er gehört dir.«

»Oh ... Okay.« Also kein langes Gespräch, bei dem wir ein inniges Band der Freundschaft knüpften. »Stimmt es, dass er in einer Gang ist?«, setzte ich daher nach. »Dass er mit Zachery Martinez um die Häuser zieht und Läden überfällt?«

Sie sah mich an, als wollte sie jeden Moment davonlaufen, also beeilte ich mich meine Lüge auszubauen, um sie zu beruhigen.

»Naja, ich will nur nicht in schlechte Kreise geraten, weißt du. Ich hatte da mal diesen Freund, der mittlerweile im Knast sitzt und ich brauche nicht noch einen von der Sorte.«

»Und daraus hast du nichts gelernt?« Sie sah etwas skeptisch drein, weshalb ich versuchte möglichst dumm zu grinsen und unschuldig mit den Schultern zu zucken. »Naja, Pedro steckt schon häufiger mal in Schwierigkeiten«, fuhr sie fort. »Wenn auch keine, die ihn dauerhaft ins Gefängnis bringen würden. Und Zach ist da sicher nicht mit dabei.«

Interessant. Das schien dann also nur ein Gerücht zu sein. »Ich hab diesen Zach heute Morgen mit jemandem streiten sehen und dachte, das hätte was damit zu tun.«

Maria schüttelte den Kopf und stieß sich von der Wand ab. »Nein, der hat momentan nur Stress zu Hause. Die fünf Minuten Grenze ist rum. Die Benz dreht durch, wenn ich noch später auftauche.«

Ja, meine Mutter konnte da etwas gereizt reagieren. Zu ihrem eigenen Glück musste Maria sie nicht erleben, wenn man vergessen hatte den Müll rauszubringen. Dann wurde sie unerträglich.

»War nett dich kennenzulernen«, meinte Maria und taxierte mich mit ihren dunklen Augen auf eine Weise, die mich unruhig von einem auf den anderen Fuß wippen ließ.

»Gleichfalls«, erwiderte ich hastig. »Ich verschwinde dann jetzt auch mal.« Ich wandte mich ab und ging in Richtung Hintereingang davon.

»Hey, du hast mir gar nicht deinen Namen gesagt!«

Da eine ehrliche Antwort meinem Plan nur entgegenwirken würde, beschloss ich, diesen letzten Satz zu überhören. Mission Informationssuche war auf jeden Fall schon einmal abgehakt. Veronica Mars konnte einpacken, denn jetzt war Elisabeth Benz an der Reihe.

STEP 5 – FAILING THE PLAN

Was gehört zu jedem Teenieleben? Richtig: Eine öffentliche Blamage! Natürlich solltest du dafür sorgen, dass die Blamage nicht zu groß wird und du dabei trotzdem irgendwie positiv rüberkommst! Mhm, vielleicht streichen wir diesen Punkt doch lieber ganz...

»Hast du die Liste schon gesehen, Lilli?« Hannah zog mich aufgeregt zum schwarzen Brett. Ich hatte erwartet, dass eine Traube von Schülern sich davor versammeln würde, wie das in Filmen bei großen Ankündigungen immer der Fall ist. Die Menge teilt sich dann langsam und präsentiert erst nach qualvollen Sekunden der Spannung die unglaublichen Neuigkeiten.

Für mich gab es leider keinen solcher Slow-Motion-Momente, denn der Flur war wie ausgestorben. Außerdem stellte sich die unglaubliche Neuigkeit als Niete heraus, denn hinter der Rolle der Elizabeth Bennet stand der Name Pauline Wolf. Meine große Bühnenliebe hatte sich damit dann wohl erledigt. Es war, als seien meine Living the Dream-Liste und ich verflucht.

»Oh mein Gott, Lilli, schau doch!« Hannahs Aufregung ließ mich kurz hoffen, dass ich in der Zeile verrutscht war. Aber nein, da stand noch immer Pauline. Ich begann Pauline zu verabscheuen, obwohl ich noch nie ein Wort mit ihr gewechselt hatte. Hannah verdrehte die Augen, als ich nicht sofort begriff, was sie meinte, und zeigte auf eine Zeile weiter unten.

Jane Bennet – Elisabeth Benz. Verdutzt starrte ich auf die Worte, als würden sie verschwinden, wenn ich nur oft genug blinzelte. Ich konnte mir wirklich nicht vorstellen, dass ich besonders gut zu Jane passte. Sie war zwar ein nettes Mädchen, aber sie war eben nicht Lizzie. Trotzdem keimte in mir einen Moment lang Hoffnung auf, als ich an meine Bühnenliebe-Mission dachte.

Bis mir auffiel, dass Janes große Liebe Mr. Bingley von Peter besetzt worden war. Denn, so wichtig mir meine Aktion auch war, ich würde mich mit Sicherheit nicht in den Freund meiner besten Freundin verlieben. Highschool-Erfahrungen hin oder her.

»Du freust dich ja gar nicht!« Hannah war vollkommen verwundert über meinen Mangel an Enthusiasmus. »Weißt du wie selten jemand neues eine der großen Rollen bekommt? Und du bist nicht einmal im Abschlussjahrgang. Ich meine ... Du warst der totale Underdog und hast die Rolle trotzdem bekommen! Das ist ein kleines Theater-Wunder.«

»Ein Wunder, ja«, sagte ich mit flacher Stimme. »Yay«, setzte ich noch nach und hob halbherzig die Faust in die Luft.

»Bis zur Aufführung solltest du definitiv an deinen Schauspielkünsten arbeiten«, meinte Hannah, bevor sie mich mit sich in Richtung Mensa zog.

***

»Oh mein Gott, Lilli, was machst du in der Schule in so einem Outfit?«, war das erste, was Katrina beim Mittagessen zu mir sagte. Das war typisch. Hannah hatte das Outfit scheinbar gar nicht bemerkt. Sie steckte ohnehin ständig mit dem Kopf in den Wolken, während Katrina das Ganze natürlich sofort zu kritisieren begann.

»Ich kann sehen, welche Farbe dein BH hat, Lilli«, flüsterte sie mir hinter vorgehaltener Hand zu. »Das ist nicht mehr schön. Meine Mutter holt mich heute von der Schule ab. Wenn die dich so sieht, dann verbietet sie mir endgültig den Kontakt mit dir.«

»Ich finde, du siehst toll aus, liebste Jane.« Das war Peter, der einen Arm lässig um Hannahs Taille schlang und ihr einen Kuss auf die Wange drückte. Dann zwinkerte er mir zu und verbeugte sich tief. »Ms. Bennett, es wäre mir eine Ehre, Sie an meinem Tisch begrüßen zu dürfen.«

Er zog Hannah mit sich zu dem Tisch, an dem er mit seinen Freunden saß. Die Jungs machten Platz, damit wir uns neben sie quetschen konnten. Mir fiel auf, dass einige Blicke auffällig häufig von meinem Gesicht hinunter zu meiner Brust wanderten. Ganz besonders der von Jonas Dahlen. Dabei versuchte er mich außerdem ständig in ein Gespräch zu verwickeln. Er wollte anscheinend über den aktuellen Nahostkonflikt diskutieren – Politik, im Ernst? – und drückte zum Abschied meine Hand, was wirklich süß hätte sein können, aber leider eher merkwürdig ankam.

Der Moment, in dem ich aufstand, machte mir bewusst, dass ich das Problem meiner Schuhe vergessen hatte. Ich setzte die Füße schlecht auf, kam auf den Absätzen ins Wanken und legte mich dann mitten in der Mensa auf die Nase. Mein Gesicht landete nur Zentimeter von einem vergammelten Fritte entfernt auf dem Boden. Ich hätte anfangen können zu weinen, als die anderen in Gelächter ausbrachen, aber ich versuchte, es positiv zu sehen: Eine öffentliche Blamage gehörte doch zu jedem Teenagerleben dazu! Wenigstens hatte ich meine jetzt hinter mir und in Zukunft musste mir so etwas dann nie wieder passieren. Ich hoffte inständig, dass das Schicksal das auch schön brav mitbekommen und notiert hatte.

Allerdings merkte ich sehr schnell, dass dem offenbar nicht so war. Denn die Peinlichkeiten erreichten ihren Höhepunkt erst, als ich mich aufrappelte und nach oben blickte. Zachery Martinez stand vor mir, das Tablett mit seinem Essen in den Händen und ein amüsiertes Lächeln auf den Lippen.

»Suchst du was da unten, Lilli?«, fragte er und sein Blick wanderte zu dem Fritte. Ich rappelte mich hoch, klopfte mir den Dreck von den Kleidern und warf mein Haar nach hinten.

»Nach dir jedenfalls nicht«, erwiderte ich mit hochmütiger Stimme. So ganz gelang mir der hochnäsige Tonfall jedoch nicht, weil ich feststellen musste, dass ein weiterer Fritte sich in meinen Haaren verirrt hatte.

»Wäre auch reichlich dämlich auf dem Boden nach mir zu suchen.« Seine Augenbraue war leicht gehoben und seine Mundwinkel zuckten.

»Wäre reichlich dämlich überhaupt nach dir zu suchen.« Ich begegnete herausfordernd seinem Blick.

»Das kommt ganz darauf an, ob man mich finden will.«

»Wäre reichlich dämlich dich finden zu –«

»STOPP!«, sagte Katrina und presste dabei zwei Finger an ihre Schläfe. »Noch ein Wort und ich stopfe euch beiden einen Apfel in den Mund. Ihr seid ja kaum zu ertragen.«

Zach und ich tauschten einen ratlosen Blick, woraufhin Katrina die Augen verdrehte und mit ihrem Tablett verschwand. Die anderen folgten ihr. Nur ich blieb unschlüssig stehen. Irgendwer – ich hatte ganz stark Jonas im Verdacht – hatte mein Tablett nämlich schon zum Abgabeschalter mitgenommen, weshalb ich für einen Moment nichts mit mir anzufangen wusste.

Zachery erleichterte mir die Entscheidung, indem er an mir vorbeiging und sich an den nun freien Tisch setzte. So einfach konnte ich ihn nicht davonkommen lassen. Also setzte ich mich ihm gegenüber hin und wartete darauf, dass er etwas sagen würde. Leider kaute er nur völlig ungerührt auf seinem Sandwich herum.

Doch ich würde nicht nachgeben! Nachgeben, das war etwas für Weicheier, Warmduscher, Schattenparker und Jacken-im-Hochsommer-Benötiger. Ich war eine Benz und eine Benz gab niemals nach. Auch wenn diese Benz hier deshalb fünf Minuten lang auf heißen Kohlen und einem harten Mensastuhl ausharren musste.

»Na schön, was willst du?« Endlich ließ Zach sein Sandwich sinken und fixierte mich mit diesen dunklen Augen.

»Ich will wissen, was dein Geheimnis ist.« Schluss mit undercover, jetzt wurde Klartext geredet. Das probierte Veronica Mars immerhin auch das eine oder andere Mal. »Warum lassen die Lehrer dir ständig so viel durchgehen? Und wenn du jetzt sagst, dass das an deinem guten Aussehen liegt, dann muss ich dir sagen, dass ich einen vergammelten Fritte in meinem Haar habe und durchaus bereit bin, ihn zu benutzen.«

Zach verschluckte sich an seinem Sandwich und nahm einen großen Schluck aus seiner Cola, bevor er mir antwortete. »Warum bist du stärker und schneller als all die anderen und warum hast du so tolle Augen und warum wird mir bei deinem Anblick immer so ganz warm ums Herz?«

Leider imitierte er bei diesen Worten meine Stimme nahezu perfekt. Und noch viel schlimmer war, dass mein Herz tatsächlich schneller schlug, als er das Tablett wegschob und sich über den Tisch zu mir hin lehnte. Verfluchtes gutes Aussehen!

»Jetzt übertreib's mal nicht. Niemand kauft dir den Superhelden ab, auch wenn du dich offenbar für einen hältst.«

»Warum sollte ich kein Superheld sein? Vielleicht ist genau das der Grund, warum die Lehrer meistens Gnade vor Recht ergehen lassen. Weil ich mich abends in ein hautenges Kostüm zwänge und dann auch noch die Welt rette.«

»Und wie heißt du dann? Super-Egoman?« Drei Sekunden lang blickte er mir tief in die Augen, dann begannen wir beide zu grinsen.

»Okay, der war nicht schlecht, das muss ich dir lassen.«

»Wow, fast so etwas wie ein Kompliment.« Ich spürte, dass das Lächeln meine Lippen noch immer nicht verlassen hatte. »Vielleicht wird's ja sowas wie Flirtman.«

Er lachte und ich wollte gerade noch etwas hinzufügen, als ich sah wie Maria Sancez auf unseren Tisch zusteuerte. Hastig duckte ich mich und streckte mich auf der Bank aus, damit sie mich nicht sehen konnte. Leider schien sie mich aber schon längst entdeckt zu haben, denn neben Zacherys Turnschuhen tauchte plötzlich ein Paar roter Pumps auf.

»Was suchst du denn da unten?«, fragte Maria, als ich wieder hochkam und mir das Haar schnell glatt strich.

»Nicht mich«, wandte Zachery ein, zog dann aber eine Augenbraue hoch. »Maria, woher kennst du denn Lilli?« Sein Gesicht wirkte leider ganz so, als würde er gerade eins und eins zusammenzählen.

»Ach das ist also dein Name? Den hast du mir vorhin gar nicht genannt, Lilli. Und dabei wollte ich gerade Pedro auf dich aufmerksam machen.«

Fasziniert beobachtete ich, wie sich Zachs Gesicht bei der Erwähnung von Pedro verdüsterte. Hoppla. Da herrschte aber dicke Luft.

»Maria, das wirst du nicht tun«, sagte er mit Grabesstimme.

Sie sah so aus, als würde sie Zach dazu gern etwas Passendes sagen, verkniff es sich jedoch mit einem wissenden Lächeln und blickte ihn herausfordernd an. »Klar tue ich das. Kein Grund, es nicht zu tun, oder? Wenn Lilli mich schon um Rat ersucht, wie sie an meinen Bruder rankommt, warum sollte ich ihr den verwehren? Vor allem glaube ich, dass sie genau sein Typ wäre.«

Ich hatte zwar noch nie ein Wort mit diesem Pedro gewechselt, lächelte Maria aber trotzdem an. Man hörte ja nicht alle Tage, dass man genau jemandes Typ war. Ich wäre zwar lieber genau Ian Somerhalders Typ gewesen, aber der Spatz, meine Lieben, der Spatz.

»Nein, das ist sie nicht.« Zach lachte, als sei die Vorstellung, dass ich Pedro gefallen könnte, geradezu lächerlich. Ich versuchte kritisch eine Augenbraue zu heben, versagte dabei aber offenbar, denn Maria fragte mich besorgt, ob es mir gut ginge. Nein, mir ging es seltsamerweise nicht gut. Eigentlich sollte es mir egal sein, ob mich Zachery Martinez für würdig befand seinen Kumpel zu daten. Im Moment sollte mir das *eigentlich* mal den Buckel runterrutschen. Ich musste mich endlich zusammenreißen.

»Fein«, sagte ich und erhob mich von der Bank. Die beiden sahen mich verwundert an, während ich meinen Blick durch die Mensa schweifen ließ. »Dann werden wir jetzt wohl live und in Farbe sehen, ob ich sein Typ bin.« Mit diesen Worten steuerte ich den Platz an, auf dem Pedro Sancez es sich mit seinen Freunden gemütlich gemacht hatte.

Er trug eine Lederjacke und jede Menge Gel in den dunklen Haaren und blockierte mit seinen Springerstiefeln einen weiteren Platz. Mir fiel auf, dass er mir mit der schmalen Nase und den Muskeln ganz gut hätte gefallen können. Wäre da nicht die Tatsache, dass ich mir bei der Vorstellung, ihn anzusprechen fast in die Hose machte. Er sah einfach gefährlich aus. Die Sorte von Junge, der man nicht abends in irgendeiner Gasse begegnen möchte, selbst nicht in einer hell erleuchteten breiten Straße am frühen Morgen, wenn die Vögel zwitscherten.

Aber ich musste das hier für mein Ego durchziehen. Hey, vielleicht konnte das mein nächstes Projekt werden: Date einen Bad Boy. Also nahm ich all meinen Mut zusammen und warf mir das Haar über die Schulter, als ich vor ihm stehen blieb. Ich hatte zwar gehofft, dass er mich vielleicht kurz ansehen, mich wenigstens bemerken würde, dass sein Blick jedoch so anzüglich über meinen Körper gleiten würde, das brachte mich irgendwie aus dem Konzept.

»Hallo Pedro.« Ich war selbst erstaunt wie selbstsicher das geklungen hatte und klopfte mir innerlich auf die Schulter.

»Hey Süße. Wer bist du und verdammt, wo warst du mein ganzes Leben lang?« Meinte er die paar Jahre, in denen er was anderes gemacht hatte, als Mädchen die Sandburgen zu zerdeppern?

»Ich bin Lilli und ich war schon immer hier. Ich habe mich gefragt, ob du Lust hättest mal was zu machen.«

Seine Kumpels begannen zu johlen. Idioten. Er erhob sich, zwinkerte den anderen kurz zu und zog mich dann von dem Tisch fort. Er kam mir sehr nahe und flüsterte mir seine Antwort ins Ohr, während seine Hand an meiner Taille entlang zu meinem Rücken wanderte.

»Du hast ja keine Ahnung wie viel Lust ich hätte ...« Sein Atem traf auf die Haut an meinem Hals und ich war mir fast sicher, kurz seine Lippen gespürt zu haben. » ... mal was zu machen.« Dann sah er mir tief und bedeutungsvoll in die Augen.

Ach Gott, was hatte ich mir denn da eingebrockt? Also, ob ich sein Typ war, das war damit wohl geklärt. Allerdings hatte Maria Recht behalten: Ich war sein Typ. Denn jedes Mädchen, das sich ihm anbot, wäre genau Pedro Sancez' Typ.

Ich überlegte gerade, wie ich aus diesem Schlamassel wieder herauskommen sollte, als Pedro plötzlich von mir fortgerissen wurde. Ich blickte mich verwirrt um, sah aber niemanden, nicht einmal Pedro. Dann wanderte mein Blick nach unten. Zachery hatte sich auf ihn gestürzt und drückte jetzt mit den Knien seine Arme zu Boden. Mir blieb der Mund offen stehen.

»Jetzt pass mal gut auf, Schleimfrisur. Wenn du dich nicht von Lilli fernhältst, dann schlag ich dich grün und blau, kapiert? Ich suche schon seit Jahren einen Anlass dafür. Den hier finde ich geradezu perfekt. Sie ist ein gutes Mädchen und du ein böser Junge. Eins und eins macht in diesem Fall leider zweiunddreißig ausgeschlagene Zähne.«

»Ich hab keine Weisheitszähne«, knurrte Pedro und versuchte sich aus Zachs Griff zu befreien. »Und du bist derjenige, der am Ende ohne Zähne dasteht, das kannst du mir glauben, Martinez!«

»Wie wäre es, wenn einfach alle Zähne in den dafür vorgesehen Mündern bleiben?«, schlug ich vor, aber leider hörte niemand auf mich. Zach blickte noch immer mit finsterer Miene auf Pedro hinab und dieser sah genauso finster zurück. Ich warf die Arme in die Luft, stieß einen frustrierten Laut aus und wandte mich schwungvoll von der Szene ab, die die beiden mitten in der Mensa veranstalteten. Ich hatte so ein Gefühl, dass es bei diesem Kampf nicht mehr um mich ging...

Ernüchtert stellte ich fest, dass meine nachgeholten Teenie-Erfahrungen nicht immer so super angenehm oder spektakulär waren, wie ich mir das vorgestellt hatte. Aber eines war sicher: Das mit der öffentlichen Blamage war mir definitiv geglückt.

STEP 6 – LOSING A HEART

Verliere dein Herz.
Ich weiß, dass du davor eine Scheißangst hast. Aber der Richtige wird dein Herz nicht einfach wegwerfen, sondern es als das Geschenk sehen, das es ist. Hoffentlich zumindest.

Der Moment, in dem mir klar wurde, dass ich mein Herz bereits endgültig verloren hatte, kam am Donnerstag, als ich Bärchen massakriert in unserem Gästezimmer vorfand. Damit meine ich nicht, dass mein Herz brach, weil ich das Kuscheltier, das mich meine gesamte Kindheit lang begleitet hatte, mit herausgerupfter Füllung und leblos am Boden liegen sah. Vielmehr war es die Tatsache, dass mein Herz bei diesem Anblick eben nicht brach. Stattdessen konnte ich nicht umhin zu bemerken, wie süß es aussah, dass ein riesiger Knubbel Watte aus Bärchens Bauch in Marcos braunen Locken steckte, während dieser mit konzentrierter Miene Bärchens Inneres durchwühlte. Gut dass Bärchen nur aus Stoff war, sonst würde diese Szene sich perfekt in einem Horrorfilm machen.

»Wollen wir wetten, dass du da drin keinen Schatz finden wirst?«

Marco sah erschrocken von dem Bären in seinen Händen zu mir hinauf und dann schnell wieder zurück.

»Ich wollte nur mal gucken«, murmelte er leise, während er mit den kleinen Fingern versuchte, die herausquellende Watte wieder in Bärchens Körper zu schieben.

»Nur weil dein Stofftier einen Reißverschluss hat und wir da immer deine Autos drin verstecken, heißt das nicht, dass in meinen Stofftieren auch welche drin sind.« Ich bückte mich zu Marco herunter und hob ihn mir auf die Hüfte. Er sah mir noch immer nicht in die Augen.

»Tut mir leid«, nuschelte er, Bärchen noch immer in den Händen. »Mein Papa kann ihn bestimmt reparieren.«

»Bestimmt«, bestätigte ich, auch wenn ich lieber sterben würde, als Erik darum zu bitten, meinen Teddybären wieder zusammenzunähen.

Marco lächelte mich an, wobei er kleine, strahlend weiße Zähnchen zeigte. Er war definitiv der süßeste Fünfjährige, der auf diesem Planeten wanderte. Einen Moment lang betrachtete er mich, als würde er ein Urteil über mich fällen. Dann ließ er Bärchen fallen, streckte die kleinen Finger aus und vergrub sie in meinem blonden Haar.

»Und was lesen wir heute?«, fragte ich, obwohl ich die Antwort bereits zu kennen glaubte. Dann setzte ich Marco auf dem Gästebett ab.

Mein Vater hatte ihn am Dienstag von der Schule abgeholt und weil ich wegen der Theater AG tagsüber so wenig Zeit mit ihm hatte verbringen können, hatte ich ihm jeden Abend vorgelesen.

Er zupfte einen Moment lang nachdenklich an seinem Pyjama, während ich zum Fenster ging und es schloss, damit nicht noch mehr kalte Luft hereindringen konnte.

»Cinderella«, sagte Marco mit einem Unterton, den man fast stolz nennen könnte.

»Na, das ist ja mal was ganz Neues«, sagte ich ironisch und seufzte. »Kleiner, an dieser Sache mit Cinderella müssen wir dringend arbeiten. Ich weiß, du liebst sie, aber ich fühle mich als emanzipierte junge Frau in der Verantwortung, dir mitzuteilen, dass Cinderella ein sehr sexistisches Märchen ist.«

Marcos Antwort war ein verwirrtes Blinzeln.

»Vielleicht sollten wir da erst in ein paar Jahren drüber sprechen«, überlegte ich laut.

»Nein, ich will jetzt sprechen!« Dabei ballte er seine kleinen Hände zu Fäusten zusammen.

»Okay. Wie sag ich das jetzt am besten?« Während ich zum Schrank hinüberging und daraus das Märchenbuch hervorkramte, versuchte ich die richtigen Worte zu finden. »Ich finde es nicht schön, dass das Märchen Frauen so darstellt, als wäre es ihr größter und einziger Wunsch, einen Mann zu bekommen. Und dass Cinderella deshalb einfach den Prinzen heiratet, obwohl sie ihn kaum kennt. Normalerweise heiratet man nur dann, wenn sich beide sehr lieben und gut kennen und sich sicher sind, dass sie zusammenbleiben möchten.«

Marco schien einen Augenblick lang über mein Argument nachzudenken. Dann legte er leicht den Kopf schief und betrachtete mich. »Aber du hast gesagt, dass du Harry Potter heiraten möchtest. Und den kennst du auch nicht.«

»Natürlich kenne ich Harry!«, meinte ich empört. Dass Harry mich nicht kannte, das überging ich. »Außerdem ist Harry ein Charakter aus einem Buch. Das ist etwas völlig anderes.«

Marcos Augenbrauen zogen sich zusammen. »Und der Prinz ist nicht aus einem Buch?«

Ich stöhnte und gab auf. »Na schön. Du gewinnst. Dann bibedibabedibuhen wir eben schon wieder.«

Erfreut krabbelte er unter seine Bettdecke und ließ sich ins Kissen sinken, bevor er aus seinen großen Augen zu mir aufblickte. Ich machte es mir neben ihm bequem und er kuschelte sich an mich. Als ich die Seite aufschlug, auf der Aschenputtels Märchen begann, zeigte Marco wie an jedem bisherigen Abend der Woche auch auf die Zeichnung, die die erste Seite zierte. Dort sah man ein junges Mädchen mit langem blonden Haar, das einen Fliesenboden im Schachbrettmuster schrubbte, während über ihr eine ältere Dame stand und grimmig auf sie hinabblickte.

»Sie sieht aus wie du«, sagte Marco. Diese Erkenntnis hatte er schon vor einer Weile gehabt. Damals war ich zum ersten Mal bei ihm Babysitten gewesen und hatte Schwierigkeiten gehabt ihn für etwas zu begeistern. Er war sehr schüchtern gewesen, hatte kaum mit mir gesprochen und ich hatte ihm schließlich etwas vorgelesen, weil das eine Aktivität war, bei der er nicht sprechen musste. Er hatte minutenlang zwischen mir und der Zeichnung hin und her geschaut, den Mund zu einem perfekten kleinen O geöffnet. Irgendwann hatte ich mir eine Schürze aus der Küche geschnappt, mich auf den Boden gesetzt und so getan, als würde ich nach meinen Vogelfreunden rufen, damit sie die Hausarbeit für mich erledigten. Das hatte ihn zum Lachen gebracht und seitdem war ich die Einzige, die auf ihn aufpassen durfte, wenn seine Eltern nicht da waren.

»Pah!«, sagte ich jetzt und reckte die Nase möglichst hoch in die Luft. »Ich bin viel hübscher als die da«, sagte ich gespielt empört in leicht ironischem Tonfall. »Schau doch nur meine großen Augen!« Ich riss die Augen weit auf, woraufhin er kichernd zurückwich. »Und meine langen Haare!« Mit der Hand umfasste ich eine meiner Strähnen und kitzelte sein Gesicht mit meinen Haarspitzen.

»Und deine großen Hände!«, fügte Marco hinzu und hielt seine kleine Handfläche gegen meine große.

»Also erst einmal ist das kein angemessenes Kompliment für eine Frau. Das solltest du dir für die Zukunft merken. Und zweitens ist das ein anderes Märchen. Also willst du nun wissen, was Cinderella Skandalöses passiert ist?«

Marco nickte und so begann ich zu lesen.

***

In dieser Nacht wurde ich von einem merkwürdigen Geräusch geweckt. Ein leises, durch die Wände meines Zimmers gedämpftes Murmeln drang vom Flur aus zu mir herein. Ein Blick auf den Wecker sagte mir, dass es zwei Uhr morgens war. Wer zur Hölle wollte mich da quälen? Morgen war Freitag und das bedeutete, dass ich in der ersten Stunde Sport hatte. Frau Heller, unsere Sportlehrerin, war wie ein kleiner, in die Jahre gekommener Drill Sergeant, der ein Murmeln in der Nacht sicher nicht als Ausrede für meine müden Knochen gelten lassen würde.

Als das Geräusch auch zehn Minuten später noch nicht verschwunden war, schwang ich stöhnend die Beine über die Bettkante. Ich begann in der kühlen Luft zu frösteln. Über die nackte Haut an meinen Beinen zog sich eine Gänsehaut, während ich auf Zehenspitzen durch den Flur schlich und lauschte. Das Murmeln kam aus Marcos Zimmer. Vielleicht redete er im Schlaf?

Als ich mich zu seiner Tür vortastete, stieß ich gegen eines der Bücher, die sich auf dem Sideboard im Flur stapelten. Mit lautem Rumpeln fiel es zu

Boden. Fluchend bückte ich mich, um es aufzuheben, als mir auffiel, dass das Murmeln verstummt war. Mit dem Buch in der Hand hielt ich inne, um zu lauschen, aber alles, was ich hörte, war eine drückende Stille. Ich runzelte die Stirn, legte das Buch zurück an seinen Platz und öffnete möglichst leise die Tür zum Gästezimmer.

Es war dunkel und auch wenn ich das Licht im Flur nicht angeschaltet hatte – klarer Fehler wie die Polterattacke bewiesen haben sollte –, brauchten meine Augen ein paar Sekunden, um sich an die Dunkelheit zu gewöhnen. Das einzige Licht, das hereindrang, kam vom weit offen stehenden Fenster, durch das gespenstisch der Mond schien. Marco lag im Bett, die Bettdecke bis zum Kinn hochgezogen und starrte mich aus großen Augen an. Ich begann zu zittern, als ein kalter Luftzug meine Haut traf, und ging schnell hinüber zum Fenster, um es zu schließen. Kein Wunder, dass Marco im Schlaf redete. Bei dieser Kälte würde ich auch Albträume bekommen.

»Ich kann nicht schlafen«, sagte Marco leise, sah mir dabei aber nicht in die Augen.

»Hattest du einen Albtraum?«, fragte ich ihn. Er schien kurz abzuwägen, ob er sich mir anvertrauen sollte. Dann nickte er zaghaft mit dem Kopf. Ich seufzte leise und setzte mich zu ihm aufs Bett. »Alles wird gut«, flüsterte ich. »Deiner Mama wird es schon bald wieder besser gehen und dann kannst du wieder nach Hause gehen.«

»Ich gehe nicht nach Hause«, flüsterte Marco so leise, dass ich mich fragte, ob ich mir seine Worte nur eingebildet hatte. Als ich jedoch nachhakte, hatte Marco die Augen bereits geschlossen und sein Atem begann ruhig zu werden.

Erst als ich wieder in meinem warmen, kuscheligen Bett lag, fiel mir auf, dass ich das Fenster in Marcos Zimmer vorhin eigentlich geschlossen hatte.

***

Marcos Schlaf wurde auch in den folgenden Tagen nicht ruhiger. Jede Nacht weckte mich sein leises Murmeln und jedes Mal, als ich nachschaute, fand ich ihn hellwach im Bett vor. Was mich daran aber wohl am meisten beunruhigte, war die Tatsache, dass auch das Fenster jedes Mal weit offen stand. Ich hatte Marco eingeschärft, es nicht zu öffnen, aber er behauptete immer wieder, dass es bereits offen gewesen sei.

Am Dienstag hatte ich genug und schloss Marcos Fenster nach der täglichen Gutenachtgeschichte mit der eingebauten Kindersicherung ab, so dass er es nicht wieder würde öffnen können. Schließlich konnte es nicht angehen, dass der arme Junge bei uns keinen Schlaf fand! Ich hatte die tiefen Ringe unter seinen Augen durchaus bemerkt und auch meine Eltern hatten sich darüber bereits gewundert. Erzählt hatte ich ihnen trotzdem nichts. Ich wusste selbst nicht, warum ich es ihnen vorenthielt. Vielleicht weil ich die Hoffnung hatte, dass die heutige Nacht endlich ruhig verlaufen würde. Tja, wie sehr ich mich da täuschte, ahnte ich zu diesem Zeitpunkt noch nicht.

Der Tag war ausnahmsweise warm gewesen und bestätigte damit die wohlbekannte Regel, dass der April macht, was er will. Trotzdem verschloss ich das Fenster in Marcos Zimmer gründlich. Um Marco tat es mir fast ein wenig leid, aber er musste endlich mal eine warme Nacht bei uns erleben, ohne sich zu Tode frieren. Ich hingegen öffnete das Fenster über meinem Bett und beschloss nur in T-Shirt und Boxershorts zu schlafen. Für die lange Schlafanzughose war es einfach zu warm. Wohlig in die Decke gekuschelt schlief ich ein, kaum dass mein Kopf das Kissen berührte.

Dieses Mal war es kein Murmeln, das mich weckte, sondern ein Rascheln, das durch das Fenster zu mir hereindrang. Beim ersten Mal glaubte ich noch, da sei eine Katze in unserem Garten, aber als es dann noch einmal erklang und dieses Mal von einem Ächzen begleitet wurde, war ich mir sicher, dass da jemand durch die Büsche schlich. Keine Sekunde später plumpste etwas Schweres und Großes auf mein Bett. Ich versuchte zu schreien, bekam aber nur einen erstickten Laut heraus, da sich eine Hand auf meinen Mund gelegt hatte.

»Ich werde dir nichts tun, aber du musst leise sein. Wir wollen schließlich beide nicht, dass deine Eltern mich hier finden.« Mir fielen fast die Augen aus dem Kopf und die Ohren ab, als ich die Stimme erkannte und im Dunkeln die Konturen von Zachery Martinez ausmachen konnte. Ich war mir sicher, dass das ein Traum war, immerhin war es vollkommen paradox, dass Zachery

Martinez mitten in der Nacht in mein Bett fiel. Deshalb begann ich auch nicht zu schreien, als er seine Hand von meinem Mund nahm.

»Bist du gekommen, um mir zu sagen, dass du auf mich stehst?« fragte ich und rückte ein Stück näher an ihn heran. Das taten die Jungen in meinen Träumen nämlich normalerweise: Sie sagten mir, wie toll ich war und knutschten dann mit mir rum. Wenigstens hatte ich so keine Probleme Traum und Wirklichkeit auseinanderzuhalten.

»Cinderella?« Er klang eher bestürzt als bezaubert. »Bist du das, Lilli?« Er beugte sich vor, vermutlich um mich besser sehen zu können, kam so mit seinen Lippen meinen allerdings sehr nahe. In meinem Gehirn schien sich ein Schalter umzulegen, der meinen Verstand einfach ausknipste. Im Nachhinein dachte ich mir, dass ich mich vermutlich in diesem seltsamen Zustand befunden hatte, in dem man sich fühlte, als sei man betrunken, und für sein Handeln nicht zur Rechenschaft gezogen werden sollte.

Ich holte tief Luft, bevor ich meine Lippen auf seine presste. Er zuckte zurück und wäre wohl vom Bett gefallen, hätte ich nicht in diesem Moment meine Arme um seinen Hals geschlungen und ihn zu mir gezogen. Zach fiel auf mich, während ich ihn weiterhin küsste. Bloß, dass er mich nicht zurück küsste. Im Gegenteil, er versteifte sich und ich fragte mich, ob mein Traum vielleicht ein Albtraum werden würde. Aber dann kam der Moment, in dem ich in sein Haar griff und es änderte sich etwas in ihm. Er war ganz plötzlich vollkommen bei der Sache, flüsterte meinen Namen und küsste mich dann sanft und langsam und mit solch einer Intensität, dass ich das Gefühl hatte, unter seinen Berührungen zu zerschmelzen. In meinem von der Müdigkeit und von Zachs Berührungen benebelten Zustand wunderte ich mich darüber, dass mein Unterbewusstsein offenbar der Meinung war, dass ich auf Zachery Martinez stand. Doch ich kam nicht dazu, diesen Gedanken weiter zu verfolgen, denn im nächsten Augenblick flog die Tür zu meinem Zimmer auf und Licht flutete in den Raum.

Zach fuhr hoch und sah sich verwirrt um. Dann leuchteten seine Augen ganz plötzlich auf und er stolperte aus dem Bett. Ich beobachtete verwundert, wie Zach Marco, der im Türrahmen gestanden hatte, hochhob und ihn an sich drückte. Seltsame Dinge, die mein Unterbewusstsein da zusammen spann. Ohne mich eines weiteren Blickes zu würdigen, ging Zach mit dem strahlenden Marco aus meinem Zimmer und schloss die Tür hinter sich. Einen Moment lang saß ich mit offenem Mund da. Dann beschloss ich, dass ich ab sofort vor dem Schlafengehen keine Cola mehr trinken würde, legte mich hin und war innerhalb von Sekunden wieder eingeschlafen.

***

Als ich das nächste Mal erwachte, war es halb sechs Uhr morgens und ich entdeckte Zach, der auf einem Stuhl neben dem Bett saß und mich grinsend beobachtete.

»Ich hatte mich schon gefragt, wann du aufwachen würdest«, sagte er leise.

Ich zuckte zurück und fiel aus dem Bett. Dann rappelte ich mich hoch und suchte mit den Augen den Raum nach einer potentiellen Waffe ab.

»Was zur Hölle machst du in meinem Zimmer?«, piepste ich, während das Blut in meinen Adern pulsierte. »Bist du irre oder so? Weißt du, egal, was die Welt über Edward Cullen denkt, jemanden, den man kaum kennt, im Schlaf zu beobachten, das nennt man *stalken.*«

Zach hob beschwichtigend die Hände, während ich nach Herrn Bommels, meinem Stoffkissen mit Hasenohren griff. Der würde zwar nicht als Waffe fungieren, aber mit ihm im Arm fühlte ich mich trotzdem gleich viel sicherer.

»Ich habe wiederholt versucht dich zu wecken, aber das hat alles nichts genutzt. Weißt du eigentlich, dass du schnarchst?« Zach zog eine Augenbraue hoch, während sein Blick zu Herrn Bommels glitt. »Und was zur Hölle ist *das*?«

»Das ist eine Lüge, ich schnarche nicht. Das sagst du nur, um mich zu ärgern.« Seine Frage nach Herrn Bommels überging ich.

»Nein, um ehrlich zu sein, ist das die reine Wahrheit. Außerdem hast du sehr lebhafte Träume. Als ich dir die Nase zugehalten habe, hast du mich gekratzt.« Er zeigte mir drei lange, rote Striemen auf seinem Unterarm.

»Selbst schuld! Warum hältst du mir auch die Nase zu? Willst du so dringend, dass ich sterbe?« Mein Herzschlag beruhigte sich ein wenig, aber ich traute mich noch immer nicht näher an ihn heran. Mir kam allmählich mein Traum in Erinnerung und ein schrecklicher Gedanke schoss mir durch den Kopf. »Scheiße«, hauchte ich. »Das gerade war gar kein Traum.«

»Nein. Und gerade war vor zwei Stunden.« Er blickte auf die Uhr an seinem Handgelenk. »Ich muss jetzt auch wirklich zurück, bevor mein Vater mitkriegt, dass ich nicht da bin. Ich wollte dir auch nur kurz mitteilen, dass ich dir sehr verbunden wäre, wenn du niemandem von dieser Sache hier erzählst.«

War der Typ verrückt geworden? Glaubte er, ich würde das ohne eine Erklärung hinnehmen? »Und ob ich jemandem davon erzähle! Erst prügelst du dich fast mit Pedro, dann brichst du hier ein und küsst mich, während ich schlafe, und zur Krönung des Ganzen beobachtest du mich dann auch noch stundenlang. Das ist ganz gefährliches Stalkerverhalten. Außerdem will ich wissen, was das alles mit Marco zu tun hat.«

Zach ignorierte meine Drohungen geflissentlich und kletterte hoch auf den Fenstersims.

»Dann erzähle ich allen einfach, dass wir zwei uns heimlich treffen und dass du mich hereingelassen hast. Gerade die Tatsache, dass ich mich gestern ›wegen dir‹ fast mit Sancez geprügelt hätte, wirkt da doch verdächtig, findest du nicht? Ach ja und nur um das klarzustellen, *du* hast *mich* geküsst. Nicht andersrum.« Er ließ sich hinabsinken, so dass er nur noch mit den Händen am Fensterbrett hing. Ich versuchte ihn aufzuhalten, aber er ließ sich einfach fallen. Einen schrecklichen Augenblick lang glaubte ich, er sei tot. Immerhin befand ich mich im ersten Stock, da ließ man sich nicht mal eben so aus dem Fenster fallen, aber dann fiel mir ein, dass sich direkt unter meinem Fenster das Dach unserer Garage befand. Ich hörte seine Worte von draußen zu mir hereindringen.

»Und was Marco betrifft: Er ist mein Halbbruder und ich habe ein Recht darauf, ihn zu sehen.«

Ich lugte hinaus und bereute es sofort. Das Licht der aufgehenden Sonne tauchte Zachs Gesicht in einen roten Schein, der es weicher aussehen ließ als normalerweise. Seine Augen funkelten und das zufriedene Lächeln, das auf seinen Lippen lag, gab mir den Rest. Ein Wunder, dass mir nicht schon viel eher klar geworden war, dass Marco Zachs Bruder war. Die Ähnlichkeit war verblüffend, auch wenn Marcos Haar so viel heller war als das seines Bruders.

»Also haben wir einen Deal?«

»Einen Deal?« Wenn ich nicht aufpasste, würde ich jeden Moment vor Wut platzen. »Ich ... Ich weiß gar nicht wo ich anfangen soll zu beschreiben, was für einen enormen Dachschaden du hast!«

»Dann überleg es dir für später. Ich muss jetzt leider los!«

Mit diesen Worten ließ sich Zach von der Garage gleiten und verschwand mit federnden Schritten in der Nacht.

***

Am Morgen danach sieht alles immer ganz anders aus. So heißt es zumindest. Ich ließ die Nacht noch einmal Revue passieren: Zach war in unser Haus eingebrochen, um seinen Halbbruder Marco zu besuchen. Er war in mein Bett gefallen und dann von mir so gut wie vergewaltigt worden, woraufhin Marco uns erwischt hatte und Zach mit ihm verschwunden war. Ich war daraufhin einfach eingeschlafen – so etwas passierte ja auch ständig, es war fast schon langweilig – und davon aufgewacht, dass Zach mich wie ein kranker Stalker angestarrt hatte.

Man konnte daher vielleicht nachvollziehen, dass ich an diesem Morgen leider die Nerven verlor und meinen Kopf wie eine Irre gegen die Wand donnerte.

Ich sollte es meinen Eltern sagen, ja das sollte ich wirklich, aber dann müsste ich ihnen auch erklären, warum ich Zach nicht davon abgehalten hatte, zu seinem Bruder zu gehen und ich glaubte nicht, dass meine Eltern »einschlafen« als Entschuldigung gelten lassen würden.

Also tat ich so, als sei nichts gewesen und hoffte, dass Marco sich nicht aus Versehen verplappern würde. Aber da dieser beim Frühstück Zachery nicht einmal erwähnte, legte sich das ungute Gefühl in meiner Magengegend nach einer Weile.

Ein Gutes hatte diese ganze Sache: Offenbar hatte ich Zachs Geheimnis tatsächlich gelüftet und würde damit den Punkt endgültig von meiner Living the Dream-Liste streichen können. Was mein Vorhaben anging, mein Herz zu verlieren? Ich war mir ziemlich sicher, dass ich mein Herz doch lieber einfach behalten wollte.

STEP 7 – BEING A SHIP

In jedem guten Teeniefilm gibt es dieses Pärchen, für das man sich mehr als für jedes andere wünscht, dass es zusammenkommt. Also Lilli, finde jemanden, der so gut zu dir passt, dass andere eurem ersten Kuss entgegenfiebern! Falls du Probleme hast, dann bitte ruhig Hannah um Hilfe, die ist schließlich Expertin, wenn es darum geht.

»Du willst für Katrina eine Überraschungsparty schmeißen?!« In meinem Kopf drehten sich die Rädchen, während ich versuchte vor lauter Begeisterung nicht den ganzen Schulflur zusammenzubrüllen. »Meinst du das ernst?«, fragte ich, während wir zum Matheunterricht marschierten. Hannahs Augen funkelten.

»Meine Eltern werden spontan übers Wochenende weg sein und da mein Vater mich ja ohnehin als riesige Enttäuschung empfindet …« Sie verzog nur kurz das Gesicht, bevor sich das Grinsen wieder zurückschleichen konnte. »Da dachte ich mir, dass eine Party es eigentlich nicht mehr schlimmer machen kann. Außerdem könnte es ja sein, dass er niemals von der Party erfährt. Irgendwelche Partys müssen doch allein statistisch gesehen unbemerkt bleiben.«

»Das ist einfach genial!«, sagte ich entzückt und hüpfte dabei aufgeregt auf und ab. Hannah hatte ja keine Ahnung, *wie* genial es war. Immerhin war eine Hausparty die ultimative Highschool-Erfahrung. Dort könnte ich vielleicht den Punkt Date und den Punkt Game gleich mit abarbeiten!

»Ich weiß, ich weiß. Meine Genialität kennt keine Grenzen«, meinte Hannah mit gespielter Arroganz, wobei sie sich das rote Haar zurückwarf. Zumindest versuchte sie es. Bei ihren krausen Locken sprang allerdings alles sofort wieder zurück an seinen Platz.

»Außerdem ist Katrinas normale Feier ja immer der Nachmittagstee und der lässt sich mit der Party abends auch ganz einfach kombinieren!«, überlegte ich weiter. »Wir könnten Katrinas Mutter erzählen, dass wir uns danach einen ruhigen Mädelsabend machen. Muss ja niemand erfahren.«

»Was muss niemand erfahren?«, hauchte eine Stimme in mein Ohr. »Sag bloß, du hast deiner Freundin von unserem romantischen Treffen gestern Nacht erzählt?« Ich drehte mich um und sah Zach hinter mir stehen. Er hatte eine Augenbraue hochgezogen und seine Lippen umspielte ein verschmitztes Lächeln.

»Davon träumst du vielleicht«, sagte ich möglichst hochnäsig, aber er lachte nur.

Hannahs Blick wanderte zwischen ihm und mir hin und her und ich machte mich schon darauf gefasst, später von ihr mit Fragen gelöchert zu werden. Besonders da Zach mich auf einmal am Arm fasste und mich mit in die letzte Reihe zog. Warum war er überhaupt schon anwesend, wo es doch zu seinen Prinzipien zu gehören schien, dass er niemals pünktlich kam?

»Wir schmeißen für Katrina eine Überraschungsparty am Samstag. Vielleicht hast du ja auch Lust zu kommen?« Das Lächeln, das Hannah ihm bei diesen Worten schenkte, wirkte auf den ersten Blick unschuldig, aber ich sah mit Schrecken das Funkeln in ihren Augen.

»Oh nein!«, sagte ich entschieden und warf ihr einen warnenden Blick zu. Doch sie ignorierte mich und strahlte dabei Zach an. Ich kannte diesen Gesichtsausdruck ganz genau! Sie wollte mich mit ihm verkuppeln. Hatte sie den Verstand verloren? Das hier war Zachery Martinez, kein Schoßhündchen, das man dressieren konnte. Er war ja wohl kein Umgang für eine ihrer besten Freundinnen!

»Schneewittchen feiert Geburtstag? Ich hoffe, du möchtest mich nicht als einen der Zwerge anheuern?«

Hannah kicherte über den Vergleich. Ob das nun an Katrinas kühler, schneewittchengleicher Schönheit lag oder daran, dass Zach, so groß wie er war, wohl kaum in die Rolle eines Zwergs passen würde, konnte ich nicht genau sagen. Allerdings hatte ich das ungute Gefühl, dass Zach Hannah gefiel – natürlich nur als potentieller neuer Freund für mich.

»Ich glaube nicht, dass Zach dazu Lust hätte. Er verbringt seine Abende sicher lieber damit, in die Schlafzimmer junger Mädchen einzusteigen.«

»Oh nein, das sind die Nächte, die du meinst. An den Abenden bin ich für jede Party zu haben.« Das zufriedene Lächeln hätte ich ihm gern aus dem Gesicht gewischt. Er war mir noch ein paar Antworten schuldig, machte aber keinerlei Anstalten, mir irgendetwas zu erklären. Stattdessen ließ er sich von meiner Freundin zu einer Party einladen. Mein Blick bohrte sich warnend in seinen. Ihr solltet wissen, dass ich eine geniale In-Grund-und-Boden-Starrerin bin. Leider bekam ich Zach nicht dazu, seine Augen abzuwenden, selbst dann nicht als mein linkes Lid zu zucken begann. Und dann breitete sich auch noch dieses freche Lächeln auf seinem Gesicht aus, ganz so, als wüsste er genau, dass ich es gewohnt war, andere durch diesen Trick zum Einlenken zu bringen.

»Arielle, ich werde sowas von auf dieser Party sein«, hauchte er leise.

Es war ein Glück, dass Herr Beckmann genau in diesem Augenblick das Zimmer betrat, sonst wäre mit Sicherheit irgendetwas Schreckliches passiert. Ich hätte mich auf Zach gestürzt und ihm die Augen ausgekratzt. Oder ihn geküsst. Ich war nicht sicher, welche Variante schlimmer gewesen wäre und welche mir mehr Befriedigung gebracht hätte.

Da ich noch immer etwas eingeschnappt war, weil er die Einladung angenommen hatte, beschloss ich ihn den Rest der Stunde zu ignorieren. Ich hatte mich natürlich nicht neben ihn gesetzt, so wie er das gewollt hatte, sondern in die Reihe davor neben Hannah. Katrina war heute leider abwesend, weil sie irgendeinen Termin mit der Schülervertretung hatte. Sie war stellvertretende Schulsprecherin – über das kleine Wörtchen *stellvertretend* war ihre Mutter furchtbar enttäuscht gewesen – und hatte ständig solche Termine. Heute war ich ganz dankbar dafür, weil sie mein Verhalten sicher nicht für akzeptabel befunden hätte. Denn leider war es gar nicht so leicht, Zach zu ignorieren, vor allem dann nicht mehr, als er anfing mir alle paar Minuten einen Papierflieger zukommen zu lassen. Auf dem ersten stand einfach bloß »Wir müssen reden«, aber mit jedem Zettel, auf den ich nicht antwortete, wurde er kreativer und baute kleine Symbole ein, um auszudrücken, was er meinte. Schließlich bekam ich eine kleine Zeichnung, die ohne Zweifel ihn und mich als Miniaturfigürchen darstellen sollte.

Einen Moment lang starrte ich verblüfft auf die Zeichnung. Er war wirklich gut. Nicht Man-kann-erkennen-was-es-sein-soll-gut, sondern Ich-mache-das-beruflich-gut.

Hannah bemerkte das ebenfalls und war ganz aus dem Häuschen. »Wie süß ist das denn bitte? Schau mal, er hat sogar deine Haarspange gemalt.«

Nicht nur das, er hatte mein komplettes Outfit von heute gemalt. Von den Löchern in den Jeans, die ich trug, bis hin zu der lästigen Strähne, die mir ständig in die Augen fiel. Ich drehte mich zu Zach um und warf ihm einen fragenden Blick zu, aber er grinste nur und reichte mir dann eine weitere Skizze.

Die Schlappohren würde ich überall wiedererkennen. Sparkles. Das war Sparkles! Ich versuchte das Bild vor Hannah zu verstecken, war aber leider nicht schnell genug. Sie betrachtete das Bild von dem Hasenkissen, mit dem ich jede Nacht schlief, und bekam ganz große Augen.

»Lilli … Woher weiß er, wie Sparkles aussieht?«, hauchte sie. »Gibt es da etwas, das du mir sagen möchtest?«

»Weißt du Hannah, das ist eine sehr gute Frage, auf die ich dir jeden Moment eine Antwort geben werde und zwar …« Ich stockte. Ja, welche Antwort denn bitteschön? »Ich gebe Zach Nachhilfe in Mathe und er war gestern bei mir und da hat er eben Sparkles getroffen.« Ein Papierflieger traf mich am Ohr, was deutlich mehr schmerzte, als man sich vorstellen würde. Ich faltete ihn auseinander.

Ich glaube, du hast mir in ganz anderen Dingen Nachhilfe gegeben. Unter den Worten hatte sich mein Miniatur-Ich gerade an den Hals seines Miniatur-Ichs geworfen und wie ich in der letzten Nacht trug es nur T-Shirt und Boxershorts. Seine Haare standen in alle Richtungen ab. Zu meinem Ärgernis schaute Zachs Miniatur-Ich ziemlich bedeppert drein und hatte sogar knallrote Wangen. Ich knüllte das Papier zusammen und ließ es dann auf seinen Tisch fallen.

»Was stand denn drauf?«, fragte Hannah neugierig und versuchte einen Blick auf die Zeichnung zu erhaschen. Einen schrecklichen Moment lang glaubte ich, Zach würde sie ihr zeigen, aber er lächelte nur wissend und steckte das Knäuel dann in die Tasche seiner Lederjacke.

»Ach Arielle, das sind Abgründe, die dein Meerjungfrauenherz nicht überleben könnte.« Zach zwinkerte ihr zu, bevor er sich zufrieden auf seinem Stuhl zurücksinken ließ. Ganz so, als schiene er erreicht zu haben, was er wollte.

Wenn es sein Wunsch war, dass ich vor Wut schäumte, dann hatte er das definitiv erreicht.

***

»Weißt du, es ist schwieriger mit dir zu sprechen als mit dem Präsidenten.«

Ich war Zach nach der Mathestunde erfolgreich entkommen, um in der Theater AG dann doch kapitulieren zu müssen. Wir arbeiteten heute alle am Bühnenbild für die dritte Szene und er hatte es geschafft, dass wir beide gemeinsam an einem Baum landeten.

»Das bezweifle ich stark. So wie du aussiehst, würde dich kein Bodyguard der Welt zum Präsidenten durchlassen.« Ich warf einen bedeutsamen Blick auf seine zerrissenen Jeans und die wild abstehenden Haare.

»Aber wenn ich einmal mit ihm sprechen würde, würde er für meine Vorschläge und Anmerkungen sicher offener sein als du.«

Ich überkreuzte die Arme und sah ihn abwartend an. »Schön, du hast fünf Minuten. Schieß los.«

»Ich möchte, dass du mich heute Nacht wieder in dein Schlafzimmer lässt.«

Ich wartete einen Moment lang, im Glauben, dass er scherzte. Aber das ironische Grinsen auf seinem Gesicht blieb aus. Im Gegenteil, sein Blick war erstaunlich ernst.

»Bist du dir bewusst wie das klingt, worum du mich da bittest?«, meinte ich, während ich ein weiteres grünes Pappblatt an den Baum heftete.

Seine ernste Miene verwandelte sich in eine Maske des Entsetzens. »Ich ... Ich ... Ehm ... Das war nicht so gemeint wie es jetzt vielleicht angekommen ist.«

Ich wünschte, ich könnte seinen Gesichtsausdruck filmen und unter dem Titel »Wie ich Zachery Martinez dazu gebracht habe, aus Verlegenheit vor sich hin zu stottern« veröffentlichen. Schien so, als sei er doch nicht ganz so cool wie er immer vorgab.

»Nur um meinen Bruder zu besuchen natürlich«, stammelte er schließlich.

»Natürlich. Du möchtest mich also nur benutzen, so wie gestern, alles klar, dann ist es ja nur halb so wild.«

»Moment mal, *du* warst es gestern, die sich auf mich gestürzt hat. Und versuche gar nicht erst das abzustreiten. Ich habe echt versucht mich loszureißen, das kannst du mir glauben.« Dass er bei diesen Worten völlig fassungslos den Kopf schüttelte, ließ mich wünschen, dass sich der Boden auftun und mich verschlucken würde.

»Ich will gar nichts abstreiten, auch wenn ich es sehr seltsam finde, dass du mich beschuldigst, obwohl du doch derjenige gewesen bist, der in *mein* Zimmer eingebrochen ist.«

Er wollte etwas sagen, aber ich ließ es nicht dazu kommen.

»Egal. Viel entscheidender ist, dass ich dachte, ich würde träumen. Im echten Leben würde ich so etwas natürlich niemals tun.«

Erhobenen Hauptes klebte ich ein weiteres Blatt an einen der Äste. Zu spät fiel mir auf, dass es falsch herum war, aber Zach bemerkte das glücklicherweise gar nicht. Und mal ehrlich, in der freien Natur wuchsen die Blätter schließlich auch nicht alle in die gleiche Richtung.

»Träumst du regelmäßig davon, dass ich in dein Zimmer komme und wir rumknutschen? Wenn ja, warum wäre es dann ein Problem, das heute wieder zu tun?« Da war es wieder ... dieses überhebliche Grinsen. Grrr ...

»Ich träume nicht von dir, sondern ... Ach, hast du noch nie davon geträumt, dass dein Schwarm dich küsst?«

»Ich bin also dein Schwarm. Das wird ja immer besser.«

»Nein, ich habe doch gesagt, dass ich nicht von *dir* träume!« Ich war ein wenig laut geworden und das hatte offenbar den Rest der Gruppe auf uns aufmerksam gemacht. Hannah strahlte, woraufhin Peter ihr eine Frage zuraunte, die sie mit einem Wedeln ihrer Hand abtat. Stattdessen blickte sie wie gebannt auf Zach und mich. Ihr solltet wissen, dass Hannah so ein kleines Problem hat. Ich hätte das schon früher erwähnen können, aber dass ich ihr nächstes Opfer sein würde, das begriff ich erst in diesem Augenblick so richtig. Ich weiß nicht, ob ihr schon einmal von *Shipping* gehört habt. Normalerweise gibt es das nur in Fernsehserien, Filmen oder Büchern. Wenn es im Liebesleben der Protagonisten verschiedene Pärchen-Möglichkeiten gibt, dann gibt es auf einmal einen Haufen verrückter Fans, die ein bestimmtes Paar *shippen*, also möchten, dass die beiden zusammenkommen. Das klassische Team-Edward-Team-Jacob-Syndrom. Hannahs Problem war, dass sie dieses *Shipping* aufs wahre Leben übertrug. Und es schien ganz so, als sei ich ihr nächstes Opfer. Normalerweise fand ich es furchtbar, wenn Hannah ihr Auge auf mich geworfen hatte, besonders wenn es um Jungs ging, die ich gar nicht kannte. Ihren Cousin dritten Grades, oder Ben aus ihrem Sportverein. Dass sie sich gerade Zach herausgepickt hatte, das machte mich auch wütend, weil sie schließlich wissen sollte, dass das mit ihm und mir niemals etwas werden würde. Andererseits konnte ich so den Punkt auf meiner Liste streichen, selbst wenn das hier ein *Ship* war, das definitiv sinken würde.

Als ich in Gedanken vertieft schon wieder ein Blatt falsch herum anklebte, warf Madame Baffour mir einen warnenden Blick zu und ich zog schuldbewusst den Kopf ein. Eine Weile arbeiteten Zach und ich schweigend nebeneinander.

»Also gut, was muss ich tun, damit du mich meinen Bruder nachts heimlich besuchen lässt?«, raunte Zach mir schließlich zu.

Ich überlegte eine Weile. Gab es etwas, das es mir wert war, dafür meine Eltern zu belügen? Und für Marco war es sicher auch nicht gerade das Beste, wenn er jede Nacht von seinem großen Bruder wachgehalten wurde. Ich hatte die Ringe unter seinen Augen heute Morgen durchaus bemerkt. Es gab eigentlich nur eine Sache, für die ich das in Kauf nehmen würde.

»Du musst jemandem von mir eine Nachricht überbringen«, hauchte ich. Es kam mir vor, als wollte ich ihn zu einem Drogendeal überreden, dabei war meine Bitte alles andere als illegal.

»Wenn du mir jetzt aufträgst, Pedro einen Liebesbrief von dir zu geben, dann werden diese wundervollen Bäume hier nicht mehr lange leben. Und du auch nicht.«

Ich verdrehte die Augen und zögerte dann kurz. »Es geht um meine Cousine Mona. Sie ... sie hat mich vor eine Weile allein gelassen und ich habe ihr das nie verziehen. Seitdem reden wir nicht mehr miteinander. Sie kontaktiert mich nicht, ich kontaktiere sie nicht. Aber ich möchte, dass sie weiß, wie ich mich fühle. Würdest du ihr einen Brief von mir geben?«

Er runzelte die Stirn, nickte dann aber. »Natürlich, wenn du mir die Adresse gibst. Aber warum bittest du deine Eltern nicht darum, das für dich zu tun? Ich hatte immer den Eindruck, ihr würdet euch ganz gut verstehen. Du könntest ihn ihr auch mit der Post schicken.«

»Naja, das ist das Problem. Ich weiß nicht genau, wo sie ist. Ich wollte es damals nicht wissen und ... Es käme mir vor, als gäbe ich nach, wenn ich meine Eltern danach fragen würde.« Irgendwie hatte ich das nicht ganz bis zum Ende durchdacht. Wie sollte Zach an die Adresse kommen ohne meine Eltern danach zu fragen? Besonders da ich doch nicht bereit war ihm die ganze Geschichte zu erzählen.

»Alles klar, lass mich nur machen. Ich werde das schon hinkriegen. Also, haben wir einen Deal?« Als er meine Hand nahm, kribbelte es mir in den Fingern. Dann blickte ich hoch in sein Gesicht und lächelte. Das Braun seiner Augen hatte in diesem Licht eine leichte Bernsteintönung und mir fiel auf, dass sich ein kleines, unglaublich niedliches Grübchen auf seiner rechten Wange bildete, wenn er so lächelte wie jetzt. Ein Seufzen entschlüpfte meinen Lippen in dem Moment, als ein Knipsen ertönte und grelles Licht uns plötzlich blendete. Zach und ich blinzelten in die Richtung, aus der das Licht gekommen war.

»Und das war der Moment, in dem sie wusste, dass sie sich verliebt hatte«, schwärmte Hannah, hüpfte dabei auf und ab und umklammerte mit verträumtem Blick ihr Handy.

Zach sah ziemlich überrumpelt aus.

»Das kommt in mein ›Zach und Lilli-Album‹. Ihr braucht auch noch einen Pärchennamen. Zachilli oder Lillery. Mhm, nein das ist beides nicht so ganz das Wahre, da muss ich noch dran arbeiten.«

»Wir sind aber kein Paar, Hannah!«, sagte ich, bevor sich der Gedanke bei ihr so festsetzte, dass ich ihn niemals wieder herausbekommen würde. Energisch griff ich nach ihren Armen und schüttelte sie. »Kehre zurück in die Realität! Doktor, wir verlieren die Patientin.«

»Natürlich seid ihr kein Paar. Aber was nicht ist, kann ja noch werden.« Mit diesen Worten hüpfte sie zurück zu Peter. Ihre roten Haare wippten mit jedem Schritt hin und her.

Zach starrte noch immer wie paralysiert auf den gleichen Punkt wie vor einigen Minuten. »Was ist gerade passiert?«, fragte er dann leise.

»Sieht ganz so aus, als hätte Arielle sich ein Happy End für Cinderella und den Zwerg in den Kopf gesetzt.«

»Ich ignoriere diese Beleidigung jetzt einfach mal und werde diesen äußerst verstörenden Moment verdrängen.« Er schloss für einige Sekunden die Augen und als er sie wieder öffnete, schlich sich ein Lächeln auf seine Lippen. »Kommen wir zu wichtigeren Themen. Du hast vorhin gesagt, dass du nicht von mir träumst … Also: Wer ist denn dann dein Märchenprinz, wenn nicht der holde Zwerg?«

Ganz mieses Spiel, Herr Martinez, richtig mies. Was sollte ich sagen? Das letzte Objekt meiner Kussträume war Kevin Westfahlen gewesen, der Stürmer in der Fußballmannschaft unserer Stadt. Ja, ich weiß, der Superathlet. Es ist ein Klischee ohne Gleichen, dass ich, kleines unscheinbares Ding, ausgerechnet von ihm träumte. Besonders da er wirklich ein Sunnyboy war, wie er im Buche steht: Blondes Haar, breite Schultern und ein umwerfendes Zahnpastalächeln. Zu meiner Verteidigung kann ich sagen, dass meine Traumversion von ihm intelligent war – was auf den echten Kevin leider nicht zutraf. Dumm wie Brot ist noch gnädig ausgedrückt. Wenn ich Zach gesagt hätte, dass ich von Kevin Westfahlen träumte, hätte er mich damit bis in alle Ewigkeiten aufgezogen.

»Katrinas Bruder Mark«, sprudelte es aus meinem Mund. Und wo kam das bitteschön her? Mark war ein paar Jahre älter als wir und studierte mittlerweile an der Uni. Ich hatte ihn seit Ewigkeiten nicht mehr gesehen und glaubte, dass ich ihn auch nicht in naher Zukunft wiedersehen würde, weshalb ich mir selbst auf die Schulter klopfte für diesen genialen Einfall. Zach gratulierte mir leider nicht dazu, sondern sagte gar nichts auf mein »Geständnis« und warf mir stattdessen einen bedeutungsvollen Blick zu. Er verabschiedete sich auch nicht von mir, aber das fand ich nicht ganz so schlimm, denn ich wusste ja, dass ich ihn heute Nacht schon wiedersehen würde. Und wenn es nach Hannah ging, dann waren wir in spätestens zwei Jahren ohnehin verheiratet und erwarteten unser erstes Kind. Ach ja, die Fangirls …

STEP 8 – REALIZING THE FAIRYTALE

Von wegen Märchen sind nicht wahr! Schreib einfach dein eigenes Märchen! Sei eine Prinzessin! Finde einen Prinzen! Zur Not küsst du einfach alle Frösche, die dir über den Weg laufen, lässt dein Haar kilometerlang wachsen oder verschluckst dich an einem Apfel. Irgendwas wird dir schon dabei helfen, dein Märchen Wirklichkeit werden zu lassen.

»Rapunzel, lass dein Haar herunter!«

Ich schreckte aus dem Schlaf. Einen kurzen Augenblick lang war ich noch immer in meinem Traum gefangen, in dem ich als kleine Figur aus Zachs Zeichnung verzweifelt versuchte mich durch ein winziges Fenster zu quetschen, hinter dem Mona saß und mich auslachte.

»Psst, Rapunzel, mach hier nicht einen auf Dornröschen.«

Ich setzte mich auf, dieses Mal trug ich trotz des warmen Wetters eine Schlafanzughose, und spähte aus meinem Fenster.

Zach stand auf unserem Garagendach und grinste zu mir hoch. »Ich dachte, ich frage dieses Mal um Erlaubnis, bevor ich einbreche. Ist doch mal eine nette Abwechslung, findest du nicht?«

»Aber auf jeden Fall. Jetzt muss ich mir nur noch überlegen, ob ich dich hereinlasse.« Ich legte einen Finger an meine Lippen und gab ein undeutliches Murmeln von mir. Zach sprang an der Wand hoch, griff nach meinem Fensterbrett und zog sich daran hinauf in mein Zimmer.

»Hast du wenigstens schon etwas von Mona erfahren können?« Schnaufend legte er sich auf den Boden und presste eine Antwort hervor.

»Wie soll ich denn etwas über sie herausfinden, wenn ich nicht einmal ihren Namen habe? Ihr Geburtsdatum wäre auch nicht schlecht.«

»Oh, sie heißt auch Benz und ist am gleichen Tag geboren wie ich, also am fünften Mai, nur zwei Jahre früher.«

»Das finde ich jetzt aber sehr praktisch.«

Ich runzelte die Stirn. »Wieso?«

»Weil ich jetzt dein Geburtsdatum weiß und nicht einmal Facebook danach befragen musste.« Er rappelte sich auf und warf einen Blick zur Tür. »Wie geht es Marco?«

»Ganz gut, er ist allerdings ziemlich müde gewesen, weil ihr zwei euch gestern ja anscheinend die Nacht um die Ohren geschlagen habt. Schläft jedenfalls wie ein Stein.« Zach erhob sich und streifte durch mein Zimmer. Er nahm hin und wieder Gegenstände in die Hand, um sie näher zu betrachten. Bei der Fotowand über meinem Schreibtisch blieb er schließlich stehen. »Ist das Mona?«, fragte er, ohne den Blick abzuwenden.

Ich stand auf und sah, dass er auf ein Bild zeigte, das an meinem fünften Geburtstag entstanden war. Mona überragte mich um mindestens zehn Zentimeter und hatte den Arm liebevoll um mich geschlungen. Wir hatten Kratzeis gegessen, weshalb mein Mund gelb war und ihrer blau. Weil wir dabei auch noch lauthals gelacht hatten, sahen wir aus wie kleine Monster. Ich nickte und sparte mir eine ausführlichere Antwort.

»Ihr seht euch ähnlich«, murmelte er leise, bevor er mir von der Seite her einen Blick zuwarf. »Sie sieht aus, als sei sie ein sehr lebensfroher Mensch.«

»Manchmal war sie das«, flüsterte ich. Um ihn von diesem Thema abzubringen, zeigte ich auf ein Foto, das vor zwei Jahren auf einer Halloweenparty entstanden war. Zu sehen waren Katrina, Hannah und ich, alle drei als runzlige Hexen verkleidet. »Da hast du deine Märchenprinzessinnen.«

»Wunderschön wie eh und je. Und wer ist das da?« Er deutete auf das Bild daneben, das ebenfalls von dieser Party stammte. Ich reckte den Daumen hoch und zwinkerte in die Kamera, während neben mir ein großer, dunkelhaariger Junge stand und sich mit einem süffisanten Grinsen über mich lustig machte.

»Das ist Mark«, sagte ich und ein Lächeln breitete sich auf meinem Gesicht aus. Ich sollte Katrina mal fragen, ob er dieses Jahr für ihren Geburtstag wieder hier sein würde, wo er es doch im letzten Jahr nicht geschafft hatte. Wir könnten ihn zu der Party einladen.

»Katrinas-Bruder-Mark?«

Ich nickte.

»Katrinas-Bruder-du-küsst-ihn-in-deinen-Träumen-Mark?«

Ich nickte wieder, in Gedanken noch in den Vorbereitungen der Party versunken, dann schreckte ich auf. Zachs Augen waren fest zusammengekniffen und starrten noch immer auf das Foto von Mark und mir.

»Ich kann's dir nicht verübeln. Wenn ich ein Mädchen wäre, dann hätte ich sicher auch Sexträume von dem Typen. Ich werde dann jetzt mal nach Marco schauen gehen, auf Wiedersehen.« Damit verließ er mein Zimmer und schloss die Tür hinter sich. Ich starrte vor mich hin und formte stumm mit den Lippen das Wort Sexträume.

***

Es war nicht Zachery, der mich weckte, sondern Marco. Der Kleine schlüpfte unter meine Bettdecke und kuschelte sich an mich. Seine kalten Hände auf meiner Haut ließen mich hochschrecken.

»Zach?« murmelte ich verschlafen.

»Zachy ist nicht mehr da. Aber er hat gesagt, wenn ich Angst hab, darf ich bei Cinderella schlafen.«

»Ach, hat der Zachy das gesagt, ja?« Nicht, dass es mich stören würde, aber mich zu fragen, ob das in Ordnung war, auf die Idee war Zachy natürlich nicht gekommen. Mit dem Spitznamen sollte er ganz unbedingt zu Zoey, Andi und Tommi in den Debattierclub gehen. Wobei, jetzt wo ich darüber nachdachte, sollte ich das vielleicht nicht zu laut sagen. Nachher käme noch irgendwer auf die Idee, mich mit *meinem* Spitznamen zu rekrutieren.

Ich schlang die Arme um Marco und strich ihm die Locken aus der Stirn. »Dann nennt ihr zwei mich also beide Cinderella?«

Marco nickte und strahlte. »Weil du so hübsch aussiehst wie Cinderella in dem Märchen. Und weil du aussiehst wie Mommy.« Er legte den Kopf leicht schief, betrachtete mich einen Moment lang und kuschelte sich dann wieder an mich. »Zachy hat aber gesagt, dass du gar nicht aussiehst wie Mommy, sondern wie Paylor Sift.«

»Taylor Swift?« fragte ich und versuchte meine Stimme dabei ruhig zu halten, um Marco nicht auszulachen. Zach fand, dass ich aussah wie Taylor Swift? Nicht, dass ich ein Fan von ihr wäre. Sie machte teilweise echt tolle Musik, aber ich hatte mich einfach nie sonderlich für sie interessiert. »Mag dein Bruder denn Taylor Swift?«

»Nö. Er sagt, er findet sie blöd.« Ich verdrehte die Augen. Das war ja klar. »Aber er hatte früher in seinem Zimmer immer Bilder von ihr an der Wand.« Marco gähnte, kaute auf einer Strähne meiner Haare und war fast augenblicklich eingeschlafen. In diesem Moment wusste ich genau, was ich tun würde, wenn ich es Zach mal so richtig heimzahlen wollte ...

***

»Hey, Chica!« Ich blieb wie angewurzelt stehen und rührte mich nicht. Wenn ein Raubtier sich einem nähert, ist es schließlich auch das Beste sich tot zu stellen. Leider war der Boden der Mensa nicht gerade das, was ich sauber nennen würde – ich erinnere an dieser Stelle an den herumliegenden Pommes – und Pedro würde sicher nicht auf diesen Trick hereinfallen. Also drehte ich mich um und setzte meinen besten Was-zur-Hölle-willst-du-von-mir-Blick auf. Er schien das allerdings nicht zu bemerken oder beschloss einfach, es zu ignorieren.

»Also, Fremde, wie wäre es, wenn wir zwei dieses Wochenende mal was machen?«

»Hast du den dezenten Hinweis von Zachery nicht mitbekommen? Anscheinend bin ich ein gutes Mädchen und du ein böser Junge.« Ich konnte nicht verhindern, dass mir bei diesem Satz ein Lächeln über die Lippen huschte, weil er so abgedroschen klang.

»Aber das ist doch die absolut beste Kombination. Ich könnte dir Sachen zeigen, bei denen deine hübsche Haut sich ganz dunkel färben würde.« Er strich mir bei diesen Worten mit dem Finger über die Wange. Wobei, eigentlich sollte ich sagen, er *versuchte* mir bei diesen Worten mit dem Finger über die Wange zu streichen, denn ich wich gekonnt aus. Aber auch davon ließ er sich nicht beirren. »Dass Martinez sich darüber aufregt, das macht es doch nur noch interessanter, findest du nicht auch? Wollen wir ihn ein bisschen ärgern?« Er lehnte sich zu mir herüber und ich schwöre bei Gott, ich bekam vor lauter Ekel ein Kratzen in meinem Hals.

Katrina war es, die mich davor bewahrte, mich auf dem Boden der Mensa zu übergeben. Sie hakte sich einfach bei mir unter und zog mich ohne ein weiteres Wort davon.

»Ruf mich *nicht* an!«, rief ich ihm noch zu.

Katrina verzog keine Miene, doch ich sah, wie ihre Mundwinkel zuckten, bevor ihr etwas einzufallen schien und sie aufgeregt an meinem Ärmel zupfte.

»Hast du schon das Neueste gehört? Kevin hat sich von Tania getrennt.«
Okay, das waren die Neuigkeiten des Jahrtausends! Von Kevin Westfahlen habe ich ja bereits berichtet. Wenn wir in einer amerikanischen Highschool wären, dann wäre Tania Wagner seine Cheerleader-Kapitänin gewesen: Genauso beliebt, genauso hübsch und genauso verknallt in ihn wie er in sie. Die beiden waren jetzt seit sage und schreibe drei Jahren ein Paar. Drei Schuljahre wohlgemerkt. In der wirklichen Welt kam das sicher dreißig Jahren gleich.

»Was? Wieso das denn?« Und diese Frage meinte ich ernst. Denn obwohl ich gesagt hatte, Tania sei wie die gewöhnliche Cheerleader-Kapitänin in einem Teeniefilm, so war sie noch lange nicht gemein und fies. Nein, Tania war einer der liebsten und süßesten Menschen, die ich kannte. Ein wenig naiv vielleicht, aber auf eine gute, sympathische Art.

»Das ist doch der beste Teil an der Sache. Halt dich fest ...«, berichtete Katrina.

Ich stürzte demonstrativ auf einen der leeren Tische zu, klammerte mich an die Lehne eines Stuhls und legte mir dramatisch eine Hand auf die Stirn. »Schone mich nicht, ich bin bereit für die Apokalypse!«

»Du bist eine ganz schöne Drama Queen, weißt du das?« Katrina schmunzelte bei den Worten.

Déjà-vu, da war es. Und schon schweiften meine Gedanken wie so häufig in letzter Zeit zu Zach ab. Das war wie eine Krankheit. Es war aber auch schwer, ihn zu vergessen, immerhin war er in der letzten Woche jede Nacht zu mir ins Zimmer gekommen. Meist blieb er zehn Minuten bei mir und löcherte mich mit Fragen, bis er schließlich bei Marco nach dem Rechten sah. Über seine Mutter sprachen wir nie. Ich hatte schon ein paarmal darüber nachgedacht, ihn nach ihr zu fragen, aber jedes Mal kalte Füße bekommen.

Monas Adresse war er einen kleinen Schritt näher gekommen, da er eine Wohnung in Köln entdeckt hatte, die einer Mona Benz gehörte. Die Stadt war etwa eineinhalb Stunden Autofahrt entfernt von hier und kam damit durchaus in Betracht. Leider besaß sie auch mehr als eine Million Einwohner und der Name Mona Benz war nun auch nicht so außergewöhnlich, dass es zwingend meine Mona sein musste.

»Willst du jetzt wissen, warum er sich getrennt hat oder nicht?« Katrina sah nicht gekränkt aus, obwohl ich mit meinen Gedanken ganz offensichtlich woanders gewesen war.

»Doch, doch, ich musste mich nur kurz seelisch auf diese lebensverändernden, schockierenden Tatsachen einstellen.«

»Er hat Schluss gemacht, weil er meinte, dass er eine intellektuelle Herausforderung suche.« Eine Sekunde lang schwiegen wir, dann brachen wir beide in Gelächter aus.

»Kevin weiß doch noch nicht einmal, wie man ›intellektuell‹ schreibt!«, sagte ich mit erstickter Stimme. »Für den wäre es doch schon eine Herausforderung, einen Affen zu daten.«

Ich hielt inne, als ich den Grund unserer Lachanfälle entschlossenen Schrittes in unsere Richtung kommen sah. Katrina und ich gingen beide aus dem Weg, um ihm Platz zu machen. Zu unserem absoluten Erschrecken blieb er direkt vor Katrina stehen und schenkte ihr ein Zahnpastalächeln. Mir wurden die Knie weich und ich bekam das ganz surreale Gefühl in einer Soap Opera gelandet zu sein.

»Hallo, Katrina«, sagte Kevin mit dieser leisen, sexy Stimme. Ich glaube, ich wäre an Katrinas Stelle in diesem Moment wohl in Ohnmacht gefallen.

Hey, verurteilt mich so viel ihr wollt, Intellekt hin oder her, der Ausstrahlung von Kevin Westfahlen konnte sich niemand entziehen.

»Hallo, Kevin«, sagte Katrina höflich und nickte auch noch, ganz so, als begrüße sie einen entfernten Verwandten, den sie nicht leiden konnte. Am liebsten hätte ich ihr einen Tritt vors Schienbein verpasst.

»Ich habe mich gefragt, ob du Lust hättest morgen Abend mit mir auszugehen.« Kevin sagte das vollkommen lässig, ganz so, als würde er ständig Mädchen nach Dates fragen.

»Unter der Woche darf ich leider nicht ausgehen.« Ich knuffte sie in die Seite, woraufhin sie etwas verdattert hinzufügte: »Aber am Freitag hätte ich Zeit.« Kevins Lächeln wurde noch breiter und ich überlegte, ob das nicht vielleicht sogar ein neuer Weltrekord war. Das Lächeln, das nach Sonnenbrillen verlangte!

»Geile Sache. Wir können auch irgendwas Schlaues machen, was du immer so machst ...« Ich sah die Räder in seinem Kopf rattern, während er versuchte sich eine Beschäftigung einfallen zu lassen, die Katrina gefallen würde. »Schach spielen?«, war anscheinend das Beste, was er zustande brachte. »Allerdings müssten wir da vielleicht noch einmal vorher kurz über die Regeln sprechen. Nur so, damit wir wissen, ob wir sie beide gleich im Kopf haben.«

Ich kicherte, was seine Aufmerksamkeit auf mich lenkte.

»Hallo«, sagte er fröhlich.

»Hallo, Kevin«, antwortete ich. Diese ganze Situation war so amüsant, dass ich mich wunderte, dass meine Mundwinkel nicht schon längst Risse vom vielen Schmunzeln bekommen hatten.

»Du bist doch Lilli, oder?«

Oh mein Gott, Kevin Westfahlen kannte meinen Namen! War das verrückt oder war das verrückt? »In Fleisch und Blut!«

»Blut? Blutest du?« Er runzelte verwirrt die Stirn.

Ich spähte zu Katrina hinüber und hoffte, dass sie diese geballte Dummheit nicht registriert hatte und sich noch einmal umentscheiden würde. Hatte sie tatsächlich nicht, denn ihr Blick hing an Kevins Lippen. Hatte ich erwähnt, dass diese rot und voll und einfach himmlisch waren? Nur das, was herauskam … war nicht ganz so himmlisch. Ich hoffte inständig, dass Katrina das eine Weile ignorieren konnte. Zumindest bis nach dem Date.

»Naja, egal. Mein Kumpel Dan findet dich total heiß. Vielleicht machen wir daraus ja einfach ein Doppeldate? Natürlich nur, wenn du Lust dazu hast«, wandte er sich hastig wieder an Katrina und runzelte die Stirn, offenbar in Panik, etwas Falsches gesagt zu haben. »Wir könnten alle zusammen Schach spielen.«

»Niemand spielt hier Schach«, sagte ich genervt und tätschelte Kevin mütterlich den Arm. »Wie wäre es mit Kino? Katrina geht genauso gern ins Kino wie du, glaub mir.«

Kevin strahlte wieder und Katrina und ich gaben gleichzeitig ein kleines Seufzen von uns. Manchmal war das Leben anscheinend doch wie ein Märchen. Kevin würde jedenfalls einen wundervollen Prinzen in Schneewittchens Geschichte abgeben. Ich dagegen hatte zwar noch kein Königreich gerettet und einen Frosch hatte ich erst recht nicht geküsst, aber trotzdem steckte ich zumindest ein kleines bisschen in meinem eigenen Märchen fest. Den Spitznamen Cinderella schien ich jedenfalls nicht mehr loszuwerden. Blieb eigentlich nur noch zu hoffen, dass Dan mein Prinz sein würde … auch ohne Krone, Königreich oder das Bezwingen eines feuerspuckenden Drachen.

STEP 9 – ROCKING A DATE

Hab so ein richtig schnulziges, kitschiges Date. Er holt dich mit seinem Auto ab, ihr fahrt etwas Essen und dann zum Bowlen und am Ende des Dates wartet ein wundervoller, sanfter Kuss auf dich… *seufz* Also los, Lilli: Krieg deinen Hintern mal hoch, ich habe keine Lust, ewig zu warten.

»Dieser Dan Silber, der geht also auf deine Schule, ja?«

»Ja.«

»Und der möchte sich heute mit dir verabreden?«

»Naja, rein technisch hat er sich bereits mit mir verabredet und –« Ich sah den warnenden Blick meines Vaters und seufzte. »Ja.«

»Wie alt ist er?«

»Achtzehn. Willst du auch wissen, wie lange er schon Achtzehn ist? Ich habe keine Ahnung, weil ich den Typen nämlich kaum kenne. Wer weiß, vielleicht ist er ein Vampir und du bekommst deine Tochter blutleer zurück.«

»Aha!« Mein Vater stürzte sich auf das kleinste, natürlich *unwichtigste* Detail. »Du kennst ihn gar nicht richtig! Elisabeth, ich bin dein Vater und ich kann nicht zulassen, dass du dich mit einem jungen Mann triffst, von dem du und deine Eltern so wenig wissen. Ich glaube, wir sollten mal ein ernstes –«

»Schatz, ich unterrichte diesen Jungen seit drei Jahren und er ist wirklich nett«, kam mir meine Mutter zur Hilfe. »Ein einmaliger Schüler, keine Schlägereien, Sportler und darüber hinaus auch noch Schulsprecher. Ich weiß wirklich nicht, wie er noch harmloser sein könnte.«

Mein Vater wirkte darüber alles andere als erfreut. Wer hätte gedacht, dass er tatsächlich ein Beschützer-Typ war? Und wer hätte gedacht, dass meine Mutter mehr über Dan Silber wusste als ich? Der Tag war voller Überraschungen.

»Aber das ist ja genau der springende Punkt: Gerade diejenigen, die besonders nett wirken, entpuppen sich hinterher als Serienmörder!«

»Schön Papa, darf ich dann jetzt zu meinem Date mit diesem Serienmörder gehen?«, fragte ich mit möglichst lieber Stimme. »Ich würde ihn nämlich gerne darum bitten, meinen Vater zum Schweigen zu bringen.« An dieser Stelle machte ich eine dramatische Pause und flüsterte hinter vorgehaltener Hand: »Für immer.«

Als Dan genau diesen Moment wählte, um an unserer Haustür zu schellen, zuckte mein Papa tatsächlich zusammen und Mama und ich brachen in Gelächter aus. Er murmelte noch etwas von der Verschwörung des weiblichen Geschlechts und stiefelte dann los, um die Tür zu öffnen.

»Du siehst einfach wunderschön aus«, sagte meine Mutter, während sie mir über die Wange strich. Das war jetzt schon das fünfte Mal, dass sie das sagte und so langsam begann es mir auf die Nerven zu gehen. Als wäre die Tatsache, dass ich gut aussah, ein solch seltener Augenblick, dass man ihn ganz besonders betonen müsste. Ich war diese seltsame Kakteenart, die nur mitten in der Nacht für kurze Zeit erblüht. Elisabeth, die Königin der Nacht.

»Hallo Herr Benz«, hörte ich Dans Stimme aus dem Flur und hastete eilig hinein, um eine Katastrophe zu vermeiden. Dan stand vor der Tür, da mein Vater ihn, wie es schien, nicht hereingebeten hatte. Stattdessen beäugte er ihn, als müsste er überlegen, ob er die Polizei rufen sollte.

»Es ist mir eine Freude, Sie kennenzulernen. Ich bin Dan Silber und ich bin hier, um Ihre Tochter Lilli abzuholen. Ist sie da?«

Selbst mein Vater konnte anhand dieser tadellosen Höflichkeit nichts anderes tun, als zu nicken und die Tür ein Stück weiter zu öffnen. Dan Silber war zwar relativ klein und schlank für einen Fußballspieler, aber trotzdem ziemlich durchtrainiert. Er hatte himmlische kleine Grübchen und ganz fantastische dunkelrote Haare, durch die ich nur zu gern mit meinen Fingern gefahren wäre. Außerdem hatte er atemberaubende smaragdgrüne Augen. Obwohl Dan schon immer sehr beliebt gewesen war – der Grund für seine

Wahl als Schulsprecher –, war er leider auch verflucht schüchtern. Deshalb hatte ich bisher selten mit ihm gesprochen. Auch jetzt lief er sofort feuerrot an, als er mich sah, und lächelte mir verlegen zu, wodurch sich seine Grübchen nur noch vertieften. Es sah so süß aus, dass ich nicht anders konnte, als breit zurück zu grinsen. Gott allein wusste, warum er keine Freundin hatte.

»Hallo Dan. Das sind meine Eltern. Meine Mutter kennst du ja schon.«

Er nickte und grüßte sie kurz, woraufhin sie ihm ein warmes Lächeln schenkte.

»Und da du meinen Vater gerade auch kennengelernt hast, können wir dann ja jetzt gehen.« Ich schob mich an meinem Papa vorbei aus der Tür und ging den schmalen Weg zu Dans Auto entlang, oder, da es sich um einen Kombi handelte, wohl eher zum Auto seiner Eltern.

»Um neun bist du zu Hause!«, rief mein Vater uns hinterher.

»Natürlich Sir«, sagte Dan höflich.

»Das kannst du aber sowas von knicken«, setzte ich hinzu. Ich griff nach Dans Hand, öffnete die Fahrertür und schob ihn in den Wagen. »Ignorier meinen Vater einfach, der macht gern ein paar Scherze«, meinte ich bestimmt und wiederholte dann so laut, dass ich sicher war, dass mein Papa mich hören konnte: »Außerdem ist er gerade in der Midlifecrisis.«

Während der Fahrt stellten wir uns gegenseitig Speeddating-Fragen und lachten miteinander, wenn eine Antwort, vor allem meine, mal etwas ausgefallener war. Dan erzählte mir, dass er mich schon seit einer ganzen Weile hatte ansprechen wollen, aber nie das Gefühl gehabt hatte, als sei ich an Dates generell interessiert, geschweige denn an einem mit ihm.

Als wir auf den Parkplatz des Kinos einbogen, fragte ich mich, wie es mir hatte entgehen können, dass Dan schon länger auf mich stand. Ich hoffte inständig, dass Kevin Dan nicht gesagt hatte, *wie* er mich für ihn nach dem Doppeldate gefragt hatte. Das »Total heiß« hätte ihn bestimmt beschämt und es würde auch mich beschämen, sollte er es mir gegenüber jetzt erwähnen.

Ich überlegte, wie ich Dan eigentlich fand, mal davon abgesehen, dass er ziemlich ... süß aussah. Dan sah sogar nicht nur super süß aus, sondern er war auch wirklich nett. Aber – und ich hasste mich dafür, diesen Gedanken zuzulassen – er war nicht Zach. Was war bloß aus mir geworden? Würde ich in ein paar Wochen in einem dunklen Zimmer hocken, mir die Augen aus dem Kopf weinen und »Ich will Zach, ich will keinen anderen!« wimmern? Ich hatte mich nie für diese Art von Mädchen gehalten, aber wenn das so weiter ging, dann würde genau das mein Schicksal sein.

Dan schien zu bemerken, dass etwas nicht stimmte und dass ich mit den Gedanken nicht ganz bei ihm war, aber er sagte nichts dazu. Die süßen Grübchen wurden allerdings deutlich kleiner. Daher war ich froh, als wir endlich auf Kevin und Katrina stießen, die schon im ansonsten leeren Kinosaal saßen und Popcorn aßen. Schweigend. Oh je, das war gar nicht gut. Da Dan zuerst in die Reihe ging, blieb mir nur der Platz am Rand, von dem aus ich Katrinas Date leider nur schwer beeinflussen konnte. Statt mich auf den Film – eine romantische Komödie mit Actionelementen – oder auf Dan zu konzentrieren, beobachtete ich Katrina und Kevin. Die beiden sprachen kein Wort miteinander und sahen sich auch nicht an. Nach zwanzig Minuten begann Kevin sogar sein Handy auszupacken und SMS zu schreiben. Katrina unterhielt sich dann schließlich mit Dan und mir über den Film. Die beiden lieferten sich eine heftige Diskussion darüber, ob die Szene, in der die Heldin in Unterwäsche auf das Motorrad des Helden hopsen musste, sexistisch war oder nicht. Ich war mir nach einer Weile nicht einmal mehr sicher, wer welche Position einnahm und sprang erleichtert auf, als mein Handy plötzlich zu klingeln begann. Das brachte mir sowohl von Katrina als auch von Dan einen vernichtenden Blick ein.

»Ich sage dir doch immer wieder, dass du im Kino das Handy auf *lautlos* stellen sollst«, zischte Katrina leise.

Ich hob eine Augenbraue und deutete auf die leeren Plätze um uns herum. »Weil es hier ja auch so viele Kinobesucher gibt, die ich damit gestört habe.«

Dan teilte meine Meinung nicht, sondern sah stattdessen Katrina an und bekam einen ganz glasigen Blick in den Augen. »Genau das versuche ich auch den Jungs im Team immer wieder zu sagen, aber keiner versteht, was ich meine.«

Ich ließ die beiden allein, da sie sich ja offenbar nicht gesucht, aber trotzdem gefunden hatten. Schade um die süßen Grübchen war es schon, aber wie bereits vermutet, es war auch keine allzu große Überraschung, dass es mit uns beiden nichts geworden war. Und wenn Katrina sein Typ war, dann war ich definitiv nicht die Richtige für ihn.

Vor dem Saal nahm ich den Anruf endlich an und prompt drang eine verärgerte Stimme an mein Ohr: »Wo bist du? Ich werfe schon seit zwanzig Minuten Steine an dein Fenster. Wenn es jetzt aussieht wie ein Schweizer Käse, dann ist das allein deine Schuld, weil du so ein furchtbares Gehör hast.«

»Zach? Woher zum Teufel hast du meine Nummer?«

»Von Hannah natürlich. Ich glaube, die würde mir sogar deinen Haustürschlüssel geben, damit sie uns endlich Zachisabeth nennen kann. Das ist übrigens jetzt unser offizieller Pärchenname. Aber darüber sollten wir besser später intensiv diskutieren. Mach mir jetzt erst einmal das Fenster auf. Ich hasse es zu telefonieren.«

»Ich kann nicht, Zach. Ich bin nicht zu Hause.« Nach einer kleinen Pause, in der er schwieg, fügte ich noch hinzu: »Zach? Bist du noch da?«

»Klar, ich warte darauf, dass du mir mitteilst, wo du stattdessen bist.« Er klang alles andere als begeistert.

»Naja, ich bin sozusagen ... auf einem Date.« Wieder Stille. Dann ein Husten.

»Aha«, war alles, was er sagte. »Und was ... macht ihr so Schönes?«

»Wir sind im Kino und sehen uns ›Nicht noch eine sinnlose Actionliebeskomödie 23‹ an. Ich bin hier mit Kevin Westfahlen und Katrina und –« Das Tuten, das aus der Leitung drang, unterbrach mich. »Hallo?«, fragte ich völlig verblüfft, aber Zach hatte wohl aufgelegt.

Ich schlich mich wieder in die Vorstellung und entdeckte, dass Katrina und Dan sich näher zueinander gelehnt hatten und sich das Popcorn teilten, das Dan für mich gekauft hatte. Ich schnaubte, auch wenn ich mich für die beiden freute. Irgendwie war das ja ganz süß. Eigentlich hatte Katrina immer etwas gegen Dan gehabt, weil er ihr den Platz als Schulsprecherin streitig gemacht und sie deshalb so einen Ärger mit ihrer Mutter bekommen hatte. Wenn sie von den Schulsprechersitzungen kam, hatte sie jedenfalls immer über ihn geschimpft. Aber ihre Meinung schien sich geändert zu haben und zusammenpassen taten die beiden auf jeden Fall. Sie würden sicher irgendwann einmal süße kleine Schachkinder bekommen.

Wo wir gerade bei Schach waren ... Kevin hatte mittlerweile damit begonnen, Popcorn gegen die Kinodecke zu werfen, was ihm von Katrina sicher eine Standpauke eingebracht hätte, wäre diese nicht gerade so abgelenkt gewesen.

Ich beschloss mich ihm anzuschließen. Immerhin war das doch eine abgeschwächte Form von Vandalismus und das war sicher auch so eine Highschool-Erfahrung, die man mal gemacht haben sollte.

»Hey, rück mal die Munition raus«, raunte ich Kevin zu. Der jedoch starrte mich nur verwirrt an. Ich seufzte. »Das Popcorn, Kevin, das Popcorn.«

»Ach so.« Er grinste, als er mir dabei zusah, wie ich kleine weiße Flöckchen auf die Decke abschoss. Ich würde gern sagen, dass meine Mission erfolgreich war, aber leider war das nicht der Fall. Kevin amüsierte sich köstlich darüber, wie ich es immer wieder versuchte und ich stellte fest, dass er wirklich ein netter Kerl war. Ziemlich dämlich zwar, aber mit einem reinen Herzen. Es war fast so, als sei ich mit einem Kleinkind im Kino. Ich musste zwar möglichst kurze, unkomplizierte Sätze formulieren, aber dafür lachte er über die simpelsten Dinge und das wiederum brachte auch mich zum Lachen. Ich fragte mich, warum zum Teufel er mit Tania Schluss gemacht hatte, wo die beiden doch so wunderbar zusammenpassten. Als ich jedoch genau deswegen nachhakte, fiel das Zahnpastalächeln in sich zusammen und er blickte betrübt zu Boden.

»Tania will studieren«, antwortete er, als würde das meine Frage vollständig beantworten.

»Okay, ich würde auch gern studieren, wäre das ein Grund für dich, mich nicht zu daten? Ich glaube, wenn du jemanden haben wolltest, der sich das nicht als Ziel gesteckt hat, dann hättest du dir garantiert nicht Katrina ausgesucht.« Schon wieder ein Seufzen. Mein Gott, so schlimm konnte es ja wohl nicht sein!

»Aber ich möchte ja auch niemand anderen als Tania«, sagte Kevin und wurde dabei rot, was mich dazu brachte einen entzückten Laut auszustoßen.

»Pssst!«, kam es von Dan und Katrina wie aus einem Munde. Hatte ich vorhin noch gesagt, dass ich die beiden süß fand? Oh nein, die zwei waren ein wahr gewordener Albtraum. Jetzt wurde mir auch klar, warum Dan keine Freundin hatte: Wenn er einmal seine Schüchternheit überwunden hatte, war er ja ein unerträglicher Moralapostel.

»Aber meinst du nicht, es ist eine ziemlich schlechte Strategie, mit Tania Schluss zu machen, wenn du doch nur sie möchtest?«

Er zögerte eine Weile, dann nickte er bedächtig. »Ja, stimmt. Aber das weiß ich erst jetzt. Außerdem hätte es nichts geändert. Sie wird irgendwas Intelligentes studieren und jemanden kennenlernen und ich ... ich bin einfach nicht klug genug für die Uni. Außerdem hasse ich es zu lernen.«

Daher wehte also der Wind. Jetzt verstand ich auch, warum Kevin mit Tania Schluss gemacht hatte. Er hatte Angst gehabt, sie zu verlieren und das Gefühl gehabt, es sei einfacher, sie jetzt schon gehen zu lassen.

Ich legte den Arm um seine Schultern und drückte ihn an mich. »Tania kennt doch deine Schulnoten, oder?«

Er nickte.

»Sie kennt mich besser als jeder andere Mensch und meine Noten sind nicht gerade blendend. Ohne Tania hätte ich niemals auch nur den Hauch einer Chance, das Abi zu machen.« Verschwörerisch lehnte er sich zu mir herüber. »Verrate es nicht Katrina, aber ich habe nicht die leiseste Ahnung, wie man Schach spielt.«

»Nein wirklich?« Ich grinste, während ich ihm den Rücken tätschelte. »Schau mal: Tania kennt dich besser als jeder andere, hast du doch gesagt. Dann wird sie auf jeden Fall wissen, dass du nicht studieren gehen wirst, oder etwa nicht? Sie liebt dich ganz offensichtlich genau so, wie du bist.«

Er sah mich an, als hätte er gerade eine Erleuchtung. »Du hast vollkommen Recht!« Seine Augen strahlten.

Ich lächelte und nickte.

»Ich muss sie sofort anrufen! Danke, Lilli, du bist echt okay. Dan ist ein Idiot, dass er dich einfach ignoriert. Sag es nicht Katrina, aber ich finde, sie ist ziemlich langweilig und zickig.«

Ich verkniff mir ein Lachen, denn auch wenn Katrina einer meiner liebsten Menschen auf diesem Planeten war, taten seine Worte doch gut. Er beugte sich zu mir herunter und drückte mir einen sanften Kuss auf die Wange. Ich bekam dabei zwar kein Herzflattern, aber ich konnte trotzdem kaum glauben, dass mich Kevin Westfahlen gerade geküsst hatte. Leider währte dieser Moment des Ruhms nicht sehr lange, denn keine zwei Sekunden später war ich plötzlich auf den Beinen und wurde aus dem Kinosaal gezerrt. Zach hatte meinen Arm in einem Schraubstockgriff gefangen und schleifte mich mit sich auf die Herrentoilette.

»Hey! Ich darf da nicht rein!«, protestierte ich aufgebracht, aber er ignorierte meine Einwände und öffnete eine Kabine.

»Rein da«, knurrte er leise und fast schon bedrohlich.

Ich machte, dass ich reinkam, denn bei so einem Tonfall sollte man nicht scherzen.

Er folgte mir und schloss dann die Tür hinter sich. »Erstens: Das hier ist ein Männerklo, glaub mir, wir sind da nicht ganz so empfindlich wie ihr Frauen mit eurer Damentoilette. Ich bin noch immer der Meinung, dass ihr da drin heimlich Pheromone auftragt, mit denen ihr uns ganz wuschig im Kopf machen könnt.«

Ich öffnete den Mund um ihm zu erklären, dass wir in Wirklichkeit auf dem Klo heimlich miteinander rumknutschten, aber er war noch nicht fertig.

»Zweitens: Wieso hast du mir gestern nicht gesagt, dass du heute Abend nicht da sein würdest, um mir das Fenster aufzumachen?« Ich öffnete erneut den Mund, aber er wartete auch diesmal meine Antwort nicht ab. »Und drittens: Was zum Teufel machst du hier mit Kevin Westfahlen? Und warum hat er dich geküsst? Und warum hast du nicht gesagt, dass er dämlich ist und dass die Vorstellung, ihr zwei könntet zusammenkommen … geradezu … geradezu lächerlich ist?«

»So hässlich bin ich gar nicht, weißt du? Du findest es anscheinend lächerlich, dass jemand mit mir zusammen sein möchte, aber ich finde nicht, dass ich so abstoßend bin. Ich meine, klar, er ist *der* Kevin Westfahlen, aber er scheint mich echt zu mögen. Er hat zumindest gesagt, ich sei sehr viel cooler und attraktiver als Katrina.« Okay, das war jetzt ein bisschen dick aufgetragen, aber mal ehrlich: Lügen waren mein Spezialgebiet und das hier war ja bloß eine klitzekleine Notlüge. Besser als vor ihm zu gestehen, dass mein Date mich für meine beste Freundin sitzengelassen hatte.

Zach starrte mich einen Moment lang schweigend aus seinen dunklen Augen an. »Ach was soll's«, flüsterte er schließlich, drückte mich gegen die Kabinenwand und ließ seine Hände an meinen Armen hinauf über mein Schlüsselbein in meine Haare gleiten. Gänsehaut machte sich auf meinem Körper breit und ich bekam dieses unglaubliche, warme Gefühl in der Magengegend. Als ich den Mund öffnete, um etwas zu sagen, packte er mich fester, zog mich zu sich heran und küsste mich. Dabei nutzte er es aus, dass meine Lippen zum Sprechen geöffnet gewesen waren und ich versank in Haut und Haaren und Lippen und, ja ich gebe es zu, jeder Menge unbeschreiblicher Gefühle. Ich hatte schon Jungen geküsst, so war das nicht, aber für keinen davon hatte ich wirklich etwas empfunden. Das wurde mir allerdings erst klar, als heiße Schockwellen meinen Körper durchliefen. Zach ließ von meinem Mund ab und küsste stattdessen meinen Hals, was mir ein kleines Wimmern entlockte.

Ein Räuspern drang aus der Kabine neben uns. »Wie wäre es, wenn ihr zwei diese Unterhaltung woanders fortsetzen würdet?«, sagte eine tiefe Männerstimme. Zach hielt inne und ich spürte, wie mir das Blut in die Wangen schoss. Verzweifelt versuchte ich mein Haar, das in alle Richtungen abstand, wieder zu glätten. Wir beide flohen geradezu aus der Kabine hinaus, durch das Kino auf den Parkplatz.

»Wie wäre es, wenn ich Cinderella jetzt nach Hause bringe, bevor der Zauber verfliegt?«, fragte Zach und warf mir einen verlegenen, aber auch zufriedenen Blick zu. Ich nickte und stellte fest, dass das Lächeln auf meinem Gesicht geradezu festgeklebt zu sein schien. So wie es aussah, hatte ich den Kuss am Ende meines Traumdates doch noch bekommen, wenn auch ganz anders als erwartet.

STEP 10 – BREAKING THE RULES

Handle dir Hausarrest ein! Ein richtiger Teenager tut schließlich auch verbotene Dinge … Sorge nur dafür, dass es nicht zu verboten ist, denn im Knast wollen wir schließlich auch nicht landen. Weder in ›Prison Break‹ noch in ›Orange is the new Black‹ sah der nämlich besonders verlockend aus.

Ich klingelte an der Tür, als ich nach Hause kam. Mein Vater öffnete mir und bedachte mich mit einem so finsteren Blick, dass ich erschrocken zurückwich.

»Was ist passiert, Papa? Hat dir wieder eine Taube auf den Kopf gemacht?«

Mein Vater wurde von diesem Fluch verfolgt, müsst ihr wissen. Dem Fluch der kackenden Tauben. Mindestens einmal im Monat ereilte ihn das Schicksal dieser feuchtfröhlichen Angelegenheit und jedes Mal, wenn es so weit war, machte er genau dieses Gesicht.

»Nein, meine Tochter hat mir auf den Kopf gemacht!«, sagte er mit bedrohlich tiefer Stimme.

»Du hast eine Tochter von der ich nichts weiß? Und die macht dir auch noch auf den Kopf? Vater, wie konntest du mir das antun? Und Mutter – hast du auch einmal an Mutter gedacht?« Dramatisch deutete ich auf meine Mama, die hinter ihm stand. Dann bemerkte ich allerdings ihre mindestens genauso ernste Miene. Neben ihr stand Marco und sah mit schuldbewusster Miene zu Boden. Das war nicht gut. Das war ganz und gar nicht gut.

»Elisabeth Marietta Benz! Deine Späße sind hier vollkommen unangebracht. Ich meine ernst, was ich sage.« Er packte mich am Arm und zog mich ins Wohnzimmer.

»Ach verdammt … kleine Brüder sind also wirklich eine Plage«, murmelte ich leise.

»Marco ist nicht dein kleiner Bruder und ihn trifft hier auch keinerlei Schuld. Von euch beiden bist du diejenige, die die Verantwortung trägt. Treffen mit seinem Bruder mitten in der Nacht auszumachen und das hinter unserem Rücken? Was hast du dir dabei bloß gedacht?«

Ich hatte gar nicht gedacht, das war ja das Problem. Zugeben wollte ich das jedoch nicht. »Aber Zach darf Marco nicht sehen, obwohl er sein Bruder ist! Das ist doch total unfair!«

»Natürlich dürfen die beiden sich sehen«, warf meine Mutter ein. »Zachs Vater hat das beim Jugendamt erwirken lassen: Zweimal im Monat werden Treffen arrangiert, bei denen die beiden unter Aufsicht gemeinsam etwas unternehmen können.«

»Zweimal im Monat?« Meine schockierte Miene schien zumindest den Ärger meiner Mutter etwas einzudämpfen, denn sie beugte sich zu Marco hinunter und bat ihn nach oben zu gehen und dort auf sie warten. Marco nickte mit großen Augen und hastete die Treppe hoch. Mit Sicherheit war er nur allzu froh entkommen zu können. Ich wünschte, ich könnte wütend auf ihn sein und ihm die Schuld an dem Schlamassel geben, aber mein Vater hatte Recht: Ich war die einzige Schuldige hier. Meine Mutter wandte sich wieder mir zu.

»Ich habe dir das bisher nicht gesagt, weil ich nicht das Gefühl hatte, dass es für dich wichtig war, aber Sandra hatte durchaus gute Gründe dafür, Zach von Marco fernzuhalten.« Sie sah mir dabei bedeutungsschwer in die Augen, doch ich runzelte nur die Stirn.

»Und die wären?«, fragte ich mit möglichst kalter Stimme.

»Elisabeth!« Die Stimme meines Vaters war plötzlich ganz leise geworden, immer ein Zeichen dafür, dass er besonders wütend war. »Du bist schon früh ein sehr schlagfertiges Kind gewesen, das für seine Meinung eingestanden hat. Wir haben dir das durchgehen lassen, weil wir wussten, dass du die Grenze kennst. Doch glaube ja nicht, dass es keine Konsequenzen haben wird, wenn du sie doch überschreitest.«

Ich holte tief Luft und musste mich anstrengen, nicht erneut zurückzufauchen. Stattdessen versuchte ich meine Stimme ganz besonders ruhig zu halten. »Ich verstehe nur nicht, warum die beiden sich nicht sehen dürfen. Sogar ich als Einzelkind finde es grausam, dass Zach seinen Bruder nur zweimal im Monat zu Gesicht bekommt.«

Meine Mutter seufzte. »Kurz nachdem Sandra wieder mit Erik zusammen gekommen ist, hat Zach begonnen Regeln zu überschreiten, wo er nur konnte. Er ist nächtelang weggeblieben, hat regelmäßig das ganze Haus zusammengeschrien und in seinen Wutanfällen das halbe Wohnzimmer zerdeppert.« Sie senkte ihre Stimme bei den letzten Worten. »Sandra war zu dieser Zeit sehr besorgt um *beide* Söhne. Sie hat bis zuletzt versucht Zach bei sich zu halten, aber es gab Vorfälle ...«

»Vorfälle?«, fragte ich mit kritisch hochgezogener Augenbraue.

Meine Mutter zögerte kurz, bevor sie zu einer Antwort ansetzte. »Marco ist plötzlich immer häufiger etwas passiert, wenn Sandra nicht zu Hause war. Blaue Flecken, aufgeschlagene Knie... Marco hat zwar beteuert, dass es Unfälle waren, aber Zach –«

»- würde Marco niemals etwas tun!«, zischte ich sie an. Wie konnte sie so etwas auch nur denken? Kannte sie ihn denn nicht? Ich überlegte fieberhaft, ob er in einem ihrer Kurse war, kam aber zu keinem Ergebnis. Dass er einfach nachts wegblieb, das würde ich ihm durchaus zutrauen, immerhin schlich er sich auch jede Nacht aus dem Haus seines Vaters, um Marco zu besuchen. Aber dass er seinem Bruder etwas antun würde? Niemals.

»Er ist bereits einmal gewalttätig geworden und musste Sozialstunden leisten, weil er den Freund der Mutter schwer verletzt hat. Lilli, ich weiß, du möchtest nur das Gute im Menschen sehen und ich weiß auch nicht, was ich glauben soll, aber keiner von uns hat das Recht, Sandras Wünsche zu missachten, solange Marco hier ist.«

Tränen traten mir in die Augen, als ich daran dachte, dass Zach nicht nur von seinem Bruder getrennt worden war, sondern seine eigene Mutter glaubte, er würde seinen Bruder misshandeln. Mein Vater seufzte.

»Ich bin sicher, dass du nur helfen wolltest und es gut gemeint hast, aber verstehst du, warum uns das in Schwierigkeiten gebracht hat?« Ich nickte. Wenn herauskäme, dass sich Zachery, der vermeintlich gewalttätige große

Bruder, heimlich in unser Haus geschlichen und unerlaubt Marco besucht hatte, dann würde Sandra vermutlich nie wieder ein Wort mit meiner Mutter sprechen. Geschweige denn mich bei Marco babysitten lassen.

»Ich fürchte, wir müssen dich jetzt leider bestrafen. Ich denke eine Woche kein Internet wäre eine angebrachte –«

Das war der Moment, in dem ich das Steinchen gegen das Fenster schlagen hörte. Ich schloss die Augen und betete, dass meine Eltern es nicht mitbekommen hatten, aber es half nichts. Mein Vater hielt inne und runzelte die Stirn. Wieder ertönte das Geräusch, gefolgt von tapsigen Kinderschritten oben im Flur. Oh nein! Nein, nein, nein. Wir hörten Marco das Fenster öffnen und Zach leise fragen: »Marco, wo ist Cinderella? Sie ist reingegangen und hat gesagt, sie würde mich gleich reinlassen. Ist sie sauer auf mich?«

Der Kopf meines Vaters bekam plötzlich eine seltsam violette Tönung. »Du warst gerade mit Zachery unterwegs? Was ist denn aus dem jungen Mann geworden, der dich abgeholt hat? Ich dachte, er wollte dich nach Hause bringen? Oder war das alles nur ein Trick?«

»Natürlich nicht!«, sagte ich empört. »Aber Dan hat beschlossen, stattdessen Katrina nach Hause zu bringen«, fügte ich hinzu und ärgerte mich darüber, wie verbittert das klang.

»Warum denn das? Stimmt etwas nicht mit ihrem Wagen?« Mein Vater machte eine verwirrte Miene und begriff nicht das Geringste, während meine Mutter mich mit einem mitleidigen Blick bedachte.

»Ach Lillimaus, das tut mir leid. Und dann auch noch bei deinem ersten offiziellen Date.«

»Ist halb so wild. Er passt ohnehin viel besser zu ihr.«

Meine Mutter seufzte und zog mich an sich. Liebevoll tätschelte sie mir den Kopf. Während mein Vater verwirrt zwischen uns beiden hin und her blickte, hörte man von oben ein lautes Rumpeln, das sicher bedeutete, dass Zach im Zimmer eingetroffen war.

»Silvia hat gesagt, sie müssen jetzt mit Lilli schimpfen.« Marco klang aufrichtig besorgt. Man hörte Zach fluchen, dann Schritte auf der Treppe. Mein Gehirn verweigerte einen Moment lang den Dienst, dann sausten tausende von Gedanken auf einmal durch meinen Kopf. Er würde gleich hier im Wohnzimmer sein. Bei meinen Eltern. Was würden sie sagen? Was würde *ich* tun? Ich sollte ihn ganz schnell von hier fortbringen! Sah man seinen Lippen an, dass sie gerade noch auf meinen gelegen hatten? Nein, das konnte nicht sein, so etwas konnte man niemandem ansehen, das war einfach unmöglich. So unmöglich wie das Beamen von Menschen.

Gott, ich wollte mich so gern wegbeamen. Am liebsten irgendwohin, wo die Sonne schien und das Leben einfach war. Disneyland zum Beispiel.

»Herr und Frau Benz, es tut mir wirklich sehr leid. Das alles ist allein meine Schuld. Ich habe Elisabeth erpresst, damit sie mich hereinlässt. Sie sollte wirklich nicht verantwortlich gemacht werden.«

»Interessant ... und womit hast du meine Tochter erpresst?« Mein Vater wirkte geradezu amüsiert.

»Nun ja, bei meinem ersten Besuch bin ich durch ihr Fenster eingebrochen. Sie hat noch geschlafen und dann –«

»Habe ich ihm eine blutige Nase gehauen und wollte nicht, dass die ganze Schule davon erfährt. Sie würden mich alle für brutal halten«, warf ich rasch ein. Was war bloß in ihn gefahren? Glaubte er allen Ernstes, er würde die Sache besser machen, wenn er meinen Eltern von dem Kuss erzählte?

»Das hatte ich zwar etwas anders in Erinnerung, aber gut«, meinte er mit hochgezogenen Augenbrauen.

»Es tut mir wirklich leid, dir das mitteilen zu müssen, aber ich bezweifle, dass man meine Tochter mit irgendetwas erpressen könnte. Damit, dir eins auf die Nase zu geben, würde sie in der Schule vermutlich sogar noch angeben.« Ich dachte, damit sei die Sache erledigt, aber mein Vater war noch nicht fertig. »Ich muss dich trotzdem bitten, jetzt zu gehen. Du weißt genau, dass deine Mutter es nicht wollen würde, dass du heimlich deinen Bruder besuchst, und ich habe nicht vor diese Regel zu brechen. Dasselbe rate ich auch dir.«

Zachs Blick huschte mit einem leicht panischen Ausdruck zu mir herüber und er sah einen kurzen Moment lang so aus, als wollte er etwas sagen. Schließlich nickte er nur und verließ zum ersten Mal durch unsere Vordertür das Haus. Bevor er die Tür ganz schloss, warf er mir noch einen langen Blick zu.

Auf das Zuschlagen der Eingangstür folgte eine Stille, die fast greifbar zu sein schien. Wie die Ruhe vor einem sehr großen, zerstörerischen, die Welt verändernden Sturm.

»Elisabeth, du hast eine Woche Hausarrest«, sagte mein Vater und ließ sich dann vor den Fernseher fallen, als sei nichts gewesen.

»Was? Aber Papa, du hast doch gesagt Internet –«

»Das war bevor ich wusste, dass du dich heimlich mit diesem Jungen triffst.«

Ich sah hilfesuchend zu meiner Mutter, aber die wirkte genauso entschlossen wie er.

»Dein Vater hat Recht, Lilli. Es war offensichtlich, dass er nachts nicht nur wegen Marco hierhergekommen ist und dass du einen Jungen heimlich in dein Zimmer schmuggelst, das hat eine völlig andere Tragweite.«

»Was?« Mein Vater richtete sich auf. Ihm schien dieser Gedanke noch gar nicht gekommen zu sein. »Ihr habt doch nicht unter meinem Dach ...« Es hätte mich nicht gewundert, wenn seine Augen aus den Höhlen gehüpft wären.

»Mach dich nicht lächerlich! Wir sind ja nicht einmal zusammen.«

Beruhigt wandte er sich wieder dem Tennismatch auf dem Bildschirm zu. »Gut. Eine Woche, dabei bleibt es. Die Party ist für dich auf jeden Fall gestrichen.«

Ich seufzte, ging aber trotzdem ohne weiteren Protest nach oben und ließ mich auf mein Bett fallen. Gott, ich war so müde wie noch nie zuvor in meinem Leben. Hatte ich gesagt, ich wollte gern alle Erfahrungen eines Filmteenies erleben? Also, das hier war definitiv eine Erfahrung, auf die ich gern verzichtet hätte. Wieso war ich auch auf die dämliche Idee gekommen, die Regeln zu brechen sei ein guter Punkt für meine Living the Dream-Liste?

STEP 11 – BEFRIENDING THE NERD

Jeder ordentliche Highschool Teenie hat diesen etwas seltsamen, verrückten, leicht nerdigen Freund. Du solltest dir also besser auch so einen zulegen. Wer weiß, vielleicht werdet ihr sogar beste Freunde und er gesteht dir dann irgendwann seine unsterbliche Liebe?!

Während ich am nächsten Morgen, dem Samstagmorgen, dem Partymorgen, in meinem Zimmer saß, mit finsterer Miene meinen Kleiderschrank anstarrte und meinem Vater dabei zuhörte, wie er unten in der Küche fröhlich vor sich hin pfiff, kam mir die Idee für meine nächste Mission. Eigentlich hatte ich mich darauf konzentrieren wollen, mich heute Nachmittag mit »den Irren« gutzustellen, denn sie waren schließlich die einzigen richtigen Nerds, die ich kannte. Leider war meine Laune aktuell sowas von im Keller, dass ich stark bezweifelte, die Geduld finden zu können, mich mit ihnen anzufreunden. Stattdessen hatte ich aber einen anderen Plan gefasst. Vielleicht hätte ich mich ein wenig zusammenreißen sollen angesichts der Tatsache, dass ich ohnehin schon tief in der Tinte saß, aber eine Möglichkeit wie diese würde es nicht noch einmal geben. Die Möglichkeit Bier aus roten Plastikbechern zu trinken und mit meinen Freunden eine Hausparty zu feiern, wie sie im Buche stand.

Doch dieses Vorhaben stellte sich als komplizierter heraus, als es klang. Schließlich hatte ich Hausarrest und außerdem, wenn ich zur Party wollte, dann musste ich es auch schaffen, heute Nachmittag zu Katrinas Geburtstagstee zu dürfen. Wenn ich nicht bei Katrina auftauchen würde, müsste ich ihr von meinem Hausarrest erzählen und dann wäre die Party heute Abend gelaufen. Katrina hätte mir verboten meine Eltern zu hintergehen, weil sich das in ihren Augen nicht gehörte. Also musste ich zum Geburtstagstee, koste es was es wolle! Leider war es aber ein großer Unterschied, ob man in stockfinsterer Nacht oder am helllichten Tage aus dem Fenster klettern musste. Bei meinem Glück würde meine Mutter vermutlich gerade den Müll herausbringen, während ich durch den Garten schlich.

»Lilli! Kommst du bitte runter frühstücken?«, rief sie, als habe sie meine Gedanken gelesen. Ihre Stimme klang vorsichtig, fast so als hätte sie Angst, dass ich wegen des Hausarrests wütend auf sie sein würde. Eltern konnten manchmal aber auch solche Weicheier sein.

»Ich komme!«, antwortete ich und hastete die Treppe hinunter.

Marco saß am Küchentisch und stopfte sich Haferflocken zwischen die Lippen. Ich beobachtete fasziniert, wie ihm die Milch am Kinn hinab und in den Kragen lief. Mhm, lecker.

»Lilli, kannst du vielleicht für ein paar Stunden auf Marco aufpassen? Dein Vater und ich wollen eine neue Lampe für das Gästezimmer kaufen gehen und der Baumarkt macht heute schon um eins zu.«

»Warum nehmt ihr Marco nicht einfach mit?« Nicht, dass ich keine Zeit mit Marco verbringen wollte, aber mein Plan sah andere Dinge vor. Dinge, die Marco, das Plappermaul, vielleicht lieber nicht mitbekommen sollte.

»Lillimaus, du könntest wirklich *einmal* etwas für uns tun, oder? Ihr könntet euch zusammen Cinderella ansehen. Den Film mögt ihr beide doch so gern.«

Einmal etwas tun. Und das, nachdem sie mir gestern Hausarrest verpasst hatte! Ich hasste Cinderella, aber meine Mutter war sich bewusst, dass ich das vor Marco niemals laut aussprechen würde. Sie sah mich mit diesem Sei-doch-mal-vernünftig-Blick an. Dabei war vernünftig doch mein zweiter Vorname! Zumindest hatte ich das bis vor kurzem immer gedacht ... Tja, ich war schließlich diejenige gewesen, die auch einmal etwas Unvernünftiges hatte tun wollen. Jetzt hatte ich den Salat.

Ich seufzte und blickte auf Marco hinab, der mich anstrahlte, als würde er nichts lieber tun, als mit mir Cinderella anzusehen. Was das anging war er unersättlich.

»Okay«, sagte ich schließlich in geschäftsmäßigem Ton. »Wenn ich nachher zu Katrinas Geburtstagsnachmittag gehen darf.« Schon war er raus der Satz und ich war begeistert von meinem genialen Einfall.

Meine Mutter tat so, als müsse sie überlegen, aber wir wussten beide, dass Katrinas Geburtstagskaffee nicht einmal mit hundert zugedrückten Augen einer Party gleichkam. Wenn man es genau nahm, dann war es eher eine Bestrafung, mich gehenzulassen als es mir zu verbieten.

»Ausnahmsweise«, gab sie endlich nach.

»Jippie«, machte ich nicht gerade euphorisch.

Mein Vater kam herein, blieb dann wie angewurzelt stehen, als er mich sah, und warf meiner Mutter einen kurzen Blick zu.

»Sind die Verhandlungen mit dem Feind erfolgreich verlaufen?«, fragte er sie mit gespielt besorgter Miene. Sie versetzte ihm einen Schlag auf den Arm und lachte.

»Häusliche Gewalt, was sagt man denn dazu?« Ich stimmte in das Lachen mit ein, doch dann blieb mein Blick an Marco hängen, der mit weit aufgerissenen Augen auf den Arm meines Vaters starrte und sich dann wieder seinen Haferflocken zuwandte.

»Also schön, ihr beiden«, meinte meine Mutter und schnappte sich ihre Tasche vom Haken. »Wir sind dann jetzt weg, kommen aber in zwei Stunden spätestens wieder. Und es wird heute keinen Besuch geben. Besonders nicht von einer ganz bestimmten Person, deren Name nicht genannt werden darf.« Sie warf mir dabei einen warnenden Blick zu, ganz so, als könnte sie meine Gedanken lesen.

»Keine Sorge, Mama, Voldemort kommt einfach ein andermal vorbei.«

Marco bekam große Augen, doch mein Vater schnaubte nur und zog meine Mutter aus der Küche. Als die Tür hinter den beiden ins Schloss fiel, wandte ich mich Marco zu.

»Also schön. Du schuldest mir was, da sind wir zwei uns einig, oder?«, sagte ich sanft.

»Tut mir leid.« Er senkte den Blick und fummelte mit den Fingern an seinem milchdurchtränkten Pullover herum.

Ich rieb mir die Augen und versuchte bei der Sache zu bleiben. »Okay, mein Großer, dann musst du jetzt ein Geheimnis für dich bewahren. Und dieses Mal meine ich mit bewahren, dass du es niemals jemandem erzählst, alles klar?«

Marco nickte, wobei seine dunklen Locken auf und ab wippten. »Aber Voldemort kommt nicht hierher, oder?«, fragte er und seine Stimme zitterte leicht.

»Nein, Voldemort wurde doch von Harry besiegt. Aber ich muss ein bisschen telefonieren, während wir Cinderella gucken.«

»Ach so, das ist okay, meine Mama telefoniert auch immer ganz viel.« Er strahlte erleichtert, sprang von seinem Stuhl und schaltete den Fernseher ein. In dem Moment, als ich mein Handy hervorholte, begann es zu klingeln. Auf dem Display stand »Anruf von Unbekannt«.

»Hallo?«, fragte ich etwas verunsichert.

»Hallo, Cinderella. Ich hab da so einen Schuh gefunden. Er glänzt, ist aus Glas und es steht *Made in China* drauf. Hast du eine Ahnung, wem der gehören könnte?«

Mir wurde ganz warm und ich konnte ein Kichern nicht unterdrücken. Fast im selben Augenblick schüttelte ich über mich selbst den Kopf. Wenn ich nicht aufpasste, mutierte ich noch zu einem von *diesen* Mädchen. »Nicht den blassesten Schimmer«, antwortete ich schließlich. Bist du sicher, dass es nicht deiner ist?«

»Mhm. Jetzt, wo du es sagst, ist es fast offensichtlich. Du bist mehr der Calvin Klein Typ und die hier schreien Prada.«

»Hast du überhaupt eine Ahnung, wo der Unterschied liegt?«

»Klar! Auf dem einen steht Calvin Klein und auf dem anderen Prada.« Man hörte das Lächeln in seinen Worten.

Ich seufzte. »Was willst du, Zach? Ich bin grad beschäftigt.«

Einen Moment lang herrschte Stille, dann endlich meldete sich Zach wieder. »Ich wollte fragen, ob bei dir alles okay ist. Wegen gestern.«

»Jap. Ich habe zwar Hausarrest, aber so spielt das Leben nun mal.«

»Dann wird das wohl nichts mit der Party?« In seiner Stimme klang eine ordentliche Portion Mitgefühl mit.

»Doch natürlich. Wie du aus eigener Erfahrung weißt, hat mein Fenster einen wunderbaren Zugang zu unserem Garagendach.«

Er schwieg einen Moment, bevor er mit vorsichtiger Stimme antwortete: »Ich weiß nicht, ob ich das für eine gute Idee halte, Lilli.«

Ich runzelte irritiert die Stirn. »Als hättest *du* dich noch nie heimlich nachts rausgeschlichen. Zumindest in der letzten Woche hast du das jeden verdammten Tag getan.« Ich war wütend. Er selbst überschritt jede Grenze und wollte mir jetzt ein schlechtes Gewissen machen?

»Aber ich schleiche mich heraus, um meinen Bruder zu sehen, nicht um auf Partys zu gehen.«

Und schon fühlte ich mich mies. Mehr als mies, ich fühlte mich wie die schlechteste Tochter der Welt. Aber ich hatte auch genug. Genug davon immer das zu tun, was andere glücklich machte, genug davon die Vernünftige zu sein. Ich wollte raus, ich wollte ich selbst sein, ich wollte *leben*. Und wer war Zach, dass er mir das ausreden wollte?

»Weißt du was? Wenn meine Eltern sich niemals Sorgen um mich machen werden, dann habe ich nicht richtig gelebt. Aber schön, wenn du das für so eine schlechte Idee hältst, vielleicht solltest du dann heute Abend gar nicht erst kommen.«

»Lilli, so war das nicht gemeint. Ich *will* kommen. Ich wollte nur –«

»Aber ich will nicht mehr, dass du kommst.« Und damit legte ich auf. Nicht etwa, weil ich so wütend auf ihn war, sondern weil ich mit Sicherheit eingeknickt wäre, wenn ich seiner weichen, tiefen Stimme auch nur eine Sekunde länger zugehört hätte. Denn tief in meinem Innern wusste ich, dass er Recht hatte.

***

»Elisabeth, was für ein fantastisches Kleid du heute doch trägst«, begrüßte mich Frau Hilton mit einem unheilvollen Lächeln.

Ich sah an meinem grünen Partydress hinab, der mir bis kurz unter die Knie ging und zog eine Augenbraue hoch. »Ehm, danke?«

»Du solltest es Katrina schenken, ihr steht grün so viel besser. Du siehst darin viel zu blass aus.«

Ich ballte die Hände zu Fäusten, während Katrinas Mutter nach oben verschwand, um ihrer Tochter Bescheid zu geben, dass ich eingetroffen war. Ich ging derweil ins Wohnzimmer und versuchte mich davon abzuhalten, laut zu brüllen. Jedes Mal, wenn ich auf Katrinas Mutter traf, bekam ich das Bedürfnis auf ihren Teppich zu spucken, laut zu rülpsen oder ihre perfekt sitzende Frisur zu ruinieren. Aber da ich keines dieser Dinge tatsächlich tun würde, begnügte ich mich immer damit, die haargenau angeordnete Deko umzuräumen. Ich war gerade dabei, die drei Vasen auf dem Tisch so umzudrapieren, dass die Abstände unterschiedlich groß waren, als Katrina von oben herunterkam. Ich strahlte sie an. Sie sah aus, als könnte sie die nächste First Lady werden. In einem positiven Sinne natürlich, wobei die Kombination aus Rock und Blazer schon sehr konservativ wirkte. Ich stürmte betont laut auf sie zu und warf mich in ihre Arme.

»Alles, alles Gute zum Geburtstag, liebste aller lieben Katrinas!« Strahlend präsentierte ich ihr das Geschenk, das Hannah und ich uns für sie überlegt hatten. »Du musst leider noch etwas warten, bis du es aufreißt. Hannah ist wie üblich zu spät.«

Katrina lächelte eines ihrer warmen, echten Lächeln. Es war eines, das ihre Augen erreichte und das sie nur in sehr seltenen Situationen zeigte.

»Ihr hättet mir nichts schenken müssen, das weißt du doch, Lilli.«

Ich verdrehte die Augen. Das sagte sie jedes verfluchte Jahr. »Oh doch, von deiner Mutter bekommst du doch nur jede Menge nutzlosen Krempel.«

»Das stimmt doch gar nicht. Letztes Jahr habe ich ein wirklich teures Silberbesteck bekommen.«

»Ich sage ja: nutzloser Krempel.«

Katrina lachte, als es an der Tür klingelte.

Ich hatte mich hierfür zwar gewappnet, aber nichts, absolut nichts konnte einen auf eine Begegnung mit »den Irren« vorbereiten. Zora war die erste, die das Wohnzimmer betrat. Sie trug eine Harry Potter ähnliche runde Nickelbrille, dazu allerdings wild abstehende Haare und einen Hosenanzug. Sie musterte mich einen Moment lang, bevor sie kritisch die Mundwinkel verzog.

»Ich sehe, du hast dich nicht verändert, meine liebe Elisabeth.«

»Ich sehe, du dich auch nicht, meine liebe Zora.«

»Man nennt mich Zoey«, sagte sie, während sie mich anstarrte, als würden wir ein ernstes Blickduell führen.

»Man nennt mich Bond. James Bond«, konterte ich. Dann tat ich so, als würde ich eine Pistole zücken. »Bereit für deinen Tod?«

Zora stöhnte genervt. »Ich kenne wirklich niemanden, der ein solches Talent dafür hat, sich lächerlich zu machen wie du.«

»Und du kannst dich schon allein durch dein Äußeres lächerlich machen. Ich habe meinen Meister gefunden.« Ich versank in einen spöttischen Knicks, bevor ich mich auf einen Stuhl fallen ließ. Katrinas Mutter kam herein und lehnte sich über den Tisch, um mir Kaffee einzuschenken. Dass ich keinen Kaffee mochte, das hatte ich ihr schon so oft gesagt, dass ich irgendwann aufgehört hatte zu zählen. Leider ignorierte sie diese Tatsache auch heute geflissentlich. Es schickte sich in ihren Augen einfach nicht für eine junge Dame, keinen Kaffee zu mögen, und sie hatte offensichtlich beschlossen, diesen Fehler in meiner Persönlichkeit zu übersehen. Ihr Blick fiel auf die Pflanzen und sie runzelte verwirrt die Stirn.

»Stimmt etwas nicht, Frau Hilton?«, fragte ich mit betont unschuldiger Miene.

»Ich … Ich weiß es nicht«, antwortete sie leise, stand auf und betrachtete stirnrunzelnd die Tischdeko. Dann schien es, als fiel ihr etwas ein und sie hastete in die Küche.

Andreas und Tomas kamen näher und setzten sich zu Zoras rechter und linker Seite, so dass die drei mir gegenüber eine Front bildeten. Ich griff nach der Käseplatte und schnitt ein riesiges Stück Gouda ab, um es mir auf den Teller zu hieven. Andi schüttelte sich sichtbar. Seine Käsephobie schien ihn immer noch fest im Griff zu haben. Damit war ich nicht die Einzige, deren kulinarische Vorlieben Frau Hilton ignorierte.

Andreas beobachtete mich mit zusammengekniffenen Augen unter den langen, dunklen Ponyfransen. »Du weißt, dass das ungesund ist, ja?«

»Was meinst du?«, sagte ich, während ich mir den Käse auf die Gabel lud.

»Na, du weißt schon.« Er nickte zu meinem Teller und verzog das Gesicht.

»Ach du meinst den Käse? Inwiefern ungesund?« Ich schob mir das Stück in den Mund und grinste ihn mit vollem Mund an.

»Viel Fett«, sagte Zora hastig, während Andreas den Blick mit zusammengebissenen Zähnen abwandte. Sie ließ ihren Blick über meinen Körper wandern, als wollte sie andeuten, ich sei zu dick.

»Und viel Kalzium«, erwiderte ich mampfend. »Ein wichtiger Stoff für meinen Körper. Wenn man es genau nimmt, dann rettet dieser Käse mir gerade das Leben.«

Andreas beobachtete, wie ich ein weiteres Stück in meinen Mund schob und genüsslich darauf herumkaute. Dabei war ich gar nicht so ein großer Käsefan. Tja, wenn es um seine Erzfeinde ging, dann war es erstaunlich, was man nicht alles für sie tat ...

»Und Lilli?«, fragte Tomas mit erhobenem Haupt. Weil er so groß war, blickte er ohnehin immer auf seine Mitmenschen hinab, aber durch die emporgereckte Nase sah es fast aus als würde er schielen, während er versuchte mich im Blick zu behalten. »Hast du dich mittlerweile für eine AG angemeldet?«

Tomas hatte mich bei unserem letzten Treffen ausgelacht, als er erfuhr, dass ich kein in seinen Augen nennenswertes Hobby vorzuweisen hatte. TV Serien, Freunde und Musik hatte er leider nicht gelten lassen. Musik hatte er in Erwägung gezogen, aber dann verworfen, als er erfuhr, dass ich sie nicht machte, sondern bloß zuhörte.

Ich setzte ein triumphierendes Lächeln auf. »In der Tat, werter Herr Tomas von und zu Hochnase, das habe ich«, erwiderte ich und versuchte dabei, meine Nase genauso emporzurecken wie Tomas. Als ich merkte, wie unangenehm eine solche Pose war, ließ ich es jedoch wieder bleiben. »Ich spiele Jane Bennett bei der Aufführung von ›Stolz und Vorurteil‹.«

Statt mich zu beglückwünschen, was ich sowieso nicht erwartet hatte, rümpfte Tomas nur die Nase und schlürfte schweigend seinen Kaffee.

»Nun, wenn man keine Intelligenz hat, dann kann man ja immer noch Schauspielerin werden, richtig Lilli?«, fragte Zora gehässig. Na endlich hatte sich die »Königin der Irren« wieder ins Gespräch eingemischt. Ich hatte mich schon gefragt, wann sie die nächste Beleidigung auf mich abfeuern würde.

»Richtig, Zora. Und dann werde ich cracksüchtig, schwanger und sterbe schließlich, weil ich betrunken Auto gefahren bin. Sicher wirst du auf meiner Beerdigung eine herzerwärmende Rede darüber halten, dass so viel aus mir hätte werden können, wäre mein Schädel nicht vollkommen hohl gewesen.«

»Klau mir gefälligst nicht meine Lebensgeschichte«, kam es von der Tür. Hannah lehnte im Rahmen, die roten Haare in alle Richtungen abstehend und die Wangen leicht gerötet. Sie sah mehr denn je wie Pippi Langstrumpf aus.

»Na schön, dann wird sich eben die Presse das Maul über mich zerreißen, weil ich mit jedem meiner Schauspielkollegen eine heiße Affäre anfange, bis ich schließlich an einer Geschlechtskrankheit krepiere. Besser?« Ich stopfte mir ein weiteres Stück Käse in den Mund und beobachtete währenddessen erfreut Andreas, der sich angewidert abwandte.

»Kann ich mit leben.« Hannah ließ sich neben mir nieder. Sofort fühlte ich mich im Angesicht der geballten Macht »der Irren« ein klein wenig stärker.

»Tomas, also irgendwie sieht dein Haar heute so hell aus«, sagte ich, während Hannah sich Kaffee einschenkte.

»Oh ja und deine Augen haben in diesem Licht fast schon einen grünen Farbton. Äußerst mysteriös.« Hannah grinste.

Tomas warf uns einen finsteren Blick zu, der uns wohl vermitteln sollte, dass unsere Sticheleien ihm nichts ausmachten. Aber ich bemerkte, dass er das Spiegelbild in seinem Messer beobachtete, um zu überprüfen, ob er wirklich noch er selbst war.

»Hannah, ich habe gestern deinen Bruder getroffen.« Zoras zufriedenes Grinsen verhieß gar nichts Gutes. »Er macht sich ja wirklich prächtig. Ein glatter Einserdurchschnitt. Wie läuft es bei dir so? Willst du noch immer Modedesign studieren?« Modedesign zu studieren klang aus Zoras Mund ganz so, als wollte Hannah losziehen und sich einem Zirkus anschließen.

»Natürlich«, erwiderte ich an Hannahs Stelle, weil ich wusste, dass das ein schwieriges Thema für sie war. »Eigentlich wollte sie ja Ärztin werden, aber es gibt nun einmal Menschen wie dich, die ganz dringend ihre Fashion-Hilfe benötigen. Und wer könnte das besser als unsere gute, selbstlose Hannah.«

Bevor Zora etwas Giftiges erwidern konnte, betrat Katrina endlich wieder den Raum und strahlte in die Runde. Aber ich konnte den verkniffenen Zug um ihren Mund sehen. Sicher hatte sie unser Gespräch mit angehört. Seufzend ließ ich das Stück Käse, das ich hatte essen wollen, wieder auf meinen Teller fallen. Ich sollte wirklich netter zu »den Irren« sein, aber sie machten es einem nun wirklich nicht leicht.

Der Rest des Nachmittags verlief ohne großartige Zwischenfälle. Die Geschenke wurden ausgepackt – Katrina freute sich riesig über die neue Romantrilogie ihrer Lieblingsautorin, die wir ihr geschenkt hatten – und die ihre Mutter für reine Zeitverschwendung hielt –, wir tranken Kaffee – außer mir, die ich einfach nur finster auf meine volle Tasse starrte –, aßen Kuchen und versuchten uns nicht gegenseitig die Köpfe einzuschlagen. Um sieben war die Tortur dann endlich vorbei und Hannah, Katrina und ich fuhren zu *Margiano*, einem Italiener, bei dem wir Nudeln in uns hineinstopften und gemeinsam den heißen Kellner anschmachteten. Abends fuhren wir bei mir zu Hause vorbei. Katrina dachte, ich würde noch meine Schlafsachen für die Übernachtung bei Hannah holen. Und damit sie das auch weiterhin glaubte, musste ich geschickt und schnell sein. Ich war mir sicher gewesen, dass der schwierigste Teil sein würde, aus dem Fenster zu klettern ohne dabei Geräusche zu machen. Aber als ich meinen Eltern eine gute Nacht wünschte, bekam ich zu hören wie stolz sie darauf waren, dass ich meine Strafe so erwachsen aufnahm. Mein Gewissen meldete sich mit voller Wucht zurück. Als ich in Hannahs Wagen stieg, schien eine Gewitterwolke über mir zu schweben. Hannah sah mich fragend an, aber ich ignorierte sie.

Katrinas Blick wanderte von Hannah zu mir, aber sie sagte nichts. Stattdessen seufzte sie. »Also gut, ihr zwei, wo steigt die Party?«

Ich fuhr zu ihr herum, während Hannah an der roten Ampel eine Vollbremsung hinlegte. »Welche Party?«, rief Hannah panisch, fuhr sich dabei aber so fahrig durchs Haar, dass klar war, dass sie etwas verbarg.

»Na meine Überraschungsparty. Habt ihr allen Ernstes gedacht, dass ich nicht darauf kommen würde? Schaut euch doch nur an, wie schick ihr zwei ausseht. Wenn ihr nur zum Kaffee gekommen wärt, hättet ihr euch irgendwas angezogen um Zora, Tomas und Andreas zu ärgern. H&M T-Shirts zum Beispiel.«

Gar keine schlechte Idee – fürs nächste Mal. Zora wäre mit Sicherheit der Kopf geplatzt und sie hätte uns einen Vortrag darüber gehalten, dass wir die Kinder in Afrika ausbeuteten. Oder war das China gewesen? Ich verlor mittlerweile den Überblick.

Jetzt wo ich so darüber nachdachte, sollte ich den Nerd-Punkt auf meiner Liste eigentlich trotzdem abhaken können. Ich hatte mich zwar mit keinem der drei Irren angefreundet, aber ich hatte immerhin einen ganzen Nachmittag mit ihnen verbracht, ohne auch nur einen einzigen zu erdolchen. Man sollte sich mit den kleinen Dingen des Lebens zufrieden geben.

»Und du bist nicht sauer?« fragte Hannah vorsichtig Katrina.

Katrina strahlte. »Sauer? Welche Freundinnen schmeißen schon eine Überraschungsparty? Ich meine, in Filmen kommt so etwas ständig vor und die Leute reden immer darüber es zu machen, aber das wirklich durchziehen? Das machen nur echte Freunde.« Sie lächelte uns beide an und plötzlich vergaß ich, dass ich ein schlechtes Gewissen hatte. Ich vergaß das Morgen und lebte im Jetzt.

STEP 12 – PLAYING A GAME

In fast jedem Teeniefilm kommt es vor: Das Partyspiel. Meist endet es mit einem Kuss und natürlich ist das auch unser Ziel, du musst natürlich nicht jeden küssen, auf den der Zufall fällt. Hauptsache, du hast bei irgendwas mitgemacht. Und wenn es letztendlich nur Flunkyball wird.

»Lilli, was zur Hölle machst du da oben auf dem Tisch?«

Ich nahm verschwommen wahr, dass Hannah an meinem Arm zerrte, aber ich wollte unbedingt weiter tanzen. Ich bewegte die Hüften zur Musik und nahm einen weiteren Schluck Bier, während sich Pauline Wolf neben mir an einem Jungen rieb, den ich nicht kannte, und etwas Unverständliches murmelte, das für mich nach »Der Elefant braucht keine Pillen« klang. Ich hatte definitiv zu viel getrunken. Diese Einsicht ernüchterte mich so weit, dass ich vom Tisch herunterkletterte. Weil meine Beine sich anfühlten, als wären sie aus Gummi, stützte ich mich bei Hannah ab.

»Du bist betrunken. Ich kann nicht glauben, dass du betrunken bist.« Hannah sah allerdings eher überrascht als verärgert aus.

»Tut mir leid«, nuschelte ich und starrte betreten auf meine Schuhe. Wie war nochmal der Fleck darauf gekommen?

»Es braucht dir nicht leidzutun. Schließlich hast du mich auch schon oft genug angetrunken erlebt. Ich hab dich aber noch nie so gesehen und du bist irgendwie süß. Allerdings empfehle ich dir trotzdem ganz dringend jetzt aufzuhören, sonst überschreitest du den Punkt, an dem es unangenehm wird. Die ganze Nacht über der Kloschüssel zu hängen ist nämlich alles andere als süß.«

Ich nickte, reichte ihr meinen Becher, der noch immer halbvoll war, und starrte dann wieder nach oben, wo Pauline und der Junge begonnen hatten miteinander rumzuknutschen.

»Pauline scheint die Party zu gefallen«, sagte ich und lehnte mich dabei vor zu Hannahs Ohr.

Sie kicherte und schob mich ein Stück von sich weg, durch die Tanzenden hindurch an den Rand des Wohnzimmers.

»Hast du Katrina gesehen?«, fragte sie schließlich.

»Macht irgendwo mit Dan rum. Jeder macht mit irgendwem rum, weißt du.« Ich klang weinerlich, das wusste ich, aber ich konnte es irgendwie nicht abstellen. Es war zwar nicht so, als wäre ich die Einzige auf dieser Party, die keinen Freund hatte, im Gegenteil. Aber meine Freundinnen waren die ganze Zeit mit ihren Jungs beschäftigt gewesen, während ich fröhlich mit immer wechselnden Leuten getanzt hatte. Es hatte Spaß gemacht, aber ich hätte viel lieber mit Hannah und Katrina gefeiert.

»Lass uns Wahrheit oder Pflicht spielen!« Meine Idee kam mir ganz plötzlich. Meine Living the Dream-Liste beinhaltete schließlich den Punkt mit dem Partyspiel und welches wäre dazu besser geeignet? Erfreut hüpfte ich auf und ab, während Hannah kicherte.

»Na schön, du kleiner Floh, machen wir das. Ich gehe nur kurz Katrina suchen. Du bleibst hier, *genau hier* und bewegst dich nicht vom Fleck, alles klar?«

»Aye, aye, Captain!« Beim Salutieren schlug ich mir die Hand so fest gegen den Kopf, dass ich kurz Sterne sah.

Hannah sah mich einen Moment lang skeptisch an, machte sich dann aber schließlich doch auf die Suche nach dem Geburtstagskind. Sie war keine drei Sekunden weg, als sich eine starke Hand um meine Taille legte. Jonas Dahlen, der nachdenkliche Darcy, tanzte deutlich besser als sein literarisches Vorbild.

»Haben meine Worte dir also eine Lektion erteilt?«, fragte ich ihn mit verschwörerischer Stimme.

Jonas zog nur verwirrt die Stirn in Falten. »Was meinst du?«, fragte er und hielt einen Moment lang inne.

»Na, dass du von Gedichten zum Tanzen übergegangen bist.«

Jonas blinzelte mich verwirrt an. »Ich hasse Gedichte.«

Ich verdrehte die Augen, während er sich von hinten an meinen Körper schmiegte und die Hände auf meine Hüften legte. Zu sehr damit beschäftigt, im Takt der Musik zu bleiben, bemerkte ich das jedoch erst, als er seine Hände zu meinem Hintern wandern ließ. Empört drehte ich mich zu ihm um und holte mit der Hand aus, um ihm gegen die Brust zu schlagen. Allerdings war dort, wo Jonas eben noch gestanden hatte, jetzt nur noch Luft und meine Hand schlug ins Leere.

»Hoppla«, murmelte ich. Mein Blick glitt hinab zum Boden, von wo aus Jonas etwas desorientiert zu mir aufblickte. »Wie ist das denn jetzt passiert?«, sagte ich mehr zu mir selbst als zu Jonas. Vielleicht hatte ich ihn per Gedankenkraft niedergerungen. Bestimmt würden bald ein paar Agenten von *S.H.I.E.L.D* hier auftauchen und mich anwerben. Ich kniff die Augen zusammen und versuchte mit meinen Gedankenfähigkeiten, Jonas' Haare in Flammen aufgehen zu lassen. Leider sah ich nicht einmal den kleinsten Funken – was für Jonas auch besser war. Auf einmal schloss sich eine warme Hand um meine und ich wurde durch die tanzende Menge die Treppe hinauf in Richtung Hannahs Zimmer gezogen. Als wir endlich anhielten, konnte ich das Gesicht meines Retters sehen und hob überrascht die Augenbrauen. Eigentlich hatte ich geglaubt, dass Hannah zurückgekommen war, um mich zu holen, aber stattdessen blickte ich in ein paar schokoladenbrauner Augen mit einem goldenen Ring um die Iris, die sicher nicht zu Hannah gehörten. Zach kochte vor Wut und sah dabei so unglaublich gut aus wie noch niemals zuvor. Etwas amüsiert dachte ich, dass man nicht umsonst sagte, die Leute würden sich ihre Partner schön trinken.

»Lilli, bitte sag mir, dass du nicht betrunken bist«, sagte Zach durch zusammengebissene Zähne.

»Ich bin nicht betrunken«, erwiderte ich prompt.

Zach seufzte, als ich zu kichern begann. »Oh Mann«, stöhnte er.

Ich streckte die Hand aus und strich mit den Fingern über die Muskeln seines Oberarmes. Es faszinierte mich, dass sie so hart aussahen, aber die

Haut darüber wunderbar weich war. Ich trat einen Schritt näher, woraufhin Zach ein Stück zurückwich. Mein Blick wanderte hoch zu seinem Gesicht, zu diesen himmlischen Augen, um sich in ihnen zu verlieren. Ich entdeckte einen riesigen Bluterguss auf seiner linken Wange und zog die Stirn in Falten.

»Was ist das?«, flüsterte ich leise und trat erneut näher.

Dieses Mal blieb Zach stehen. »Nichts«, sagte er und ergriff meine Hand, die ich unbewusst ausgestreckt hatte, um ihn wieder zu berühren.

»Da bist du ja, Lilli!«, unterbrach Hannah uns strahlend. »Und Zach hast du auch noch gefunden! Das ist ja super! Kommt doch rein, ihr zwei.« Sie zog mich in das Zimmer zu ihrer rechten, Hannahs Schlafzimmer, in dem es sich etwa zehn Leute auf dem Boden in einem Kreis gemütlich gemacht hatten. Neben Peter war nur noch Platz für Hannah und mich, weshalb Zach sich uns gegenüber zu Kevin Westfahlen setzte. Ich sah, dass Katrina es sich auf seiner Seite auf Dans Schoß gemütlich gemacht hatte. Zu meiner Überraschung winkte mir Kevin Westfahlen von der gegenüberliegenden Seite fröhlich zu. Ich entdeckte auch sofort den Grund für seine gute Laune. Tania hatte ihren Kopf auf seine Schulter gelegt und malte mit den Fingern Muster auf seine Hände. Sah ganz so aus, als hätte sie ihm seinen Anfall von Idiotie verziehen.

»Fangen wir dann jetzt an?«, fragte Anja Fischer, eine Freundin von Pauline, die ebenfalls in der Theater AG war. Anja nahm einen weiteren Schluck aus einer Flasche mit klarer Flüssigkeit und bedachte mich mit einem feindseligen Blick. Was hatte ich der denn getan?

»Nein, wir warten noch auf –«, setzte Hannah an, aber im selben Moment flog die Tür auf und jemand stolperte in den Raum.

»Wo ist das Geburtstagskind?«, fragte der Ankömmling grinsend. Ich brauchte einen Moment, um ihn zu erkennen, aber dann strahlte ich bis über beide Ohren. Katrina sprang auf und warf sich ihrem Bruder an den Hals. Der drehte sie im Kreis herum, als sei sie noch ein kleines Mädchen.

»Was machst du denn hier, Mark?« Man sah ihr die Wiedersehensfreude deutlich an. »Ich dachte, du schaffst es nicht, zu meinem Geburtstag hier zu sein?«

»Falsch, ich schaffe es nicht zu Mutters *Wir-sind-die-gehobene-Schicht-Parade*. Aber Hannah sagte, das hier würde was völlig anderes werden.« Mark löste sich von Katrina und umarmte Hannah, die aufgestanden war, um sich noch etwas zu trinken zu holen. Er ließ sich schließlich auf dem freien Platz neben mir nieder und umarmte mich.

»Hey Bunny, alles klar bei dir?« Als ich acht gewesen war, war ich zu Karneval als Sailor Moon gegangen. Seitdem war der Spitzname, den Mark mir verpasst hatte, irgendwie hängen geblieben. Früher hatte ich mich immer tierisch darüber aufgeregt, aber mittlerweile war es wie ein Insider zwischen uns.

»Alles super.« Und dann entstand dieser seltsame Moment der Stille, in dem alle Augen auf uns gerichtet zu sein schienen. Mark sah mich fragend an, doch ich zuckte nur mit den Achseln.

Zu meiner Überraschung war es ausgerechnet Anja, die mich rettete. »Ich fange an«, sagte sie mit einem breiten Grinsen. »Lilli, Wahrheit oder Pflicht?« So wie sie mich beobachtete, war ich mir mittlerweile sicher, dass sie wegen irgendetwas sauer auf mich war. Vielleicht hatte sie meine Rolle eigentlich haben wollen? Ich erinnerte mich daran, dass ich sie öfter gemeinsam mit Pauline gesehen hatte, aber ob sie für Jane vorgesprochen hatte, wusste ich nicht mehr.

»Pflicht«, entschied ich, wohlwissend, dass was auch immer da kam übel werden würde.

»Küss Peter«, sagte sie in einem Tonfall, als sei das die schrecklichste Aufgabe, die sie mir hätte stellen können. Wir waren anscheinend in der fünften Klasse. Denn da hätte ich das vielleicht schlimm gefunden. Stattdessen verdrehte ich die Augen und beugte mich zu Peter vor. Der sah einen Moment lang so aus, als wollte er protestieren, fügte sich aber in sein Schicksal, als ich ihm einen Schmatzer verpasste.

»Bah, Lilli, du riechst nach Bier«, sagte er angewidert.

»Und du nach Zigaretten. Ich glaube, damit sind wir quitt«, erwiderte ich grinsend.

Anja nahm mit wütendem Gesichtsausdruck einen weiteren Schluck aus ihrer Flasche, während ihre Augen zu Zach hinüber wanderten. Dieser beobachtete mich, als wäre ich ein exotisches Tier, dessen Verhalten er studierte.

»Zach, Wahrheit oder Pflicht«, fragte ich und wackelte mit den Augenbrauen.

»Wahrheit«, entgegnete er prompt und sah mir dabei tief in die Augen. Die anderen machten gelangweilte Mienen, weil die meisten glaubten, dass Wahrheit das war, was man sich aussuchte, wenn man ein Angsthase war. Aber das galt nur dann, wenn man mit Leuten spielte, die nicht wussten, welche Fragen man zu stellen hatte.

»Was ist mit deinem Gesicht passiert?«, fragte ich und deutete auf den blauen Fleck. Er sah mich mit ruhiger Miene an, ganz so, als habe er von Beginn an gewusst, dass ich diese Frage stellen würde.

»Ich wurde geschlagen.« Diese drei knappen Worte sagten so viel mehr aus, als eine lange Erläuterung das gekonnt hätte. Er hatte nicht gesagt, er habe sich geprügelt. Nein, er war geschlagen worden. Sein Tonfall verursachte mir eine Gänsehaut.

Mark zog die Brauen zusammen. »Von wem?«, fragte er mit ernster Miene.

»Das wäre eine neue Frage«, meinte Zach, ohne Mark dabei anzusehen. »Ich bin dran. Katrina, Wahrheit oder Pflicht.«

Katrina, offenbar verwundert, dass Zach ihren Namen kannte, entschied sich für Wahrheit und er fragte sie, was sie sich in diesem Moment am meisten wünschte. Katrina lief prompt rot an. Das zeigte mir, dass Zach, genau wie ich, die Begabung hatte, im richtigen Moment die richtigen Fragen zu stellen. Katrina murmelte, dass sie sich wünschte, frei zu sein. Ich dachte an ihre Mutter und wusste genau, was sie meinte.

Das Spiel ging weiter und ich nahm vage war, dass Hannah mir irgendwann ein Glas Wasser in die Hand drückte, aber eigentlich lieferte ich mir nur ein intensives Blickduell mir Zach. Wo hatte er sich da hineingeritten? Hatte es etwas mit dem Mann zu tun, mit dem er auf dem Schulhof gesprochen hatte? Ich wollte nur zu gern wissen, was ihm passiert war, hatte aber Angst ihn zu verschrecken, wenn ich weiter nachbohrte. Also forschte ich weiter in seinem Blick.

»Lilli, Wahrheit oder Pflicht?« Ich wurde aus meinen Gedanken gerissen, aber überlegte nicht lange, sondern entschied mich sofort für Pflicht. Es war wieder Anja, die fragte, und die hatte mit ihrer letzten Aufgabe bereits bewiesen, dass sie kein Gespür für die richtig schlimmen Dinge hatte.

»Verbringe sieben Minuten im Himmel in Hannahs Schrank.«

»Wow, ich fühle mich wirklich geschmeichelt, Anja, aber so leid es mir tut, das zu sagen, du bist nicht mein Typ.«

»Nicht mit mir.« Anja verdrehte die Augen. »Mit Mark.« Das Lächeln auf ihren Lippen sah äußerst gehässig aus.

Ich stutze. Wie bitte? Mark sah mich an, ein leichtes Grinsen auf den Lippen. Katrina wirkte vollkommen bestürzt, während Hannah sich vor Lachen kaum einkriegte. Zach sah plötzlich seltsam angespannt aus. Vielleicht hätte ich es nicht getan, hätte ich geahnt, wie Zach darauf reagieren würde, aber ich griff nach Marks Hand und zog ihn mit mir in den begehbaren Kleiderschrank, in dem Hannah ihre Klamotten zu einem wilden Haufen aufeinander gestapelt verwahrte. Hier war ziemlich viel Platz für zwei Personen. Mark zog eine Augenbraue hoch, während er sich auf den Boden fallen ließ. Ich bemerkte zum ersten Mal, wie erwachsen er aussah. Deutlich älter als noch vor zwei Jahren. Ich setzte mich neben ihn und schlang die Arme um meine Knie.

»Keine Sorge Bunny, du wirst nicht lange warten müssen«, sagte Mark und grinste mich an.

»Warten? Worauf warten?«, fragte ich, auch wenn ich glaubte, seine Antwort zu kennen.

»Ich kenne dich schon eine ganze Weile und es ist offensichtlich, dass du diesen Zach eifersüchtig machen möchtest.« Wollte ich das? Nein, das wollte ich nicht! Warum sollte ich das wollen? Ich wollte ihn gar nicht hier haben! Warum war er überhaupt gekommen, wenn ich ihm doch gesagt hatte, dass er nicht kommen sollte? Und warum hatte er mich verflucht noch mal auf diese ganze bestimmte Weise angesehen?

»Das stimmt ja gar nicht«, sagte ich, aber selbst ich hörte, wie wenig überzeugend es klang.

Mark lachte in sich hinein, dann beugte er sich vor, um mir ins Gesicht sehen zu können. »Sag mir das noch mal und schau mir dabei in die Augen.«

Ich konnte es nicht und das wusste er auch. Aber eine Antwort blieb mir ohnehin erspart, weil die Tür plötzlich aufgerissen wurde. Ich erhaschte gerade noch einen Blick auf Hannah und Peter, die mit überraschter Miene zu mir hereinblickten. Anja sagte etwas von einem Regelverstoß. Mein Blick wanderte hoch und traf dabei den von Zach.

»Machen die jetzt zu dritt sieben Minuten im Himmel?«, hörte ich Kevin fragen. »Dann hätte ich gerne auch als nächstes Pflicht!«

Ich konnte gerade noch sehen, wie Tania ihm einen Schlag auf den Hinterkopf verpasste, bevor Zach den Arm in den Schrank steckte, Mark am T-Shirt nach draußen zog und sich dann selbst neben mich setzte. Die Schranktür schlug hinter ihm mit einem lauten Krachen zu.

»Du könntest die Möbel anderer Leute ruhig umsichtiger behandeln«, schlug ich vor.

»Du könntest andere Leute ruhig umsichtiger behandeln«, entgegnete Zach mit zusammengezogenen Augenbrauen.

Wahre Worte, das musste ich zugeben.

»Was denkst du dir eigentlich dabei? Der Typ ist locker drei Jahre älter als du.« Bei diesen Worten blickte Zach mit betont gleichgültiger Miene an die Decke.

Seufzend ließ ich mich nach hinten fallen und legte mich auf den weichen Teppichboden. »Das war das Spiel, Zach. Ich bin nur den Spielregeln gefolgt.«

»Man muss nicht jedes Spiel mitspielen.« Seine braunen Augen beobachteten mich aufmerksam.

»Und wo bleibt dann der Spaß?« Ich kicherte, während ich mit den Fingern durch die Teppichfransen fuhr. »Solange man die Regeln kennt, ist gegen ein bisschen Risiko doch nichts einzuwenden.« Zach quetschte sich neben mich und stützte den Kopf auf dem Ellenbogen ab. »Aber die Regeln zu kennen garantiert noch lange keinen Sieg«, meinte er nachdenklich.

»Das Leben besteht aus Niederlagen, Zach. Die Menschen machen sich vor, dass hinter jeder Ecke ein Gewinn auf sie wartet, aber in Wahrheit sind sie meistens die Verlierer.« Das Schweigen, das sich daraufhin zwischen uns ausbreitete, war fast schon mit Händen greifbar.

»Wahrheit oder Pflicht, Lilli?«, fragte Zach nach einigen Momenten. Anscheinend hatte im Zimmer gerade jemand eine besonders fiese Aufgabe gehabt, denn wir konnten die anderen laut und schadenfroh Lachen hören. Vermutlich waren die sieben Minuten bald rum.

»Wahrheit«, wählte ich und sah ihm dann in die Augen.

Er zögerte einen Moment lang, als wöge er ab, welche Frage er am dringendsten stellen wollte. »Wovor hast du am meisten Angst?«

Ich überlegte eine Weile, während er mich nicht aus den Augen ließ. »Vor dem Leben«, entschied ich schließlich. »Davor, dass es vorbei ist, bevor ich überhaupt richtig gelebt habe. Davor, dass ich alles verpasse, weil ich mit meinen Gedanken woanders bin. Davor, dass das Beste im Leben an mir vorbeizieht, weil ich die Chance es zu bekommen nicht ergriffen habe.« Ich sah dabei zu ihm hoch und erlaubte mir zum ersten Mal seit langem wieder an Mona zu denken. Daran, dass Mona genau das getan hatte, was mir eine solche Angst bereitete. Sie hatte ihre Chancen weggeworfen.

»Wahrheit oder Pflicht?« Langsam streckte ich die Hand aus und fuhr durch Zachs Haar. Er schloss die Augen und summte leise.

»Pflicht«, sagte er dann.

»Küss mich«, murmelte ich.

Überrascht und unschlüssig sah er mich an, doch seine Hand fuhr von meiner Schläfe hinab in meinen Nacken. Er wickelte dort meine Strähnen um seine Finger. »Das ist keine gute Idee, Lilli.« Er hauchte meinen Namen und mein Körper antwortete mit einer Woge aus Wärme.

»Ich weiß«, flüsterte ich. »Ich weiß.«

Und dann küsste er mich und ich fühlte mich, als könnte ich die Welt umarmen. Als könnte ich Berge ausreißen. Als könnte ich diesen Moment in einem Glas einfangen und er würde mir für den Rest meines Lebens Glück schenken. Ich fühlte mich frei und so unendlich lebendig. Er zog mich näher an sich und ich seufzte leise. Es war unbeschreiblich, ihm so nahe zu sein. Doch ich merkte auch, dass ich, um mich ganz darauf einzulassen, erst etwas wissen musste.

Er löste seine Lippen für einen kleinen Moment von meinen und ich nutzte die Chance.

»Wahrheit oder Pflicht, Zach?« Ich konnte kaum einen klaren Gedanken fassen, aber ich wünschte mir trotzdem, dass er sich für Wahrheit entscheiden würde, damit ich die Frage stellen konnte, die mir auf der Seele brannte, seit ich heute sein Gesicht gesehen hatte.

»Eigentlich bin ja ich dran ...«

Ich spürte sein Lächeln auf meinen Lippen. »Wahrheit«, entschied er, genau wie ich gehofft hatte. Seine Finger strichen am Saum meines Kleides entlang über die weiche Haut meiner Oberschenkel.

»Wer hat dich geschlagen?« In dem Moment, als ich die Frage aussprach, wusste ich, dass ich zu weit gegangen war.

Zach versteifte sich und rückte ein Stück von mir ab. »Ich werde nicht mit dir darüber sprechen, Lilli.«

»Wenn du mir dafür nicht genug vertraust, dann sollten wir *das hier* vielleicht besser nicht tun.« Hatte ich das gerade wirklich gesagt?

Ja hatte ich, doch ich spürte, dass ich noch mehr als ihn zu küssen gerade wissen musste, was ihm passiert war. Das war nicht nur eine Prügelei unter Jungs gewesen. Das hier hatte etwas mit seiner Mutter und vielleicht auch mit Marco zu tun, da war ich mir sicher.

»Ich kann nicht.« Er hatte sich mittlerweile hingekniet und sah mir nicht mehr in die Augen.

»Okay, dann kann ich auch nicht mehr.«

Als hätte das Universum gespürt, wie sehr mich seine Antwort gekränkt hatte, flog in genau diesem Moment die Tür zum Schrank wieder auf.

»Die Zeit ist abgelaufen!«, trällerte Hannah uns fröhlich entgegen. Dann fiel ihr Blick auf mein Gesicht und ihr breites Lächeln fiel in sich zusammen. Während ich heftig blinzelte, um die Tränen aus meinen Augen zu verdrängen, stolperte ich aus dem Schrank. In diesem Moment wollte ich nichts sehnlicher als nach Hause zu fahren. Hannah schien das zu merken, denn sie zog mich sofort in Richtung Flur. Die anderen sahen uns mit verwirrten Mienen nach.

Hannah bot mir an mich nach Hause zu bringen, da sie keinen Alkohol getrunken hatte. Zach rief einmal nach mir und seine Stimme verfolgte mich auf dem gesamten Weg nach Hause, als hätte sie sich in meinem Trommelfell festgebrannt.

Als ich endlich über die Garage in mein Zimmer geklettert war und in mein Bett fiel, wusste ich, dass ich mich von nun an von ihm fernhalten musste. Ich brauchte in meinem Leben nicht noch eine Person, die sich ihren Dämonen nicht stellen wollte. Diese Rolle füllte ich selbst schon zur Genüge aus. Und auch wenn ich den Punkt mit dem Spiel jetzt von der Liste streichen konnte, so wollte ich mit Zach alles andere als ein Spiel spielen. Es gab einfach Dinge im Leben, die dafür zu wichtig waren.

STEP 13 – HAVING A SLEEPOVER

In jedem Film gibt es den großen Sleepover im Pyjama mit Süßigkeiten und Filmen und geteilten Geheimnissen mitten in der Nacht … Eigentlich hast du schon oft genug welche gehabt, aber ein unvergesslicher war bisher noch nicht dabei …

Das Klingeln meines Telefons riss mich aus dem Schlaf. Einen Moment lang lauschte ich etwas orientierungslos dem *Harry Potter in 99 Seconds*-Song, den ich als Klingelton eingestellt hatte.

»*Harry, Harry, it's getting scary*«, summte ich gerade mit, als das Steinchen gegen meine Fensterscheibe flog. Erschrocken zuckte ich zusammen und setzte mich hastig auf. Einen Moment lang drehte sich alles und ich verfluchte die Tatsache, dass ich so viel getrunken hatte. Ein paar Sekunden brauchte ich, um mich zu sammeln und auch nur einen klaren Gedanken fassen zu können. Was zur Hölle machte Zach hier? Wenn er mit mir hatte reden wollen, hätte er das direkt auf der Party tun sollen. Ich streckte die Hand nach meinem Handy aus und starrte auf das Display. Es war vier Uhr nachts und Zach rief mich an. Der Typ hatte vielleicht Nerven.

»Könntest du eventuell mal aufhören mein Fenster zu malträtieren?«, grummelte ich in den Hörer. »Ich möchte ungern meinen Eltern einen Steinschlag im ersten Stock erklären müssen. Besonders, da sie nicht blöd sind und auch allein auf die Antwort kommen werden.«

Schweigen. Ich hörte das Atmen auf der anderen Seite und seufzte.

»Gibt es einen speziellen Grund dafür, dass du mich mitten in der Nacht anrufst oder soll ich wieder auflegen?«

»Ich habe ein Problem.« Zach klang ernst, geradezu resigniert, aber ich versuchte mich davon nicht einlullen zu lassen.

»Vor ein paar Stunden hätte ich gesagt, dass deine Probleme auch meine Probleme sind, aber du hast ziemlich gut klar gemacht, dass das nicht der Fall –«

»Ich brauche einen Ort, wo ich heute Nacht schlafen kann, Lilli«, fiel er mir ins Wort. Er sprach meinen Namen mit einer solchen Verzweiflung aus, dass mir der Atem stockte.

Scheiße aber auch! Verfluchte scheiße, ich steckte schon viel zu tief drin. Verzweifelt überlegte ich, wie ich ihm sagen konnte, dass er zu Hause schlafen sollte. Meine Eltern würden mir vermutlich lebenslänglich Hausarrest verpassen, wenn sie ihn heute Nacht in meinem Zimmer fänden. Außerdem war ich ihm ja nichts schuldig. Eher anders herum! Und überhaupt: Wer bitteschön bat jemanden auf so eine bescheuerte Art um so etwas? Ich verzog das Gesicht und muffelte, seinen ernsten Tonfall imitierend: »*Ich habe ein Problem.*«

»Was hast du gesagt?«, fragte Zach.

Ich stöhnte. »Warum kommst du nicht erstmal rauf und erzählst mir, was los ist?« Wie schnell aus meinem *Gute Nacht und auf Wiedersehen Zach* eine nächtliche Einladung in mein Zimmer geworden war … Seufzend ging ich hinüber zum Fenster und öffnete es.

»Warte noch kurz«, murmelte Zach leise am Telefon. »Ich muss noch was loswerden.«

»Okay«, sagte ich mit hochgezogener Augenbraue und versuchte Zach unten in der Dunkelheit zu erspähen.

»Du willst mich nicht mehr in deinem Leben haben und das kann ich gut verstehen, aber ich würde dich nicht fragen, wenn es nicht wichtig wäre.« Ich hörte ihn leise keuchen, als hätte er Schmerzen. Ein wenig übertrieb er es aber mit der Melodramatik. »Du kannst auch morgen früh gern so tun, als hätten wir dieses Gespräch nie geführt, aber ich wollte nur, dass du weißt, dass ich dich mag, okay? Und dass ich dich wirklich nicht in Schwierigkeiten bringen möchte und du Nein sagen kannst. Dann versuche ich es bei Maria. Vielleicht ist das ohnehin besser.«

Ich setzte zu einer Antwort an, aber offenbar sprach er gar nicht mehr mit mir, sondern mit sich selbst.

»Ich weiß auch nicht, warum ich hergekommen bin. Ich hätte wirklich –«

»Jetzt halt endlich die Klappe und komm hier hoch«, unterbrach ich ihn, bevor er sich noch weiter in etwas hineinsteigern konnte.

Er antwortete mir nicht, sondern legte ohne ein weiteres Wort auf. Ich ließ mich zurück auf mein Bett fallen und wollte mich gerade wieder in mein Kissen kuscheln, als mir klar wurde, dass ich keine Ahnung hatte, wo Zach schlafen sollte. Hoffentlich nicht in meinem Bett, denn ... das war *mein* verfluchtes Bett! In dem *ich* lag! Mein Puls schnellte so plötzlich hoch, dass mir schwindlig wurde. Zachery Martinez kletterte gerade unser Garagendach hoch, um mit mir in meinem Bett zu schlafen! Also neben mir, nicht mit mir ... ARGH!

Erst als ich es direkt am Fenster rascheln hörte, schaffte ich es, mich aus dem Teufelskreis, den meine Gedanken heraufbeschworen hatten, wieder zu lösen und stand hastig auf.

»Also, was ist nun der Grund dafür, dass du –«, setzte ich an, doch mir versagte schnell die Stimme.

Die Leute erzählen immer, dass es Momente gibt, in denen man neben sich steht und das Geschehen wie ein Außenstehender betrachten kann, ganz so, als ginge es einen nichts an, was da grade vonstattengeht. Als ich Zach in dieser Nacht durch mein Fenster klettern sah, wusste ich genau, was damit gemeint war. Ich blickte hinab auf Zachs Arm, um den locker ein Taschentuch geschlungen worden war und von dem ein Tropfen Blut auf meine Fensterbank tropfte. Ich sah mir seine Nase an, die blutverkrustet war, weil er sicher Nasenbluten gehabt hatte. Sein linkes Auge, das zugeschwollen war. Seine Oberlippe, aufgeplatzt. Und dann sah ich ihm in die Augen und wenn mein Herz nicht ohnehin schon gebrochen war, dann war es das spätestens jetzt.

»Zach ...«, hauchte ich und kämpfte gegen die Tränen in meinen Augen an, die drohten meine Sicht zu verschleiern.

Seine Miene verhärtete sich und er straffte die Schultern, als versuchte er besonders stark auszusehen, aber das machte mich nur noch trauriger. Denn in diesem Moment sah ich in seinen Augen den Jungen, der er einmal gewesen war. Er war noch nicht einmal mit der Schule fertig. Zach war praktisch noch ein Kind. Und egal, was ich manchmal zu meinen Eltern sagte, das war ich auch noch. Wir sollten unser Leben genießen und verflucht noch mal nicht in einer Situation wie dieser hier sein.

»Nur für die Nacht, *bitte*«, murmelte Zach. »Und kein Krankenhaus«, setzte er in strengem Tonfall hinzu.

»Zach, du musst zu einem Arzt«, sagte ich und trat einen Schritt auf ihn zu. Er wich hastig zurück, verlor dabei das Gleichgewicht und stolperte. Ich schloss kurz die Lider, um den gehetzten Ausdruck seiner Augen loszuwerden, aber als ich sie wieder öffnete, war er noch immer da.

»Kein Arzt«, wiederholte er leise, aber bestimmt.

Ich holte tief Luft, nickte jedoch schließlich. »Dann musst du aber morgen gehen. Die Wunde am Arm sieht übel aus.« Vorsichtig ging ich auf ihn zu und dieses Mal wich er nicht zurück. Ich schob ihn auf mein Bett zu und drückte ihn trotz Protest darauf. Dann griff ich nach seinem verletzten Arm und wickelte vorsichtig das Taschentuch ab. Eine zwei Zentimeter lange Schnittwunde zog sich quer über seinen Unterarm.

»Wie ist das passiert?«, fragte ich und versuchte meine Stimme dabei möglichst neutral zu halten, obwohl ich ihn am liebsten angebrüllt hätte.

Zach zögerte. »Ich ... ich bin gestürzt«, entschied er schließlich.

Ich schnaubte und sah von seinem Gesicht hinab zur Wunde und wieder zurück. »Tatsächlich?«

Er seufzte. »Und in eine Scherbe gefallen.«

»Das klingt doch schon eher wie die Wahrheit, aber auch das kaufe ich dir ganz bestimmt nicht ab«, meinte ich. Vorsichtig sah ich mir die Wunde näher an. Sie schien an den Rändern glücklicherweise nicht so tief zu sein wie in der Mitte. »Hat es stark geblutet?«, fragte ich, während ich kurz nach seinem Kinn griff und seinen Kopf drehte, um mir sein Auge näher anzusehen. Glücklicherweise war die Schwellung dort nicht ganz so stark. Er würde ein blaues Auge haben, aber seine Sehkraft würde nicht auf Dauer beeinträchtigt sein.

»Es hat geblutet wie Sau.« Zach deutete auf das Taschentuch, das ich auf meinen Schreibtisch gelegt hatte. »Das war schon das dritte.«

»Das ist gut«, sagte ich. »Das Blut hat sicher bereits einen großen Teil der Verschmutzung herausgeschwemmt. Aber wir müssen die Wunde trotzdem noch einmal reinigen.« Kurz dachte ich darüber nach, die Verbandssachen in mein Zimmer zu holen, aber ihn ins Bad mitzunehmen war noch immer am einfachsten.

»Du musst sehr, sehr leise sein, okay? Wenn meine Eltern dich finden, dann sind wir mit Sicherheit beide tot, kapiert?«

Zach nickte und betrachtete mich mit undeutbarem Blick, während ich ihn zur Tür schob. »Du machst das nicht zum ersten Mal, oder? Eine Wunde versorgen, meine ich.«

»Ich möchte später Krankenschwester werden«, antwortete ich. Einen Moment zögerte ich, dann fügte ich noch hinzu: »Außerdem bist du nicht der erste, der durch dieses Fenster nachts zu mir gekommen ist.«

Zachs Gesicht war deutlich abzulesen, dass er zu gern nachgefragt hätte, wer das denn sonst noch getan hatte, aber meine versteinerte Miene schien ihn davon abzuhalten. Nein, diesen Gefallen würde ich ihm nicht tun. Er erzählte mir schließlich auch nicht alles.

Im Bad wusch ich seine Wunde mit Wasser aus und säuberte sie dann mit Desinfektionsmittel. Zach biss dabei die Zähne zusammen und blickte zur Seite, aber ich sah, dass ihm Tränen in die Augen schossen.

»Brennt wie Sau, nicht wahr?«, meinte ich. »Aber sieh es einfach so: Je mehr Feuer, desto besser werden die Keime verbrannt.« Ein Gähnen entschlüpfte mir, als ich begann, einen Verband um die Wunde zu wickeln, und ich rieb mir kurz über die Augen. Diese Nacht war definitiv zu lang gewesen.

Zach beobachtete mich mit schiefgelegtem Kopf. »Krankenschwester also?«, fragte er schließlich. »Auf eine sehr seltsame Weise macht das Sinn.«

Ich lachte. »Nein, eigentlich macht das gar keinen Sinn. Katrina und Hannah lachen sich immer wieder schlapp darüber, weil sie finden, dass ich von uns dreien am wenigsten fürsorglich oder gar hilfsbereit bin.«

»Du gibst den Leuten eben nur so viel Hilfe, wie sie tatsächlich brauchen.«

Ich blickte hoch in seine warmen, braunen Augen und dachte über seine Worte nach. »Aus deinem Mund klingt es fast, als sei das etwas Positives.«

Zach zuckte mit den Achseln. »Meine Mutter ist so ein überfürsorglicher, hilfsbereiter Mensch«, sagte er leise. »Aber sie hilft einem nur bei den Dingen, die man auch selbst tun könnte. Wenn man ihre Hilfe wirklich braucht, dann ...« Er schüttelte den Kopf und sah mich an, fast so, als wollte er mir sagen, dass es die Sache nicht wert wäre, auch nur darüber zu sprechen.

Ich legte den Kopf schief und betrachtete seine ernsten Gesichtszüge. Die kantigen Wangenknochen und fest zusammengepressten Lippen bildeten einen starken Kontrast zur Verletzlichkeit in seinen Augen.

»Wirst du mir irgendwann sagen, was passiert ist?«, fragte ich ihn, während ich einen Waschlappen nass machte, um ihm das Blut aus dem Gesicht zu wischen.

»Ich –«, setzte er an, doch im selben Augenblick klopfte es an der Badezimmertür. Mitten in der Bewegung erstarrten wir und lauschten.

»Elisabeth, alles okay bei dir?«, kam die Stimme meines Vaters durch die Tür.

Als ich Zach ansah, erkannte ich in seinem Gesicht meine eigene Panik gespiegelt, doch ich versuchte trotzdem möglichst ruhig zu klingen, als ich antwortete. »Ja, alles gut. Bin nur auf Klo.«

»Okay! Kannst du dich vielleicht beeilen? Ich muss nämlich auch mal.«

»Scheiße«, fluchte ich, woraufhin Zach sich die Hand auf den Mund schlug, um nicht in Gelächter auszubrechen. Dabei hatte er allerdings nicht an seine Wunde gedacht, denn er zuckte vor Schmerz zusammen.

»Was hast du gesagt?«, fragte mein Vater von draußen.

»Ich muss scheißen!«, sagte ich schließlich. »Kannst du vielleicht nach unten aufs Klo gehen? Das hier könnte noch ne Weile dauern.«

Zach sah mich zwar an, als sei mir ein zweiter Kopf gewachsen, aber mein Vater draußen stöhnte nur genervt, zog dann aber ab in Richtung Treppe. Sobald ich ihn die Stufen hinabgehen hörte, packte ich mir das Desinfektionsmittel, die Mullbinden und alles andere, was ich mit den Händen greifen konnte, und schob Zach hastig durch den Flur zurück in mein Zimmer. Sobald die Tür sich hinter uns geschlossen hatte, brach Zach in gedämpftes Gelächter aus. Er hielt sich dabei die Rippen und stöhnte auf, konnte aber trotz des offensichtlichen Schmerzes nicht aufhören zu lachen.

Ich schubste ihn aufs Bett und verdrehte die Augen. »Wie alt bist du? Fünf?«

Zach gluckste schon wieder. »Dein Tonfall! Das war göttlich, Lilli, göttlich.«

»Tja, so bin ich eben: Ein Engel auf Erden.« Während ich mein zweites Kissen aus einer Schublade unter dem Bett hervorzog, vermied ich es, Zach in die Augen zu sehen. Dass ich ihn hier schlafen ließ, das sollte ihn ja schließlich nicht auf dumme Gedanken bringen. Immerhin war ich noch immer sauer auf ihn, auch wenn es mir in seiner Anwesenheit und beim Betrachten dieser niedlichen Grübchen, die sich in seinen Wangen bildeten, wenn er lachte, sehr schwer fiel. Ich seufzte.

»Da. Kissen. Leider habe ich nur eine Decke, aber ich erwarte, dass du auf deiner Seite bleibst. Sollte das nicht der Fall sein, dann lasse ich dich auf dem Boden schlafen. Ist mir egal, wenn du zusätzlich zu deinen Verletzungen dann auch noch einen verrenkten Nacken bekommst.« Ich funkelte ihn mit verschränkten Armen an. »Klar soweit?«

»Alles klar, Captain.« Seine braunen Augen funkelten, ganz so, als wüsste er genau, welche Wirkung seine Anwesenheit hier auf mich hatte. »Aber wenn du mich im Schlaf überfällst, gilt das gleiche für dich. Ich will schließlich nicht schon wieder sexuell belästigt werden.« Er drehte sich auf die andere Seite und wackelte mit seinem Hintern. »Ich weiß, der ist verlockend, aber du musst einfach lernen deine Begierde zu zügeln.«

Während ich das Licht ausknipste und neben ihm unter die Decke kroch, versuchte ich mir das Lächeln vom Gesicht zu wischen. »Es wird so schwer werden, du Verlockung aller Frauen.«

Eigentlich hatte ich mit einer schlagfertigen Antwort gerechnet, aber Zach wurde plötzlich verdächtig ruhig. Das Einzige, was ich in der Dunkelheit hörte, war sein Atem. Dann hörte ich, wie er sich auf dem Bett herumwälzte. Vielleicht bildete ich es mir nur ein, aber ich glaubte sogar, ihn an meinem Hinterkopf zu spüren. Ich schloss die Augen und versuchte dem Drang zu widerstehen mich zu ihm umzudrehen. Stattdessen sagte ich mit möglichst neutraler Stimme: »Gute Nacht, Zach.«

»Gute Nacht«, antwortete er und jetzt war ich mir sicher, seinen Atem in meinem Nacken zu spüren. Vorsichtshalber rutschte ich noch ein kleines bisschen näher an die Bettkante. Mit Sicherheit würde ich heute Nacht kein Auge zumachen. Nicht, wenn er mir so nahe war.

Eine Weile schwiegen wir beide, aber dann hörte ich seine leise Stimme noch einmal durch die Dunkelheit zu mir dringen. »Es tut mir leid, Lilli. Wegen vorhin. Ich hätte es dir einfach sagen sollen. Aber …« Er brach ab.

»Du konntest es nicht?«, knurrte ich. »Zach«, fuhr ich etwas sanfter fort. »Es tut mir leid, dass ich so extrem reagiert habe. Im Endeffekt ist es deine Sache, wem du was wann erzählst. Du musst dich nicht bei mir entschuldigen.« Ich drehte mich zu ihm um und bereute es fast, als ich seine ernsten Gesichtszüge in der Dunkelheit ausmachte.

»Doch, muss ich.« Er hatte noch nie so verletzlich ausgesehen wie in diesem Moment. »Und ich würde es dir ja gern sagen, aber …«

»Das geheimnisvolle Satzauslaufenlassen hatten wir schon, also versuch es doch gar nicht erst. Ich muss es ja nicht wissen. Aber ich kann mich dann nicht auf dich einlassen, weil …« Ich brach ab und versuchte meinen Gedanken irgendwie Ausdruck zu verleihen. Vergeblich.

Zach grinste. »Wer ist hier jetzt mysteriös?«

»Die ausweichenden Antworten, das blaue Auge, mitten in der Nacht einfach aufzutauchen … Ich habe das mit Mona schon durchgemacht.« Ich spürte selbst, wie meine Stimme immer leiser wurde und hasste es, wie schwach ich dadurch klang. »Und so klischeehaft sich das jetzt auch anhören mag: Ich habe keinen Bock, das noch einmal durchzumachen. Vor allem nicht mit diesen Geheimnissen.« Ich schnaufte verärgert. »Ich hasse Geheimnisse mehr als alles andere auf der Welt.«

Zach kniff einen kurzen Moment lang die Augen zusammen, bevor er mich fast mitleidig betrachtete. »Lilli … Ich habe Mona gefunden.« Ich zuckte zusammen, als hätte er mich geschlagen.

»Und vielleicht verstehe ich dich jetzt.« Wie er das sagte, klang es, als wäre das alles, was mich ausmacht. Diese eine Sache in meinem Leben. Als habe sie mich gezeichnet und als würde das ausreichen, um meinen Charakter zu verstehen. Als wäre ich vorhersehbar.

»Nein, Zach«, sagte ich sanft. »Du verstehst es nicht. Das kannst du gar nicht.« Ich zog meine Hand zurück, aber er griff danach und hielt mich fest.

»So habe ich das nicht gemeint. Ich meinte nur, dass ich ein wenig nachgeforscht habe und ... Sie ist weggelaufen, oder? Im Internet habe ich einen Artikel darüber gelesen, dass sie vermisst wird.«

Ich schwieg. Wenn ich jetzt auch nur ein weiteres Wort sagte, würde ich anfangen zu weinen. Die Tränen kitzelten mich bereits in den Augen, als warteten sie nur darauf, endlich an die Oberfläche zu gelangen. Kein Wunder, schließlich warteten sie bereits seit Jahren.

Irgendwann schien Zach zu spüren, dass ich ihm nicht antworten würde, denn er tastete bloß im Dunkeln nach meiner Hand und drückte sie. Und auch wenn das den Schmerz nicht ganz verschwinden ließ, so hatte ich doch ein klein wenig das Gefühl, freier atmen zu können. Als ich einschlief, spürte ich noch immer seine Finger in meinen.

***

»Lilli, ich werde dich umbringen.« Die keifende Stimme riss mich aus meinen Träumen. »Du hast gesagt, dass du mir helfen wirst alles aufzuräumen. Du hast auf Herrn Bommels geschworen! Ich verstehe ja, dass du gestern Nacht nicht konntest, aber hast du heute morgen wenigstens mal nachgefragt? Nein? Richtige Antwort, dingdingding, der Kandidat hat hundert Punkte.«

Ich richtete mich vollkommen groggy auf und fuhr mir mit der Hand durch die Haare. Dabei stieß ich gegen einen warmen Körper neben mir. Verwirrt blickte ich hinab und sah zu meiner Verblüffung gerade noch wie Zachs Kopf sich unter der Bettdecke hervorwühlte und er einen Arm um meine Taille schlang. Dann vergrub er sein Gesicht an meinem Rücken.

»Zu laut«, murmelte er, machte aber sonst keine Anstalten sich zu rühren. Hatten wir etwa so ineinander verschlungen die ganze Nacht geschlafen? Ich versuchte seinen Arm von meinem Körper zu lösen und ihn wegzuschieben, aber das war leider nicht so einfach.

»Ehm Lilli? Ist das etwa, wer ich denke, der es ist?« Plötzlich wurde der Vorhang in meinem Zimmer aufgerissen und grelles Licht blendete mich. Zach zog mich noch näher an sich und grummelte etwas Unverständliches. Ich versuchte weiterhin ihn von mir wegzuschieben und erreichte es zumindest, dass er sein Gesicht in der Decke statt in meinem Schlafanzug vergrub. Sein Arm blieb jedoch, wo er war.

»Oh mein Gott!« Hannah stand vor mir, hielt die Hand vor den Mund und hüpfte aufgeregt auf und ab. »Ich wollte dir ja eigentlich eine Standpredigt halten, aber das hier ist einfach zu schön! Ich wusste, dass ihr zwei wie füreinander geschaffen seid und das hier ist ja wohl nun endgültig der Beweis. Schau nur, wie süß er sich an dich kuschelt!«

Ich warf ihr einen Blick zu, der hoffentlich genau besagte, wie verrückt es war, dass gerade jetzt wieder ihre *Shipping*-Fantasien mit ihr durchgingen. Zach benutzte mich noch immer als Schutz vor dem Licht, also drückte ich mit aller Kraft gegen seinen Bauch und zu meiner Überraschung ließ er mich los und drehte sich um. Nur leider war mein Bett nicht so groß, dass er dazu genug Platz gehabt hätte. Auf der Bettkante geriet er ins Schwanken und schaffte es gerade noch, nicht auf dem Boden zu landen.

»Tut mir leid, aber Hannah ist hier. Ich muss ihr beim Aufräumen helfen und dazu brauche ich meinen Körper zurück.« Ein Blick auf die Uhr sagte mir, dass es bereits nach 11 war. Ein Glück, dass meine Eltern nicht versucht hatten mich zu wecken. Immerhin wussten sie nichts von der Party, geschweige denn von dem Typen in meinem Bett. »Und du musst dringend von hier verschwinden, bevor es ein Massaker gibt.«

Zach nickte nur und stand auf. Im hellen Licht des Tages sahen seine Verletzungen nur noch schlimmer aus. Ich schluckte und sah zu Hannah auf, die ihn bestürzt anstarrte.

»Verdammt, was ist denn passiert?«, fragte sie und warf mir einen anklagenden Blick zu. »Wenn ich gewusst hätte, wie wütend du gestern auf ihn gewesen bist, hätte ich dich sicher nicht gehen lassen. Übrigens hast du das Beste verpasst. Katrina ist mitten in der Nacht noch zu ihrer Mutter gefahren und hat ihr die Meinung gesagt. Es war geradezu episch. Du hättest ihr Gesicht sehen sollen! Aber anscheinend war deine Nacht mindestens genauso ereignisreich also hebe ich mir das für später auf. O Mann, das sieht aus, als würde es höllisch wehtun. Meinst du nicht, man sollte ihn ins Krankenhaus bringen? Oder –«

»Hörst du auch noch mal auf zu reden?«, fragte Zach und streckte seine Glieder. Ich bemerkte, dass er versuchte so auszusehen, als fiele es ihm leicht, aber er zuckte trotzdem zusammen, als er die Hand auf der Couch abstützte. Hannah kaute an ihrer Lippe, ein klares Zeichen dafür, dass sie diese ganze Situation nervös machte.

»Tut mir leid, ich neige dazu drauflos zu reden, wenn ich nicht weiß, was ich sagen soll.«

»Du redest viel, wenn du nicht weißt, was du sagen sollst?« Zach grinste. »Na, wenn das mal nicht pure Ironie ist.«

Ich kicherte trotz der ernsten Situation.

Hannah hockte sich auf den Boden und musterte Zach mit großen Augen. »Ich könnte dir ja jetzt die ›Wenn du meiner besten Freundin wehtust‹-Rede verpassen, aber ich würde viel lieber wissen, was mit dir passiert ist.« Ich stand auf, um Hannah diskret aus dem Raum zu ziehen. Schließlich wollte ich weder ihre Rede hören, noch glaubte ich, dass Zach ihr sein Herz ausschütten würde. Zu meiner Überraschung hielt Zach jedoch an der Fensterbank inne und drehte sich zu Hannah um. Sein Blick wanderte schließlich von ihr zu mir herüber. Sein Zögern war ihm übers ganze Gesicht geschrieben, aber er schluckte und ich war mehr als erstaunt, als er zu sprechen begann.

»Es hat nichts mit Lilli zu tun, falls du das denkst«, sagte er und setzte sich auf die Fensterbank. »Sie hat mich letzte Nacht nur hier schlafen lassen, damit mein Vater das nicht mitbekommt. Zwischen uns ist nichts gewesen, du kannst also aufhören in Gedanken schon die Fangirlshirts zu designen.«

»Die Fangirlshirts braucht man gerade dann, wenn das *Ship* noch nicht abgefahren ist.« Hannah schob etwas mürrisch die Unterlippe vor und betrachtete dabei Zachs Gesicht, in dem sein blaues Auge noch mehr leuchtete als gestern Nacht. Ich fragte mich, wie er das seinem Vater erklären wollte, hielt mich allerdings zurück. Hannah schien ihn aus irgendeinem Grund besser zum Reden zu bekommen als ich.

»Und wer war der Typ, mit dem du dich geprügelt hast?«, machte sie auch gleich weiter und schob sich eine rote Locke, die sich aus ihrem Zopf gestohlen hatte, aus dem Gesicht.

»Mhm, geprügelt. Könnte man so sagen, aber wenn man es so ausdrückt, dann klingt das, als hätte ich eine faire Chance gegen ihn gehabt.«

»Und die hattest du nicht?«, fragte ich. Mein Herz zog sich dabei schmerzhaft zusammen.

»Nein. Er hat mir zwanzig Jahre Erfahrung voraus.«

Hannah zog scharf die Luft ein. »Und warum zum Geier hast du dich dann überhaupt mit ihm geschlagen? Wenn man keine Chance hat, dann weicht man aus.«

Zach schwieg.

»Tja also, welchen Todeswunsch du auch immer haben magst: Wir müssen dich jetzt leider verlassen«, sagte Hannah und klopfte sich den Staub von den Jeans. »Es gibt da nämlich ein Haus, das im Chaos versunken ist und ein Mädchen, das den heutigen Tag nicht überlebt, wenn sich das nicht bald ändert.« Sie zwinkerte Zach zu, steuerte die Tür an und winkte mich zu sich.

Ich jedoch runzelte die Stirn. »Wie hast du meine Eltern dazu gebracht, dass ich mitkommen darf?«

»Oh, ich habe ihnen erzählt, wie traurig ich war, dass du letzte Nacht nicht dabei sein konntest und dass es doch nur fair wäre, wenn du jetzt wenigstens beim Aufräumen dabei sein darfst«, meinte sie und zuckte die Schultern. »Um ehrlich zu sein hatte ich das Gefühl, als empfänden sie es eher noch mehr als Strafe, dass du jetzt helfen musst.«

»Da sind sie nicht die Einzigen.« Ich schnaubte, beeilte mich aber ihr zu folgen, wurde von Zach jedoch in letzter Sekunde aufgehalten. Er verschränkte seine Finger mit meinen, zog mich zu sich heran und sah mir tief in die Augen. Ich runzelte die Stirn, weil ich spürte, wie die Panik langsam in mir aufstieg. Er war einfach zu nah und ich spürte, wie meine Haut an der Stelle, an der sie seine berührte, zu kribbeln begann. Mich nicht auf ihn einzulassen, wenn er es wirklich darauf anlegte, würde verdammt schwer werden.

»Danke«, flüsterte er aber stattdessen bloß. »Für alles.«

Erleichtert lächelte ich. Also doch nicht dieses Thema.

Langsam machte ich mich von ihm los, nickte und beeilte mich dann Hannah zu folgen, während Zach aus dem Fenster kletterte.

Kaum dass sich meine Zimmertür hinter uns geschlossen hatte, flüsterte Hannah mir ins Ohr: »Von wegen zwischen euch beiden ist nichts! Die Chemie, die brodelt so gefährlich, dass man glaubt, jeden Moment würde eine Atombombe hochgehen.« Während sie die Treppe hinunterhüpfte, trällerte sie vor sich hin und faselte irgendetwas von wegen »Zachisabeth lebt«.

Ich drehte mich noch einmal zur Tür um, dann legte ich den Kopf in den Nacken und stieß einen frustrierten Laut aus. Den Punkt mit der Pyjamaparty würde ich auf jeden Fall abhaken. Denn auch ohne Marshmallows, Kissenschlachten oder gar Pyjamas, ein Erlebnis war das Ganze auf jeden Fall gewesen.

STEP 14 – FEEDING THE GOSSIP

Nur ein einziges Mal Teil eines Gerüchtes sein, das ist hier die Aufgabe! Es muss auch wirklich nichts Großes sein, Lilli. Wir wollen schließlich nicht, dass sich plötzlich die ganze Schule darüber unterhält, was für eine Schlampe wir sind. Nur so ein kleines Gerüchtchen am Rande. Zum Beispiel darüber, dass wir dem Hausmeister das Leben gerettet haben. Oder beim Sport eine Weltrekordzeit gelaufen sind. Wie gesagt: Was ganz Kleines.

»Lilli!« Katrina wartete bereits in Hannahs Wohnzimmer auf uns, wo sie rote Plastikbecher in einen gelben Müllsack stopfte. Sie sah etwas lädiert aus, aber ganz so, als hätte sie die Nacht ihres Lebens gehabt. »Ich habe mir schon Sorgen gemacht, als du nicht ans Handy gegangen bist, aber offenbar bist du einfach nur eine faule Schlafmütze.«

»Wie immer also«, meinte ich, während ich anfing, ihr mit den Bechern zu helfen. Einen pflückte ich aus einer Pfütze grüner, schleimiger Flüssigkeit, von der ich lieber nicht wissen wollte, um was es sich dabei handelte. »Tut mir echt leid, Katrina. Auch mein dramatischer Abgang gestern Nacht. Aber dir scheint es immerhin gut zu gehen. Hannah hat mir schon erzählt, dass du gestern Nacht noch einiges durchgemacht hast.«

»Mir geht es ganz fantastisch, auch wenn ich glaube, dass ich bei Hannah einziehen muss.« Katrina runzelte leicht verzweifelt die Stirn. »Ich habe so eine verfluchte Angst meiner Mutter gegenüber zu treten, das glaubst du gar nicht. Aber ich bereue nichts! Das ist mein neues Motto. Das Leben ist zu kurz, um etwas zu bereuen.«

»Du weißt ja gar nicht, wie Recht du hast.« Und dann hatte ich diesen Moment, in dem mir klar wurde, was ich zu tun hatte. Eigentlich hatte ich immer gewusst, dass ich es irgendwann tun würde. Echte Freundschaft sollte schließlich dazu da sein, selbst die verrücktesten Ideen nicht sofort in den Wind zu schlagen.

Ich erzählte den beiden alles. Nun ja, nicht alles. Mona ließ ich aus, denn das war etwas, dem ich mich noch nicht ganz gewachsen fühlte. Aber ich erzählte ihnen von meiner Living the Dream-Aktion. Davon, wie ich Zach kennengelernt hatte. Von seinem kleinen Bruder und seiner Mutter. Selbst davon, wie Zach nachts in mein Zimmer gekommen war, auch wenn Hannah das meiste davon bereits wusste.

Doch ich war offenbar nicht die Einzige, die in letzter Zeit Dinge zurückgehalten hatte. Es war, als wäre ein Damm gebrochen, denn Hannah erzählte uns plötzlich, dass Peter sie darum gebeten hatte, sich an der gleichen Uni zu bewerben wie er. Dass sie aber wusste, dass das nicht das Richtige für sie wäre. Sie wollte an eine Modeschule in Berlin und für ihn war es unvorstellbar von hier fort zu gehen. Sowohl Katrina als auch ich waren vollkommen verblüfft, als sie uns berichtete, dass sie darüber nachgedacht hatte, sich von Peter zu trennen.

»Aber ihr zwei seid das absolute Traumpaar! Und ihr liebt euch!«, sagte ich fast schon verzweifelt. Wie sollte ich denn an die Liebe glauben, wenn es nicht einmal zwischen den beiden klappte?

»Manchmal reicht das aber nicht aus, Lilli.« Was war nur passiert, dass wir uns über so etwas Gedanken machen mussten?

»Ich habe mit Dan geschlafen!«, platzte es plötzlich aus Katrina heraus. Hannah und mir klappte die Kinnlade herunter.

»Bitte was hast du gerade gesagt? Meine Ohren scheinen nicht zu funktionieren, denn es hat sich für einen Moment so angehört, als hättest du gesagt, dass du, Ms. Verantwortungsvoll, Sex mit einem Typen gehabt hast, mit dem du gerade mal ein paar Tage zusammen bist!«

»Ich weiß! Ich würde es ja selbst nicht glauben, wenn ich nicht dabei gewesen wäre.«

»Na so ein Glück, dass du dabei warst. Wäre ja irgendwie blöd, wenn du dein erstes Mal verpasst hättest.« Hannah kicherte und stupste Katrina neckisch an. »Es war doch dein erstes Mal, oder?«

Katrina starrte nur mit finsterer Miene und hochgezogener Augenbraue zurück.

»Okay, okay! Es ist nur, bei allem was in letzter Zeit so passiert, würde mich gar nichts mehr wundern.« Hannah lachte. »Und? Wie war es?«

»Nachdem es kurz wehgetan hat, war es toll! Ich meine, nicht lebensverändernd, aber irgendwie schön.« Katrina strahlte uns an. »Ich meine, ich weiß wir sind gerade erst zusammen gekommen und ich sollte eigentlich ein paar Wochen oder Monate oder was weiß ich wie lange warten. Und mit meiner Mutter sprechen – Gott bewahre. Aber gestern war so eine magische Nacht und es hat sich einfach richtig angefühlt. Dan war einfach superlieb und er hat mich bestimmt hundert mal gefragt, ob ich mir sicher bin und ... ich weiß auch nicht.« Ihr entfuhr ein glücklicher Seufzer. »Wenn man mich jetzt für eine Schlampe hält, dann bin ich eine sehr glückliche Schlampe.« Ich hatte sie noch nie so in sich ruhend erlebt und war mehr als nur froh, dass ich diesen Moment mit den beiden teilen durfte.

Hannah schnaubte. »Glaub mir, niemand hält dich für eine Schlampe.«

»Warum klingt das bei dir bloß, als wäre das was Schlechtes?«, grummelte Katrina leise. Hannah schenkte ihr bloß ein Lächeln, das uns wissen ließ, dass sie nur Spaß machte.

»Ist das auch ein Punkt auf deiner Living the Dream-Liste, Lilli? Ich hätte übrigens noch ein paar Anregungen! Gibt es nicht in jedem guten Teenie Film 'ne Musicalnummer? Und was ist mit der großen Liebeserklärung? Und dann wäre da noch der Kuss im Regen und ...«

Ich hörte nicht mehr zu, während die beiden nach Stift und Papier suchten, um mir ein paar Anmerkungen und Tipps aufzuschreiben. Grinsend beobachtete ich, wie sie voller Begeisterung immer mehr Punkte auflisteten.

Genau das hier, das war Freundschaft. Den beiden zuzusehen, wie sie miteinander lachten, und das warme Gefühl zu bekommen, dass diese Menschen zu mir gehörten. Dass ich alles mit ihnen teilen konnte. Einen Menschen mit all seinen Fehlern zu kennen und mit all den eigenen Fehlern gekannt zu werden, das war Freundschaft pur, rein und einzigartig, genau wie wir selbst einzigartig waren. Und in diesem Moment wusste ich, dass wir uns nach der Schule vielleicht aus den Augen verlieren würden, aber dass diese Freundschaft trotzdem ewig währen würde.

***

Noch nie war mir die Schule so unwirklich vorgekommen wie an dem Montag nach der Party. Das lag zum Teil daran, dass ich Zach noch kein einziges Mal gesehen hatte, und auf der anderen Seite daran, dass unsere Party das Gesprächsthema Nummer eins in unserer Stufe war. Zu meinem Entsetzen rankten sich die wildesten Gerüchte um Zach und mich. Offenbar war die Tatsache, dass er angeblich zu einer brutalen Gang gehörte, einfach vergessen worden und jetzt war sein neues Label das des einsamen Einzelgängers, der in mir seine große Liebe gefunden hatte. Leider hörten die Gerüchte an dieser Stelle nicht auf, sondern nahmen Ausmaße an, die definitiv in den Bereich So-lächerlich-da-wäre-ein-Regenbogeneinhorn-wahrscheinlicher-Kategorie fielen.

Allein bis zur Mittagspause waren drei Mädchen aus den Stufen unter uns zu mir gekommen, um mir zu sagen, dass Zach und ich ja so wunderbar zusammenpassen würden und ich ihm unbedingt noch eine Chance geben sollte, nachdem er mich betrogen hatte. Immerhin sollte ich an unser Ungeborenes denken. Ich sagte ihnen, ich wolle es mir noch einmal überlegen, wenn Zach aus dem Entzug wieder zurück war, woraufhin sie bestürzt die Hände vor den Mund schlugen. Also manche Leute glaubten auch wirklich alles.

Die Einzige, die noch mehr Aufmerksamkeit bekam als mein tragisches Liebesleben, war Katrina. Jessika aus meinem Englischkurs erzählte mir, Katrina habe einen Striptease hingelegt, während Agathe aus Biologie mich fragte, ob Katrinas Abend wirklich im Gefängnis geendet hätte. Als ich mich schließlich beim Mittagessen neben Hannah fallen ließ, wusste ich selbst nicht mehr genau, was ich glauben sollte.

»Der absolute Tiefpunkt ist erreicht, Leute«, sagte Katrina gerade, während sie so fest in ihrem Kartoffelpüree herumstocherte, dass sie Peter mit Breiklumpen bespritzte. »Lukas Kamps hat mich gerade gefragt, ob ich ihm nicht auf dem Klo einen blasen will.«

Alle brachen in Gelächter aus. Lukas war nicht gerade für sein Taktgefühl bekannt, aber dass er sich das trauen würde, damit hätten nicht einmal wir gerechnet.

»Und? Hast du ihm deine Cola über den Kopf gekippt?«, fragte ich, während ich in meinen Sandwich biss. »Oder ihm in die Eier getreten? Vielleicht eine Kombination aus beidem?«

Katrina sah mich so schockiert an, als habe ich gerade vorgeschlagen mich von der nächsten Brücke zu stürzen. »Nein, habe ich natürlich nicht.«

»Du hättest ihm sagen müssen, dass er alt, einsam und ungeliebt sterben wird, wenn er nicht langsam lernt, dass man so nicht mit Frauen spricht«, erklang plötzlich eine Stimme direkt hinter mir. »Das ist jedenfalls das, was ich gemacht habe.« Maria Sancez grinste mich auf eine fast unsichere Art an. Ich rückte zur Seite, um ihr Platz zu machen. Sie warf mir ein dankbares Lächeln zu und ließ sich neben mir nieder.

»Zach wollte mir bei meinem Projekt in Chemie helfen und er meinte, wir könnten das beim Essen besprechen.«

»Und warum kommst du dann an unseren Tisch?«, fragte Hannah. Sie warf Peter einen strengen Blick zu, da dieser mit der Gabel in der Hand wie erstarrt dasaß und mit offenem Mund Maria anstarrte.

»Na, wegen dem, was alle erzählen.« Sie zuckte mit den Achseln, als wäre das offensichtlich. »Da dachte ich, dass er sicher hier sitzen würde.«

Maria sah mich forschend an. »Was?«, fragte ich in defensivem Ton. »Hm, also, ich habe keine Ahnung, ob er das tun wird. Er ist ein Mysterium und wird das vermutlich für immer bleiben.«

»Und genau so sollte das auch sein.« Zach, der unsere Unterhaltung offenbar belauscht hatte, quetschte sich ohne zu fragen zwischen Maria und mich. »Wie lahm wäre es bitte, wenn du immer genau wüsstest, was ich als nächstes tue?«

Maria musterte ihn mit zusammengekniffenen Augen. Sein blaues Auge war noch immer zu sehen, wenn auch nur noch sehr schwach. Ich musterte sein Gesicht prüfend, aber es sah ganz so aus, als hätte er es, nachdem er nach Hause gefahren war, weiterhin gut gekühlt. Wenn ich mich nicht sehr täuschte, dann war es sogar mit Concealer überschminkt worden, so dass man es auf den ersten Blick gar nicht mehr sehen konnte.

Maria, die jedoch wie ich direkt neben ihm saß, starrte mit finsterer Miene darauf. Sie setzte zu einer Frage an, aber Zach kam ihr zuvor.

»Maria, alles in Ordnung. Wir reden später darüber«, raunte er ihr zu. Einen Moment lang sah es so aus, als wollte sie protestieren, aber dann wandte sie sich mit einem Seufzen wieder ihrem Essen zu.

Hannah, die mir gegenübersaß, schien Zachs blaues Auge nicht wirklich zu beschäftigen. Sie starrte ihn und mich stattdessen mit einem Funkeln in den Augen an, das mir so gar nicht gefiel. Dabei hatte ich ihr mindestens zehn Mal erklärt, dass zwischen Zach und mir nichts gelaufen war und dass da auch nichts laufen würde. Vielleicht versuchte ich damit aber auch mehr mich selbst als sie zu überzeugen.

»Das stimmt allerdings«, griff ich Zachs Unvorhersehbarkeit wieder auf. »Ich will ja nicht vorher wissen, wann du mir einen Antrag machst.« Beim Wort Antrag verzog ich mürrisch das Gesicht. »Wobei die ganzen Tratschtanten das vermutlich noch vor mir erfahren würden.«

»Keine Sorge, du wirst so überrascht sein, dass du in Tränen ausbrichst.« Er grinste mich an und seine dunklen Augen leuchteten, als er sich zu mir beugte und mir sanft über die Wange strich. Ich starrte ihn nur perplex an, woraufhin er sich lachend zurücklehnte. »Du hattest da Kartoffelbrei, Cinderella.«

»Oh.« Ich war so verwirrt, dass mir keine passende Antwort einfiel.

»Ihr zwei seid sowas von süß, wisst ihr das eigentlich?« Hannah strahlte. »Ich bin Fan der ersten Stunde.«

Ich verdrehte die Augen, aber Zach nickte andächtig, als stimme er ihr zu. »Dafür darfst du bei unserer Hochzeit dann in der ersten Reihe sitzen. Schließlich warst du diejenige, die mir Lillis Nummer gegeben hat.«

Ich schnaubte und fragte mich, warum er sich so verhielt, als sei dies alles hier nur reiner Spaß. »Wer hat eigentlich gesagt, dass ich dich heirate?«, wollte ich wissen.

Zach schlug sich die Hand auf die Brust und legte einen gespielt verletzten Gesichtsausdruck auf. »Willst du etwa sagen unsere gemeinsame Zeit hat dir gar nichts bedeutet?« Er schob leicht die Unterlippe vor und ich konnte mir ein Grinsen nicht mehr verkneifen. »Und was ist mit unserem ungeborenen Kind? Du kannst mich doch jetzt nicht sitzenlassen! Der kleine Carlorst kann doch nicht ohne seinen Vater aufwachsen.«

»Carlord?«, fragte ich verwirrt.

»Nein, Carlorst! Was bist du denn für eine Mutter? Kennst nicht mal den Namen unseres Sohnes!« Sein Grinsen war nun noch eine Spur breiter. »Wir haben ihn nach deinem Großvater Horst und meinem Urgroßonkel Carlos benannt. Ist das nicht ein wundervoller Name? Ich habe auch schon mehrere Bewerbungsschreiben von Babysittern erhalten, die sich liebend gern um den kleinen Carlorst kümmern würden, während wir die Stadt unsicher machen.« Als alle in Gelächter ausbrachen, setzte Zach eine ernste Miene auf und zog einen Zettel aus seiner Tasche. *Falls du uns mal brauchen solltest, ruf einfach an! Elodie & Penelope.* Dahinter war ein Herzchen gemalt und zwei Telefonnummern gekritzelt.

»Da ist der Beweis: Penelope und Elodie würden unheimlich gern auf unseren Sohn aufpassen, wenn er dann geboren ist.«

»Ja, dann ist es ja umso besser, dass wir nicht wirklich zusammen sind«, sagte ich, um etwas Abstand zwischen uns beide zu bringen und meinen Freunden zu zeigen, wie der Hase tatsächlich lief. Oder eher, wohin er nicht lief?! Ach, was für ein blödes Sprichwort. »Du könntest so tun, als habe ich dir das Herz gebrochen. Penelope und Elodie sind sicher bereit, in diesen schweren Zeiten an deiner Seite zu stehen.«

Er hob eine Augenbraue und ich sah in seinem Blick, dass er meine Anspielung auf vorgestern Nacht verstand, als ich ihm gesagt hatte, dass ich mich nicht auf ihn einlassen konnte, solange er mir nicht alles erzählte. Leider sah ich in seinen Augen auch etwas, das mir so gar nicht gefiel: Entschlossenheit.

***

»Eine Einladung?«, fragte ich verblüfft.

Kevin und Tania strahlten mich beide an, als hätte ich soeben die Welt gerettet. »Du bist der Grund, warum dieser Idiot endlich mal ein bisschen

Verstand gezeigt hat«, sagte Tania und warf mir dabei einen dankbaren Blick zu.

Meine Finger klammerten sich um den Zettel, den sie mir in die Hand gedrückt hatte, und mein Herz schlug unweigerlich schneller. Sicher würde mich jeder normale Mensch aufgrund meiner Aufregung jetzt für verrückt halten, aber es war nicht selbstverständlich, dass man auf eine Party von Tania Wagner eingeladen wurde. Besonders nicht, wenn man ich war. Ihre Partys kosteten immer jede Menge Geld und die Gästeliste wurde demnach strengstens gehütet. Ich hatte schon die wildesten Gerüchte darüber gehört, was dort so alles unternommen wurde. Von riesigen Schokobrunnen über regional bekannte Bands bis hin zu Massagesesseln.

»Außerdem ist Lilli richtig cool drauf und total klug«, warf Kevin hilfreich ein. Ach ja, der gute alte Kevin. Starstürmer und in der ganzen Stadt bekannt. Mit dem ich am Samstag auf einer Party abfeiern würde. Wie surreal war mein Leben bitteschön geworden?

»Das Motto ist Stars und Sternchen, also überleg dir ein passendes Kostüm.« Tania zwinkerte mir zu. »Wenn ich dich so ansehe, würde ich sagen Britney Spears oder Miley Cyrus.«

Einen Moment lang wog ich ab, sie schon mal darauf hinzuweisen, dass meine Haare schön auf meinem Kopf und meine Klamotten brav an meinem Körper bleiben würden, aber stattdessen bedankte ich mich nur für die Einladung.

»Gerne! Oh und sag auf jeden Fall Zach Bescheid!«, fügte Tania noch hinzu und deutete auf ein paar verschnörkelte Worte auf dem Umschlag, die mir bisher nicht aufgefallen waren: Für Zach und Lilli. Daher wehte also der Wind.

»Alle sind schon ganz gespannt darauf, das neue Traumpaar der Schule kennenzulernen.« Tania strahlte und es fiel mir schwer, sauer darüber zu sein, dass sie mich vermutlich nur deshalb einlud, weil Zach und ich gerade das Trendthema waren.

Während ich Tania und Kevin dabei beobachtete, wie sie zurück zu ihren Spinden trotteten, fragte ich mich unwillkürlich, warum diese ganzen Menschen, die Zach und mich ja ach so gern kennenlernen wollten, uns denn nicht einfach in der Schule kennenlernten. Aber einem geschenkten Gaul schaute man ja bekanntlich nicht ins Maul.

»Lilli? Was ist das denn für ein rosafarbener Liebesbrief?« Zach tauchte hinter mir auf und versuchte mir die Einladung aus der Hand zu nehmen. Ich jedoch ließ sie hinter meinem Rücken verschwinden. Leider brachte mich das auch nicht weiter, denn auf seinem Gesicht breitete sich ein zufriedenes Grinsen aus.

»Ist das die Einladung zu der Party, auf die wir beide gehen werden?«

Ich stöhnte nur und reichte ihm den Zettel herüber. »Woher weißt du überhaupt davon?«

»Tja, hast wohl gedacht, du kannst ohne mich hingehen, oder? Tut mir leid, dass ich dir da einen Strich durch ...« Er stockte und starrte mit weit geöffneten Augen auf die Einladung. »Oh mein Gott. Stars und Sternchen? Und siehst du die Rosenranken am Rand? Und die vielen Herzchen? Wer verspürt denn nach so einer Kitscheinladung noch den Drang auf die Party zu gehen?«

»Hoffentlich nicht du«, sagte ich, drehte mich zu ihm um und grinste. »Du möchtest da nämlich gar nicht mit mir hingehen. Alles klar, Süßer?«

»Süßer?« Er schüttelte sich. »Das klingt als wolltest du mich vergewaltigen.« Sein Blick glitt wieder zu dem Zettel in seiner Hand. »Ich bin Elvis, nur damit das klar ist. Elvis und niemand sonst. Wenn du jemanden willst, der sich als Channing Tatum verkleidet, dann bist du bei mir an der falschen Adresse.«

»Ich möchte überhaupt niemanden, der sich als irgendwas verkleidet«, sagte ich und nahm ihm vorsichtig wieder die Einladung ab. »Schon gar nicht dich.«

»Na ein Glück, dass ich mich als Elvis und nicht als *irgendwas* verkleide. Als was gehst du denn, *Süße*?« Er betonte das Wort und grinste dabei. »Bitte sag jetzt Megan Fox.«

»Sehe ich etwa aus wie Megan Fox?«

»Niemand sieht aus wie Megan Fox. Nicht einmal du. Nicht einmal Megan Fox sieht aus wie Megan Fox.«

»Da das absolut keinen Sinn ergibt, erkläre ich dieses Gespräch nun für beendet und verlasse die Bühne: Abgang Elisabeth Benz.«

Ich kam gerade ein paar Schritte weit, bis Zach mich einholte.

»Du solltest mich besser auf die Party mitnehmen«, sagte er in verschwörerischem Ton. »Dann sage ich dir auch alles, was ich über Mona in Erfahrung gebracht habe.«

»Lockst du mich jetzt etwa mit Informationen?«, fragte ich mit hochgezogener Augenbraue. »Tut mir leid dir das sagen zu müssen, aber du bist weder Al Pacino noch der große, böse Wolf.«

»Da hast du absolut Recht. Die sehen nämlich beide nicht so gut aus wie ich.« Noch immer in meine Richtung gedreht, lief er rückwärts den Gang entlang und zwinkerte mir noch ein letztes Mal zu. »Alles klar, dann ist es also ein Date!«

»Es ist *kein* Date«, rief ich ihm hinterher. Ein paar Köpfe drehten sich zu mir um und ich sah ein paar Mädchen aus der Zehn, die aufgeregt zu tuscheln begannen. Wenn ich mich nicht sehr täuschte, dann war das der Beginn eines ganz neuen Gerüchtes über Zachary Martinez und mich. Na super.

Wobei ... Liebe Liste! Erfolgreich abgehakt.

STEP 15 – BEING A GANGSTER

Vermutlich wäre es besser, wenn das hier jetzt nicht stehen würde, denn dadurch bist du ja irgendwie dazu gezwungen, es einzuhalten. Hannah hat auf diesen Punkt bestanden, weil sie meint, dass das in jedem guten Teeniefilm vorkommt. So here it goes: Tu etwas Strafbares (An dieser Stelle bitte den Emoticon mit zusammengekniffenen Augen vorstellen)! Aber Lilli, du schaffst das schon! Irgendein kleines Gesetz wird es ja wohl geben, das man brechen kann, ohne gleich so richtig kriminell zu sein.
seufz
Warum sind wir noch gleich mit Hannah befreundet?

Am Mittwoch brach ich in ein Haus ein. Oh, aber nicht in irgendein Haus, nein. In das Haus von Zachery Martinez. Und das nicht etwa, weil ich mich bei ihm revanchieren und ihn heimlich beim Schlafen beobachten wollte. Der Grund war das sehr viel tiefer sitzende Bedürfnis, die Informationen, die er über Mona zusammengetragen hatte, von ihm zu bekommen, ohne ihn dafür auf die Party mitschleifen zu müssen.

Ein Glück, dass meine Eltern meinen Hausarrest aufgehoben hatten, nachdem ich am Sonntag vom Aufräumen bei Hannah wiedergekommen war. Es schien ganz so, als hätten sie es als Strafe genug empfunden, dass ich den Dreck einer Party, auf die ich nicht hatte gehen können, beseitigen musste. Andernfalls hätte ich heute nicht nur in ein Haus ein, sondern aus einem anderen erst einmal ausbrechen müssen. Ich war nicht sicher, ob meine in den letzten Tagen aufgeflammte kriminelle Energie dazu ausgereicht hätte.

»Verdammt«, murmelte ich leise, als ich mir das Knie an der Garagenwand von Zachs Familie aufratschte. Ich balancierte gerade auf der Mülltonne und versuchte so, auf das Dach zu gelangen. Bei uns zu Hause war das sehr leicht, aber die Garage hier war um einiges höher und als ich es endlich hinaufgeschafft hatte, waren meine Hände blutig geschürft. Ich rubbelte die kleinen Steinchen, die sich in meine Haut gebohrt hatten, ab und wandte den Blick zu Zachs Fenster hinüber. Ein Glück, dass es draußen stockdunkel war, denn so konnte ich von einem Nachbarn nicht sofort beim Einbrechen gesehen werden. Als ich ein Auto unten auf der Straße vorbeifahren hörte, presste ich mich gegen die Hauswand und versuchte ruhig zu atmen.

»Du packst das, Lilli. Du bist ein Gangstakind. Denk an Bushido. Der würde sich vor Angst auch nicht in die Hosen machen.« Bushido als mein Vorbild? Wer hätte gedacht, dass es so mit mir enden würde?

Zachs Zimmer war das, in dem das Licht bereits ausgeknipst war und dessen Fenster einen kleinen Spalt weit aufstand. Das hatten zumindest meine Spionagekünste ergeben und ich hoffte, dass ich damit richtig liegen und nicht gleich am Bettende von Zachs Vater landen würde. Dank dieser Aktion würde ich nachher auch den Regelbrecher Punkt auf meiner Living the Dream-Liste endgültig streichen können. Popcorn gegen die Kinodecke zu werfen und Eltern belügen war gegen Hausfriedensbruch geradezu niedlich.

Einen kurzen Moment noch schloss ich die Augen, dann lehnte ich mich ein wenig zur Seite und blickte vorsichtig in Zachs Zimmer hinein. Der Raum war etwas kleiner als meiner, dafür hatte Zach aber einen riesigen Schreibtisch und eine ansehnliche DVD Sammlung in Regalen, die sich um einen großen Flatscreen gruppierten. Ich ließ meinen Blick zu seinem Bett wandern, wo ich ihn selbst in dieser Dunkelheit unter der Decke ausmachen konnte. Sein Atem klang ruhig bis zu mir herüber.

Das ist eine verflucht dumme Idee, dachte ich. Ich hatte mich bereits fast dazu entschieden, den Plan wieder abzublasen, als ich Zach drinnen etwas im Schlaf murmeln hörte. Vorsichtig lehnte ich mich weiter in den Raum, in der Hoffnung, etwas verstehen zu können.

»Lass ihn in Ruhe«, konnte ich ausmachen und kletterte schließlich endgültig ins Zimmer hinein.

»Es kann dir egal sein, was er da redet«, flüsterte ich leise, um mich selbst zu beruhigen. »Einfach nach der Telefonnummer suchen und wieder verschwinden.« Zach hatte mir heute in der Theater AG zu verstehen gegeben, dass er sie gefunden hatte und der Gedanke, dass irgendwo hier in seinem Zimmer ein Zettel mit Monas Nummer darauf lag, hatte mich nicht mehr losgelassen. Ich wandte mich dem Schreibtisch zu, der um einiges ordentlicher war als mein eigener. Auf der Oberfläche lagen einige Hefte für die Schule, jede Menge Fineliner und ein Foto, auf dem ich ihn zusammen mit Marco erkannte.

»Lilli?«, kam es plötzlich vom Bett.

Ich erstarrte, während mein Herz so heftig pochte, dass es in meinen Ohren dröhnte. Zach redete sicher nur im Schlaf! Auf keinen Fall konnte er aufgewacht –

»Warum bist du in meinem Zimmer?« Frustriert presste ich die Augen zusammen, bevor ich mich langsam zu ihm umdrehte. Zach hatte die Augen noch immer geschlossen, aber den Kopf leicht zur Seite geneigt, als sei er ein Raubtier, das auf die Geräusche seiner Beute lauschte. Fehlte nur noch, dass sein Ohr dabei zuckte. »Träume ich?«, fragte er etwas unsicher.

»Mr. Martinez, ich bin es, Taylor Swift«, improvisierte ich und stellte zufrieden fest, dass Zach sich tiefer in die Kissen sinken ließ.

»Lange nicht gesehen«, murmelte er leise.

Ich sah stirnrunzelnd auf ihn hinab und fragte mich, wann Zach jemals auf Taylor Swift getroffen war. »Ich bin hier, um Sie zu interviewen«, erfand ich schließlich.

Zach runzelte die Stirn, hielt die Augen aber glücklicherweise noch immer geschlossen. »Ich heiße nicht Grey, oder?«

»Nein!«, sagte ich nachdrücklich. Zu so einem Traum sollte das hier besser nicht werden.

»Sollte ich nicht eigentlich eher *dich* interviewen? Immerhin bist du hier der Weltstar.«

»Nach deinem unglaublichen Erfolg als …« Ich ließ meinen Blick durchs Zimmer gleiten und blieb an ein paar Zeichnungen hängen, die über seinem Bett hingen. » … als Graphic Novel Illustrator kann ich mich glücklich schätzen überhaupt einen Termin bei dir bekommen zu haben.«

Zach grinste. »Ich bin super, ich weiß.«

Ich verdrehte die Augen. Selbst im Halbschlaf war der Kerl ungesund stark von sich überzeugt. »Nun, woher nimmst du denn deine Inspirationen?«

»Mein Leben.« Zach vergrub das Gesicht in seinem Kissen, weshalb ich ihn kaum verstehen konnte.

Ich hätte vermutlich einfach nicht mehr antworten und warten können, bis er wieder ganz eingeschlafen wäre, um weiter nach der Telefonnummer zu suchen. Aber die Möglichkeiten dieser Situation waren einfach zu verführerisch.

»Und gibt es bestimmte Menschen in deinem Leben, die dich ganz besonders inspirieren?«, fragte ich, wobei mein Blick an einer Zeichnung hängen blieb, auf der mein Miniatur-Ich vor einer riesigen Tür mit hunderten von Schlössern stand und einen kleinen Schlüssel mit leicht gerunzelter Stirn betrachtete. Eigentlich war ich doch nur bei ihm eingebrochen, um an die Informationen zu kommen, die er über Mona ausgegraben hatte. Doch irgendwie schien es, als wäre ich von diesem Ziel etwas abgekommen. Mein Blick fiel wieder hinab auf sein Gesicht, von dem nur die Hälfte aus dem Kissen herausragte und ich ballte die Hand zur Faust, um mit den Fingern nicht über seine Wange zu streichen. Sein dunkles Haar sah aus wie ein wilder Mopp und ich hätte schwören können, dass er mich, wenn ich ihn weckte, aus diesen braunen Augen auf unglaublich süße Weise anblinzeln würde.

»Lilli.«

Ich schreckte zurück und fühlte mich ertappt, bis mir auffiel, dass das seine Antwort auf meine Frage zu sein schien. Einen Moment lang war ich versucht ihn nach seiner Meinung zu mir zu fragen, aber ich brachte es nicht übers Herz. Es kam mir einfach unfair vor, ihm so etwas in einem so verwundbaren Augenblick entlocken zu wollen. Stattdessen konzentrierte ich mich auf den Grund, warum ich eigentlich hier war. »Lilli also. Und was ist mit Mona? Was verbindet dich mit ihr?«

Einen Moment lang antwortete er gar nicht. Dann begann er unruhig mit den Beinen zu strampeln und fuhr mit der Hand fahrig über sein Laken. »Wo ist sie?«, murmelte er leise.

»Genau«, sagte ich und hoffte, dass er bald mit dem wilden Rumgefuchtel aufhören würde. »Wo ist Mona? Wo ist ihre Telefonnummer?«

»Ich finde sie nicht!«, sagte er und fuhr noch wilder durch seine Kissen. »Taylor, hilf mir suchen!«

Die Panik in seiner Stimme brachte mich dazu, mich seufzend auf sein Bett fallenzulassen und mit den Händen ebenfalls über das Laken zu fahren. Dabei war ich allerdings nicht halb so leidenschaftlich bei der Sache wie er. »Ich finde sie auch nicht«, sagte ich in einem Ton, der hoffentlich beruhigend wirkte. »Aber du weißt, wo sie ist. Sag es mir einfach.«

Meine Hand stieß plötzlich gegen seine und im nächsten Moment hatte er seine Finger wie im Schraubstock um mein Handgelenk gelegt. Ich unterdrückte gerade noch einen überraschten Schrei und versuchte zurückzuweichen, aber er hielt mich fest.

»Ich glaube, ich hab gefunden, was ich gesucht habe.«

Langsam, ganz langsam hob ich den Blick und sah das breite, äußerst zufriedene Grinsen in seinem Gesicht. »Verfluchter Kuhmist«, flüsterte ich leise.

»Ach, ich finde das gar nicht so verflucht. Im Gegenteil, ich bin höchst amüsiert.« Er zog ein wenig stärker an meinem Handgelenk und zwang mich so, mich wieder neben ihn aufs Bett zu hocken, während er sich aufrichtete. »Zuerst habe ich überlegt dich noch dazu zu bringen, mich zu küssen, aber irgendwie hätte das dann nicht gezählt. Besonders da du schon bei unserem ersten Kuss so gut wie geschlafen hast.«

»Du gibst also endlich zu, dass du mich im Schlaf überfallen hast!«, sagte ich empört.

»Nein, ich gebe zu, dass *du mich* im Schlaf überfallen hast. Das ist ein sehr großer Unterschied. Und wenn ich mich hier so umsehe, dann bist *du* jetzt heimlich in mein Zimmer eingebrochen und ich bezweifle, dass du eine Halbschwester hast, die im Zimmer nebenan schläft?« Sein Grinsen wurde noch eine Spur breiter und es bildeten sich kleine Grübchen.

Ich entzog ihm rasch meine Hand und richtete mich auf. Wenn ich noch länger hierbliebe, dann würde ich noch vergessen, dass er ein dickes fettes Geheimnis hatte, in das er mich nicht einweihen wollte und dass ich mich vor diesem emotionalen Vollcrash, der da auf mich zukam, lieber in Sicherheit bringen sollte.

»Gib mir einfach die verdammten Informationen!«, sagte ich und hasste es, wie verzweifelt meine Stimme klang. Offensichtlich hörte auch er das, denn endlich verschwand das Grinsen aus seinem Gesicht. Er beobachtete mich einen Moment lang schweigend und ich hatte das Bedürfnis, mich in Luft aufzulösen, weil sein Blick sich anfühlte, als würde er durch die Mauern direkt hindurchsehen. Die Mauern, die ich nach dem Unfall um mich herum errichtet hatte. Als würde Zach hinüberspringen können, um dann direkt vor der Lilli zu stehen, die Mona zurückgelassen hatte. Eine gebrochene, verzweifelte Lilli, von der ich gern behaupten würde, dass ich sie vertrieben hatte, aber dem war nicht so. Es gab nur eine Lilli. Ob gebrochen, geheilt oder hinter Mauern begraben, ich blieb immer ich.

Zach erhob sich und stapfte in T-Shirt und Boxershorts hinüber zu seinem Schreibtisch. Er öffnete die unterste Schublade und zog daraus einen Zettel hervor. Mit ernster Miene reichte er mir das Stück Papier. Die kleinen Ziffern darauf verschwammen vor meinen Augen und ich blinzelte hastig, um die Tränen, die versuchten endlich an die Oberfläche zu gelangen, herunterzuschlucken.

»Sie wohnt mittlerweile in Köln«, sagte Zach leise. Ich spürte, dass er noch mehr sagen wollte, doch er zögerte kurz, bevor er fortfuhr. »Ist sie jemals zu euch zurückgekommen?«

Mein Herz stolperte und ich klammerte die Hände um das Stück Papier, das unter meinen Fingern leise knisterte. Seine Worte hallten in meinem Kopf wider und förderten Erinnerungsfetzen zu Tage, die ich seit einem Jahr zu verdrängen suchte. Monas Gesicht auf den Vermisstenzetteln. Das Blaulicht, das die Nacht in einen gespenstischen Schimmer tauchte. Und dann ihre schmale Gestalt, die auf meiner Fensterbank hockte und die Worte sagte, die mir immer wieder in den Sinn kommen: »Nichts kann uns trennen, Lilli. Niemand könnte mich jemals von dir fernhalten.«

Es hatte sich herausgestellt, dass es doch jemanden gegeben hatte. Jemanden, mit dem keine von uns beiden gerechnet hatte.

»Warum hast du nie selbst nach ihr gesucht, Lilli?«

»Ich …« Ja, warum eigentlich? So schwer wäre es sicher nicht gewesen. Aber trotzdem kam mir der Gedanke daran geradezu absurd vor. »Es hätte sich angefühlt, als würde ich nachgeben. Dann hätte sie Recht und ich Unrecht und das stimmt so einfach nicht. Sie ist diejenige, die versuchen müsste mit mir zu sprechen, nicht andersherum.« Ich hatte für einen kurzen Moment das Gefühl zu ersticken, holte tief Luft und sog den Sauerstoff in mich auf. Das Gefühl verschwand trotzdem nicht. Stattdessen spürte ich schon wieder, wie die Tränen direkt unter der Oberfläche lauerten. »Ich würde sie so gern sehen«, flüsterte ich leise. Als würde es nicht zählen, wenn niemand mich hören konnte. Aber Zach hörte mich und als ich ihn ansah, wusste ich, dass er zumindest versuchte mich zu verstehen.

»Dann solltest du sie anrufen«, sagte er bestimmt und für einen kurzen Moment erlaubte ich mir, etwas länger in seine Augen zu sehen. In der Dunkelheit konnte ich die hellen Flecken darin, die mich sonst so faszinierten, nicht sehen, aber dafür sah ich darin dieselbe Sehnsucht gespiegelt, die an mir zerrte. Sehnsucht nach etwas, von dem wir beide nicht wussten, was es war. Etwas, das uns von den Problemen befreien würde, mit denen wir zu kämpfen hatten.

Vielleicht war das der Grund, warum ich einen Schritt nach vorne trat und die Arme um seinen Körper schlang. Ich drückte ihn an mich, nur ganz kurz. »Danke«, flüsterte ich leise, bevor ich mich von ihm löste und mich wieder dem Fenster zuwandte.

Während ich von der Garage kletterte, drehte ich mich nicht zu ihm um, denn ich wusste, dass ich dann vielleicht eingeknickt wäre und ihm gesagt hätte, dass seine Geheimnisse mir egal waren. Dass es mir egal war, dass er mir etwas Großes verheimlichte. Dass es mir egal war, wie sehr mich das alles an Mona erinnerte.

Aber das war es nicht.

***

Es war bereits halb eins und die Sterne erhellten draußen den klaren Nachthimmel, als ich ihre Nummer in mein Handy eintippte. Ich war mittlerweile wieder zurück in meinem Zimmer.

Sie würde sicher bereits schlafen und mich nicht hören, doch das war mir im Moment egal. Nachdem ich so lange auf sie gewartet hatte, kam langsam die Wut in mir hoch und ich würde es nicht eine Sekunde länger aushalten. Meine Augen fokussierten sich auf die schwarzen, kantigen Ziffern, die Zach in Eile hingekritzelt hatte. Der Gedanke an ihn half dabei, mein pochendes Herz ein wenig zu beruhigen. Meine Finger schlossen sich um das raue Papier in meiner Hand, während ich die letzte Ziffer auf dem Display antippte. Es klingelte. Einmal, zweimal, fünfmal. Vielleicht schlief sie. Sicher schlief sie. Wenn sie schlief, wäre das ein Zeichen, dass ich die Sache vergessen und mein Leben weiterleben sollte.

»Pascal Zimmermann?« Die falsche Nummer. Zach hatte mir die falsche Nummer gegeben.

»Ich … Ich glaube … Verwählt«, stammelte ich und wollte schon auflegen, als sich wieder seine Stimme meldete.

»Suchst du vielleicht nach Mona Benz, meiner Mitbewohnerin?«

Ich schluckte und schloss die Augen. Erleichterung mischte sich mit Furcht. »Ist sie … Ist sie da?«, brachte ich gerade noch heraus. Ich schlug nervös immer wieder die Knie zusammen. Ein Drang, den ich nicht unterdrücken konnte, egal wie sehr ich es auch versuchte. Wenn sie da wäre, dann wüsste ich, dass ich das Richtige tat. Und wenn nicht …

»Ich glaube sie schläft. Aber ich schau mal eben nach. Moment.« Ich schluckte. War das jetzt ein Scherz? Weil ich keine Ahnung hatte, was ich tun sollte, legte ich auf und starrte danach minutenlang mein Telefon an, im festen Glauben es würde mich jeden Moment anspringen und verschlingen.

Wisst ihr, manchmal habe ich das Gefühl, als stünde ich im Leben vor einer Weggabelung. Es ist mir dann völlig bewusst, dass ich hier und jetzt eine Entscheidung treffe, die den Rest meines Lebens, einfach alles, beeinflussen wird. Manchmal fallen mir solche Entscheidungen leicht, sie treffen sich fast von allein, wie man so schön sagt. Aber manchmal ringe ich mit mir, weil ich nicht will, dass sich etwas in meinem Leben ändert, selbst wenn ich weiß, dass Veränderung manchmal unumgänglich ist.

Der Moment, in dem ich Monas Nummer erneut eintippte, das war ein solcher Moment.

Dieses Mal wurde schon nach dem ersten Klingeln abgenommen und meine Intuition sagte mir sofort, dass Mona am anderen Ende der Leitung war.

»Mona Benz?« Ihre Stimme zu hören traf mich stärker als ich erwartet hatte. Die helle Klangfarbe. Die Art wie sie die Vokale länger zog als jeder andere Mensch, den ich kannte. Genau so, wie ich es immer tat.

»Ich bin's«, hauchte ich und selbst das brachte mich fast um. Die Leitung blieb still, also wartete ich und versuchte verzweifelt meinen Atem ruhig zu halten.

»Lilli.« Sie sagte es mit einer solchen Liebe in der Stimme, dass etwas in mir aufbrach, das ich tief unten vergraben hatte. Ich hatte nicht geweint, nicht ein einziges Mal und ihr Tonfall bewirkte, dass endlich, endlich all das aus mir herausbrach, was ich so lange zurückgehalten hatte.

»Wie ... Wie konntest du das tun? Ich verstehe es nicht. Ich habe dir vertraut und du hast dich dazu entschieden mich zu verlassen! Du hast dich noch nicht einmal von mir verabschiedet und glaub mir, ich wüsste es wenn doch, denn ich habe jedes deiner letzten Worte zehn Mal umgedreht!« Ich musste schlucken, um wieder richtig Luft zu bekommen. »Du hast gesagt wir sehen uns morgen, du hast gesagt du freust dich, du hast gesagt du hast mich lieb!« Meine Stimme brach beim letzten Wort, während mir Tränen über die Wangen liefen. Ich wünschte fast sie würde mich unterbrechen, um sich zu entschuldigen, denn der Ärger war alles, was gegen die Trauer und den Schmerz half, also konzentrierte ich mich darauf. »Wir wollten uns bei der Hochzeit den Schleier halten und unsere Kinder sollten zusammen in die

Schule gehen, erinnerst du dich? Aber du wolltest dieses Leben nicht! Du wolltest mich nicht!« Meine Stimme war so laut geworden, dass ich mir ziemlich sicher war, dass meine Eltern davon aufwachen würden, aber das war mir in diesem Moment egal.

»Ich wollte das alles noch immer. Aber dieser Wunsch rückte einfach in den Hintergrund.«

Ich schluckte. Sie es sagen zu hören, machte es endgültig real. »Und das war das Einzige, was für dich gezählt hat«, sagte ich, ernüchtert von ihrem Geständnis. Ich hörte, wie sie scharf die Luft einzog. Ich wusste, dass ich vorsichtiger sein sollte. Rücksichtsvoller mit ihr umgehen sollte. Doch warum sollte ich Rücksicht nehmen, wenn sie auch keine genommen hatte?

»Und dann kam diese Nacht«, knurrte ich leise. »Was geschehen ist, war schlimm genug, aber du hast danach nicht ein einziges Mal angerufen.«

»Ich kann das nicht, Lilli. Es tut mir leid, dass das alles passiert ist, das tut es wirklich und du kannst mich gern dafür verantwortlich machen. Ich habe nicht mit dir darüber gesprochen. Als alles begann, hätte ich das tun müssen. Ich habe nicht gedacht, dass es so schlimm werden würde. Aber dass ich mich damals so gefühlt habe, dafür konnte ich nichts. Ich liebe dich, ich habe dich immer geliebt und dich verloren zu haben, das ist, was ich am meisten bereue. Aber deinen Zorn, den kann ich nicht ertragen. Mach es gut, Lilli. Du bist der beste Mensch, den ich kenne.«

Ich hörte das Tuten, das mir zeigte, dass sie aufgelegt hatte. Wie in Trance stand ich auf, legte mich auf mein Bett und starrte an meine Zimmerdecke. Die Tränen waren wieder verschwunden. Stattdessen fühlte ich mich leer, so als wären all meine Gefühle aus meinem Körper geflossen und hätten ihn als Gefäß ohne Inhalt zurückgelassen.

Mein Vater fand mich ein paar Minuten später in genau diesem Zustand. Er musste mich schreien gehört haben, aber er fragte nicht, sondern legte sich neben mich, schlang den Arm um meine Taille und drückte mich an sich.

»Das Leben ist scheiße«, sagte ich leise.

»Findest du?« Mit einem traurigen Lächeln strich er mir eine Strähne aus dem Gesicht. »Ich finde, dass es Dinge im Leben gibt, die so schön sind, dass sie es wert sind, jeden Schmerz, und sei er noch so groß, dafür auszuhalten. Ich weiß was, wir schauen uns YouTube-Videos von Katzenbabys an. Das hilft dir vielleicht, wieder zu lachen.«

»Du kennst die Magie der Katzenbabyvideos?«

»Die Macht der Videos ist groß in mir.« Er hielt dazu die Hand hoch, eine Lücke zwischen Mittel- und Ringfinger lassend.

»Das ist Spoks Zeichen, Papa. Und der ist aus Star Trek.«

»Wir leben in einer seltsamen Welt, mein Kind«, sagte er in nachdenklichem Tonfall. Dann breitete sich ein Lächeln auf seinem Gesicht aus. »Nämlich in einer, in der es sowohl Star Wars als auch Star Trek gibt. Also sei nicht so eine Klugscheißerin.«

»Ich habe vom Meister gelernt«, erwiderte ich nur und ein Lächeln zupfte an meinen Lippen.

Wir begannen gleich drauf eine Sendung zu sehen, die aus lauter Homevideos bestand, in denen Leute auf die Nase fielen und Tiere jede Menge süßer Sachen machten. Als ich schon fast eingeschlafen war, kam mir der Gedanke, dass ich alles überstehen könnte, solange ich meine Familie hatte. Und meinen Schritt 15 auf der Liste konnte ich auch abhaken. Wenigstens ein kleiner Erfolg.

STEP 16 – LOVING A FRIEND

In fast jedem Teeniefilm verliebt sich ein Mädchen in ihren besten Freund. Und normalerweise verliebt sich der beste Freund dann auch in sie. Und am Ende des Filmes leben sie glücklich und zufrieden bis an ihr Lebensende. Ich jedoch bezweifle aus irgendwelchen Gründen, dass das so klappen wird, wie ich mir das jetzt vorstelle. Schließlich haben wir keinen besten Freund …

Ich war sechzehn gewesen, als Mona verschwunden war. Das war der Sommer vor zwei Jahren gewesen und ich erinnerte mich noch genau daran, dass ich draußen im Garten unter dem Apfelbaum in der Sonne gelegen hatte, als der Anruf kam. Ich erinnere mich an die aufgeregten Stimmen, die mich fragten, ob ich wusste, wo sie hingegangen war. Ob sie mir gegenüber etwas erwähnt hatte. Ich erinnerte mich daran, dass alles, was ich denken konnte, war, dass ich es immer geahnt hatte. Es hatte so viele Anzeichen gegeben. Mona, die sich nachts heimlich rausschlich. Die vielen Male, an denen ich sie betrunken erlebt hatte. Und natürlich die Art wie Mona immer davon gesprochen hatte, frei sein zu wollen. Natürlich wusste mein Verstand, dass ich es nicht hätte ändern können, aber trotzdem flüsterte selbst jetzt nach dem Telefonat noch immer eine leise Stimme in mir, dass es meine Schuld gewesen ist. Wenn ich die vielen Anzeichen nicht absichtlich übersehen hätte, dann hätten ihre Eltern vielleicht doch etwas unternehmen können, um sie abzuhalten.

Vielleicht auch nicht.

Aber während es damals Monas Wahl gewesen war, zu gehen, so hatte ich jetzt die Wahl: Entweder ich verzieh ihr und ließ sie zurück in mein Leben oder aber ich sperrte sie für immer aus.

»Elisabeth, passt du überhaupt auf?« Verwirrt starrte ich Madame Baffour an, die mit missmutiger Miene zu mir hinauf auf die Bühne blickte. »Du solltest dich wirklich mehr anstrengen, sonst besetze ich die Rolle der Jane neu.«

Würde mich das wirklich so sehr stören? Ein paar Mädchen, die nur kleinere Nebenrollen bekommen hatten, sahen fast schon begierig von mir zu Madame Baffour und wieder zurück. Pauline, die mir die Hauptrolle weggeschnappt hatte, warf einen hoffnungsvollen Blick zu ihrer Freundin Anja hinüber. Mittlerweile war ich mir sicher, dass Anja auf der Party tatsächlich wegen meiner Rolle so wütend gewesen war.

Wäre mein Leben wirklich ein Teeniefilm, dann würde ich jetzt mit einem herablassenden Blick auf Anja und Pauline darauf bestehen, dass ich in Anbetracht der nicht vorhandenen Konkurrenz doch eigentlich die perfekte Besetzung der Lizzy Bennett war. Dann hätte ich Pauline als neue Erzfeindin. Wir hätten uns wochenlang angegiftet. Ich hätte versucht ihr die Rolle zu klauen und schließlich wäre sie in einem epischen Showdown bei der Generalprobe von der Bühne gestürzt, was dann dazu geführt hätte, dass ich stattdessen meinen großen Auftritt bekäme.

Genau so wäre es gelaufen, wenn mein Leben tatsächlich ein Teeniefilm wäre. Doch wenn mich die Living the Dream-Aktion etwas gelehrt hat, dann, dass das echte Leben die meiste Zeit ganz anders verläuft als jeder Film. Und dass das auch gut so ist. Neben dem restlichen Chaos, das ich am Hals hatte, wollte ich ganz bestimmt nicht auch noch meine Zeit damit verbringen, mich mit zwei Mädchen zu streiten, die bisher eigentlich ganz nett gewirkt hatten. Und um ehrlich zu sein, viel bessere Schwestern abgeben würden. Außerdem hatten Hannah und Katrina nicht übertrieben, als sie mich an mein Lampenfieber erinnert hatten und ich hatte gewiss keine Lust vor der großen Show mit einem Herzinfarkt im Krankenhaus zu landen.

»Ich glaube, die Schauspielerei ist nichts für mich«, sagte ich also, zog mir das Häubchen vom Kopf, das uns helfen sollte, uns besser in die Rolle hineinzuversetzen, bis die richtigen Kostüme fertig waren, und sprang von der Bühne. »Sie sollten die Rolle unbedingt neu besetzen. Anja wäre sicher eine gute Kandidatin. Ich werde einfach hinter der Bühne aktiv werden.«

Madame Baffour war sichtlich enttäuscht, aber da war sie so ziemlich die Einzige. Jonas Dahlen, dessen Aufmerksamkeit seit der Party ohnehin nur Anja gegolten hatte, würdigte mich nicht einmal eines Blickes und selbst Peter strahlte Anja an. Das lag sicher daran, dass er in ihr vielleicht jemanden zum Üben gefunden hatte, der auch wirklich Lust dazu hatte. Zu meiner Überraschung schenkte Pauline mir ein dankbares Lächeln. Ich lächelte zurück und zeigte damit den Teeniefilmen den Mittelfinger.

»Du hättest doch nicht extra für mich die Schauspielerei aufgeben müssen«, sagte plötzlich eine Stimme hinter mir.

Ich konnte nicht verhindern, dass ich beim Anblick von Zachs zufriedenem Grinsen lächeln musste. Wir hatten, seit ich mich gestern in sein Zimmer geschlichen hatte, noch nicht miteinander gesprochen. Er hatte es ein paarmal versucht, mich aber in Ruhe gelassen, als er merkte, dass ich nicht mit ihm reden wollte. Das traf allerdings nicht ganz die Wahrheit. Ich wollte mit ihm reden. Und zwar viel zu sehr. Ich hätte es auf die Sache mit Mona schieben können, mit der ich mich immer noch zu arrangieren versuchte. Das wäre zwar nicht gelogen, aber in Wahrheit konnte ich einfach nicht mit ihm befreundet sein, ohne mehr von ihm zu wollen. Und Tada! Auftritt liebeskranker, bescheuerter Teenie, der nicht in der Lage ist, eine Freundschaft mit einem Jungen zu führen. Oh, ich glaubte schon an rein platonische Beziehungen zwischen Männern und Frauen, so war das nicht. Ich glaubte nur nicht an eine rein platonische Beziehung zwischen Zach und mir. Und auch wenn das vielleicht meinen Living the Dream-Punkt erfüllt hätte, so konnte ich trotzdem nicht zulassen, dass das zwischen uns beiden mehr wurde als Freundschaft.

»Nein wirklich, du hättest deinen Traum nicht aufgeben müssen«, fuhr Zach mit seinem frechen Lächeln fort. »Wir hätten das mit Carlorst schon irgendwie hinbekommen und wenn ich dafür vier Jobs hätte aufnehmen müssen.«

»Ach, Super-Egoman mal wieder im Einsatz, was?« Ich griff nach der roten Farbe, mit der er gerade die Vorhänge aus Pappe anmalte. »Das da hatte rein gar nichts mit dir zu tun. Du hast ja keine Ahnung, wie schwer es ist, sich so bescheuerte Sachen zu merken, wie wann wer wo sitzt, steht, kniet, fliegt, was auch immer. Und dann ständig Jonas mit seinem schwülstigen Gelaber.«

»Jonas spielt ja auch Darcy.« Zach strich mit dem Pinsel vorsichtig über das Pappmaterial. »Und der labert nun einmal schwülstig.«

»Jonas *ist* Darcy«, erwiderte ich. »Nur ohne das reine Herz, das sich hinter der snobistischen Fassade versteckt. Bei Jonas liegt das nicht an einer sozialen Inkompetenz, nein, Jonas ist einfach ein Snob. Ein reines Herz sucht man da vergeblich.«

»Wo wir gerade von einem reinen Herzen sprechen … Du bist dir schon bewusst, dass dein kleines nächtliches Einbruchmanöver nichts an der Tatsache ändert, dass ich mit auf die Party komme, oder?« Sein Blick war prüfend, ganz so, als versuche er meine Antwort aus meiner Reaktion abzulesen.

Ich bemühte mich um eine möglichst neutrale Stimmlage. »Es ist okay, wenn du auch hingehst«, sagte ich und war stolz darauf, wie gleichgültig das klang.

Zachs Miene fiel ein wenig in sich zusammen. »Oh wow. So herzlich heute. Da fühle ich mich so richtig willkommen«, meinte er ironisch.

Ich seufzte. »So war das nicht gemeint, Zach, aber du …« Ja, was denn eigentlich? Ich konnte ihm nicht verbieten, hinzugehen und wenn er da wäre, würde ich ihn sicher nicht ignorieren.

»Warum bittest du mich überhaupt um Erlaubnis?«, fragte ich schließlich. »Du bist eingeladen und es wird dich sicher niemand davon abhalten, zu kommen, nur weil ich das gesagt habe.«

»Ich würde mich selbst davon abhalten«, murmelte Zach. »Meinst du, ich will auf die Party gehen, wenn du nicht da bist? Entschuldige, aber hast du mich mal kennengelernt? Ich bin nicht so der typische Besucher von Tanias Partys. Mit den meisten Leuten da habe ich noch nie zuvor ein Wort gewechselt.«

»Ach komm, mach nicht wieder einen auf einsamen Einzelgänger mit weichem Herzen«, meinte ich mit hochgezogener Augenbraue. »Sowas gibt es in Filmen viel zu oft, das brauche ich nicht auch noch im echten Leben.« Ich stutzte, als ich bemerkte, was ich gesagt hatte. Meine Living the Dream-Liste war doch gerade dazu da, um das typische Leben aus Teeniefilmen in meines zu integrieren. Eigentlich sollte ich also geradezu begeistert darüber sein, wenn Zach tatsächlich ein solch harter, arroganter Kerl mit sensibler Seele wäre. Aber das war er nicht. Egal, was die Gerüchte über ihn sagten, Zach war kein harter Draufgänger, der Läden überfiel, sich jedes Wochenende betrank oder ständig eine neue Freundin an der Seite hatte. Zach war kein Bad Boy und das war auch gut so. Ich wollte sicher nicht, dass er sich nur für meine Liste veränderte.

»Aber es stimmt«, meinte Zach. »Vor Katrinas Geburtstagsfeier war ich ewig nicht mehr auf einer Party, geschweige denn auf einer von Tania. Ich kenne da doch niemanden.«

»Maria geht doch sicher hin. Warum gehst du nicht mit ihr?«

Zach schnaubte. »Maria? Maria würde sich lieber einen Finger abschneiden als auf eine von Tanias Partys zu gehen. Sie hat da mal ganz schlechte Erfahrungen gemacht und hält sich seitdem von der ganzen Clique fern.«

Ich öffnete den Mund, um nachzuhaken, aber Zach sprach einfach weiter, ohne mich zu beachten.

»Also musst du mit mir zusammen gehen. Schluss, Ende, fertig.«

Ich seufzte erneut. »Okay, ich gehe mit dir hin«, sagte ich schließlich mit einem möglichst begeisterten Lächeln. »Aber wir sind freundschaftliche Bekannte, mehr nicht.«

»Freundschaftliche Bekannte?«, fragte er mit gehobener Augenbraue und ich sah, wie seine Mundwinkel zuckten. »Warum rammst du nicht gleich ein Messer in mein Herz?«

»Aber das ist es, was wir sind«, sagte ich unnachgiebig, nicht zuletzt, um mich selbst endgültig davon zu überzeugen. »Es sei denn, du würdest mir endlich verraten, mit wem du dich geprügelt hast und warum du dich immer verhältst wie einer der Illuminati, wenn es darum geht.«

Zachs Lächeln verschwand und er grummelte etwas Unverständliches, bevor er sich wieder unserer Arbeit, dem Pappvorhang, zuwandte.

«Das habe ich mir gedacht«, murmelte ich leise.

Glücklich und zufrieden bis an unser Lebensende mit meinem besten Freund? Also ein erfolgreich abgehakter Listenpunkt sah definitiv anders aus.

***

Als wir am nächsten Tag, dem Freitag, an dem Tanias Geburtstag war, zum Mittagessen kamen, summte der Raum, als würde er nicht Schüler, sondern Bienen beherbergen. Alle redeten wild durcheinander, lachten und an einem Tisch am Eingang bewarfen sich ein paar Fünftklässler gerade mit Essen. Katrina schleuste uns zwischen den Tischen hindurch und vermied es dabei, von den Zwergen in ein wandelndes Buffet verwandelt zu werden, während Hannah und ich jeweils eine Scheibe Salami in die Haare bekamen. Vielleicht sollte ich anfangen diese Lebensmittel zu sammeln und hinterher eine Ausstellung aufmachen. Bestimmt würden Kunstkritiker das grandios finden und sagen, dass der vergammelte Pommes für meine in der Schule unterdrückten Wünsche stand und die Salami meine Hoffnung auf Besserung darstellte. Vielleicht auch andersherum, sowas konnte man nie genau wissen.

»Warum benehmen die sich alle wie Affen?«, fragte Katrina und rümpfte leicht die Nase. »Und wo sind überhaupt die Lehrer?« Mit suchendem Blick sah sie sich in der Mensa um.

»Wag es ja nicht schon wieder einen Lehrer auf die Zwerge zu hetzen. Du weißt genau, wie nachtragend die Guten sein können«, mahnte Hannah und ergatterte einen Tisch für uns. »Ich habe keine Lust, schon wieder wochenlang Kaugummi in meinen Haaren zu finden.«

»Na schön, dann lasst euch eben weiter mit Salami bewerfen.« Katrina ließ sich auf einen Stuhl fallen und holte ihr Mittagessen aus der Tasche. Sie warf dem Sandwich, das sie mitgebracht hatte, einen misstrauischen Blick zu, bevor sie das Brot auseinander pflückte und missmutig in dem Salat, der darauf war, herumstocherte.

»Ähm, suchst du was Bestimmtes? Gute Laune zum Beispiel?«, fragte ich mit gerunzelter Stirn.

»Oder Freistunden?«, fügte Hannah hinzu. »Freistunden kann man immer gebrauchen.«

Katrina seufzte. »Meine Mutter hat mir schon wieder den Käse geklaut.«

»Den Käse?«, fragte Hannah verwirrt. »Was will sie mit dem Käse?«

»Vielleicht wollte sie nicht, dass Kati ihn mit zum Irrenclub nimmt, damit sie ihre intelligenten Freunde nicht vergrault«, schlug ich vor.

Katrina funkelte mich an. »Erstens habe ich Tobi noch nie mit Käse konfrontiert, im Vergleich zu dir, zweitens hatte meine Mutter an meinem Geburtstag Käse auf dem Tisch stehen, falls du dich erinnerst, drittens sollt ihr sie nicht ›die Irren‹ nennen und viertens weißt du sehr genau, dass ich es hasse, Kati genannt zu werden.«

»Fünftens mag ich es dich Kati zu nennen, wenn du dich darüber ärgerst«, sagte ich.

»Sechstens hab ich Hunger«, fügte Hannah hinzu.

»Siebtens glaube ich, dass die Erde irgendwann von flauschigen gelben Wattebäuschchen regiert werden wird.«

»Achtens«, sagte Katrina nachdrücklich, bevor Hannah oder ich noch etwas einwerfen konnten. »klaut meine Mutter mir den Käse, weil ich jetzt Veganerin werde.«

Einen kurzen Moment herrschte Schweigen. Falls man die Hintergrundgeräusche von Horden von Schülern, die sich auf das Wochenende freuten, Schweigen nennen konnte.

»Das ist doch toll!«, sagte Hannah schließlich und strahlte. Sie selbst war schon Vegetarierin seit wir in der sechsten Klasse eine Dokumentation über Schlachttiere gesehen hatten. »Ich esse dafür leider einfach zu gerne Omelett, aber ich bewundere, dass du die Willensstärke hast, diese Entscheidung zu treffen!«

»Ich verstehe leider noch immer nicht, warum deine Mutter dir den Käse dann klauen muss.« Mich beschlich eine ganz üble Vermutung, die Katrina wenig später bestätigte.

»Weil es nicht *meine* Entscheidung war!« Sie schnaubte. »Es ist nicht so, als hätte ich nicht schon länger mit dem Gedanken gespielt, aber ich habe die Entscheidung eben nicht selbst getroffen. Meine Mutter dagegen scheint jetzt komplett den Verstand verloren zu haben, denn sie hat mir gestern mitgeteilt, dass ich ab heute Veganerin sein werde, weil sich das in meinem Lebenslauf so gut machen würde und überhaupt für eine Wahlkampagne super wäre.«

»Was denn für eine Wahlkampagne«, fragte Hannah verwirrt, während ich bereits begriffen hatte, was hier abging.

»Sie fängt schon wieder an mit dem Bundeskanzlerinnen-Kram?«

»Nicht schon wieder«, murmelte Hannah, die jetzt auch begriff. »Hat sie nichts aus der Sache von damals gelernt?«

Vor zwei Jahren hatte Katrinas Vater sich von ihrer Mutter scheiden lassen. Ihr Vater war nach Berlin gezogen, während ihre Mutter sich plötzlich noch stärker als ohnehin schon auf das Leben ihrer Tochter konzentrierte. In dieser Phase hatte sich der Gedanke bei ihr festgesetzt, dass Katrina unbedingt Bundeskanzlerin werden musste. Das war auch der Zeitpunkt gewesen, an dem sie Hannah und mich als schlechten Einfluss zu betrachten begann und Katrina dazu brachte, in die Mathe-AG zu gehen, um Freunde zu gewinnen, die ihr zu ihrem Aufstieg der Macht verhelfen könnten. Manchmal tat mir Katrinas Mutter leid. Aber egal, wie sehr sie die Scheidung von ihrem Mann verletzt hatte, dass sie Katrina dazu zwang Entscheidungen zu treffen, mit denen sie sich nicht wohlfühlte, das nahm ich ihr übel.

»Hast du ihr im Zuge der Offenheit eigentlich eröffnet, dass du nicht sofort Politik studieren möchtest, sondern erstmal nach Australien gehen willst?«, fragte ich sie jetzt. Mit ihrem Vater hatte sie bereits darüber geredet, dass sie dort ein Jahr lang *Work and Travel* machen wollte, bevor sie nach Deutschland zurückkommen und an die Uni gehen würde.

»Nein«, sagte Katrina und seufzte. »Ich habe ein bisschen Angst davor, dass sie glaubt, ich würde wegen ihr gehen.«

»Man könnte es dir nicht verübeln«, murmelte Hannah leise. »Diese Frau ist die Definition des Wortes Kontrollfreak.«

Katrina sah sie ernst an. »Ich liebe meine Mutter und ich gehe sicher nicht wegen ihr, auch wenn sie manchmal etwas … anstrengend ist.«

»Sie hat dir den Käse vom Brot geklaut«, gab ich zu bedenken. »Das ist schon etwas mehr als nur anstrengend.«

»Und *deine* Mutter hat uns einen ganzen Abend lang dazu gezwungen, mit ihr das Helene Fischer Konzert im Fernsehen anzusehen!«, schoss sie zurück. »Ich habe noch immer ein Trauma davon.«

»Keine Sorge, der Therapeut, den deine Mutter auf dich hetzt, sobald du ihr sagst, dass du nach Australien gehst, wird dir das sicher wegtherapieren.«

»Ich therapiere dich gleich mal weg«, antwortete Katrina etwas halbherzig.

»Schwache Leistung, Hilton. Das kannst du aber besser. Die Hormone scheinen dein Schlagfertigkeitslevel zu beeinträchtigen.«

Katrinas Mundwinkel zuckten. »Weißt du, warum ich mit dir befreundet bin, Benz?«

»Weil ich charmant und entzückend bin natürlich!«

Katrina schnaubte. »Nein.«

»Wegen meiner unglaublichen Backkünste?«

Hannah brach in Gelächter aus und schnappte etwas überdreht nach Luft. »Leute ... Lillis ... Schokomuffins!«, brachte sie keuchend hervor und steckte damit auch Katrina und mich an.

Als wir uns beruhigt hatten, sah Katrina mich aus ihren grauen Augen ernst an. »Ich bin mit dir befreundet, weil du mich in den beschissensten Situationen daran erinnerst, dass es im Leben manchmal darum geht, seine Probleme für den Moment zu vergessen.«

Ich lächelte und legte den Arm um sie. »Und mit dir bin ich befreundet, weil du mich manchmal daran erinnerst, dass es Probleme im Leben gibt, denen man sich irgendwann stellen muss, weil sie einen sonst einholen.« Plötzlich überkam mich das Bedürfnis, den beiden von Mona zu erzählen. Davon, warum sie so plötzlich aus meinem Leben verschwunden war. Aber die Schulmensa war sicher nicht der richtige Ort für ein solches Gespräch.

»Na toll!«, meinte Hannah, die gegenüber von uns saß, mit sarkastischem Unterton. »Und warum seid ihr dann mit mir befreundet?«

»Weil du charmant und entzückend bist«, kam es prompt von Katrina.

»Und wegen deiner Backkünste«, fügte ich noch hinzu.

Hannah schnaubte. »Wie schafft ihr es eigentlich immer, dass ich mich von euren Komplimenten beleidigt fühle?«

Katrina zuckte mit den Achseln. Ich zuckte mit den Achseln. Schließlich mussten wir alle drei grinsen, während über unseren Köpfen eine Scheibe Salami hinwegsegelte. Na, wenn das nicht mal Schicksal war.

STEP 17 – BECOMING A STAR

Werde der Star einer Party! Mit deinem ganz persönlichen Slowmotion Moment, einem Makeover Outfit und natürlich einem süßen Typen, der dich auf Schritt und Tritt begleitet. Wobei ... Das mit dem auf Schritt und Tritt klingt doch nicht so verlockend. Sagen wir einfach, er liegt dir zu Füßen. Nee, das ist auch nicht das Richtige. Ein süßer Typ, der vielleicht auf dich steht und den ganzen Abend lang mit dir flirtet. Ja, das ist perfekt!

»Viel Spaß auf der Party, mein kleines Cowgirl.« Meine Mutter stupste mit den Fingern gegen den Hut, den ich aufgesetzt hatte und stieß dann ein »YIIHAWW!!!« aus.

Ich verdrehte die Augen. »Mama, ich hab dir jetzt schon fünf Mal gesagt, dass ich nicht als Cowgirl auf die Party gehe.«

»Papperlapapp! Ich erkenne ein Cowgirl, wenn ich es sehe. Und jetzt ab mit dir.« Sie drückte mir einen Kuss auf die Wange und deutete auf die Autotür. Zach hatte angeboten mich mitzunehmen, aber ich bezweifelte, dass meine Eltern davon besonders begeistert wären. Freundschaftliche Bekannte hin oder her.

Als ich die Wagentür zuschlug, hupte meine Mutter noch einmal und lächelte mir fröhlich zu. Dann fuhr sie die Straße entlang davon und ich lief in meinen Cowboyboots die Treppe zu Tanias Haus hoch. Man erkannte sofort, dass ihre Familie Geld hatte, denn nicht nur das Haus und das Gelände, das es umgab, waren riesig, sondern für die Party waren auch etliche wunderschöne Lampions im Vorgarten aufgehängt worden, die in der abendlichen Dämmerung aussahen wie kleine Feuer eingefangen in magischen

Kugeln. Über der Tür hing ein großes Schild, auf dem das Partymotto mit dem Untertitel »VIP Einlass only« stand. Ich nahm den Hut ab und fuhr mir kurz durch die Haare, die ich zuvor mit dem Lockenstab bearbeitet hatte.

»Na, bist du bereit, das Ding zu rocken, Baby?«

Ich fuhr herum und sah Zach auf mich zukommen, die Haare zu einer Tolle auf dem Kopf gegeelt, eine schwarze Lederjacke über die Schultern geworfen und die Oberlippe leicht nach oben gezogen. Einen Moment lang stand ich bloß leicht belämmert da, weil der Look an ihm einfach unglaublich aussah, aber schließlich riss ich mich zusammen, setzte mir hastig wieder den Hut auf den Kopf und warf die gelockten Haare nach vorne, so dass er sie sehen konnte. Zachs Blick glitt von dem Hut zu den Stiefeln und über das sommerliche Punktekleid, das ich trug, wieder zurück zu meiner Frisur. Sein Mund öffnete sich leicht und ich konnte ein Grinsen nicht unterdrücken.

»Elvis, also bitte, lass diesen Blick!«, sagte ich. »Ich hab es dir doch schon hundertmal gesagt: We are never ever getting back together.«

Zachs Miene verdüsterte sich. »Du hast vielleicht Nerven«, murmelte er leise. »Woher weißt du überhaupt davon?«

»Dein kleiner Bruder ist sehr gesprächig.«

Zach hielt inne und musterte mich prüfend. »Was genau hat er dir gesagt?«

»Bis auf die Tatsache, dass du ein Taylor Swift Fanboy bist, meinst du?« Ich grinste. »Gibt es da etwa noch mehr düstere, kleine Geheimnisse, von denen ich wissen sollte?«

Zach schwieg und beugte sich an mir vorbei, um auf die Klingel zu drücken.

»Bis auf das eine große Geheimnis natürlich«, fügte ich noch hinzu, um ihm eine Reaktion zu entlocken, aber Zach grinste mich nur herausfordernd an. Das Funkeln in seinen Augen machte dabei sehr seltsame Dinge mit den Schmetterlingen in meinem Bauch. Als wären die plötzlich auf Drogen und würden eine dicke fette Hausparty schmeißen.

»Freundschaftliche Bekannte, Lilli. Schon vergessen?« Unsere Blicke trafen sich und ich war fest entschlossen, nicht diejenige zu sein, die zuerst wegsah. Das Braun seiner Augen war warm und weich, aber seine Mundwinkel zuckten. Dieses halbe Lächeln, der Beginn eines Lächelns, das darauf lauerte, jeden Moment hervorzubrechen, das war eines der Dinge, die ich am meisten an ihm mochte. Er lief damit durch den Tag, hatte immer eines parat und ich wünschte mir in diesem Moment, mehr zu sein wie er. Immer ein Lächeln in der Hinterhand zu haben. Vor der Sache mit Mona war ich so gewesen. Aber danach hatte ich gelernt, dass meine Mitmenschen sich mein Lächeln verdienen mussten.

In diesem Moment riss Tania die Tür auf und Zach und ich blinzelten in das Licht, das von drinnen auf die Veranda drang. »Willkommen, willkommen!«, rief Tania fröhlich. »Da ist ja auch das Paar, auf das wir alle gewartet haben.« Ihr Blick ging hinab zu ihrer Uhr und sie hob herausfordernd eine Augenbraue. Dabei fiel ihr eine ihrer dunklen Strähnen, die sie zu einem riesigen, toupierten Haufen auf ihrem Kopf gestapelt hatte, ins Gesicht und ihre Miene verdüsterte sich. Aus ihrer Tasche zog sie eine kleine Flasche Haarspray hervor, pappte die Strähne zurück an ihre Stelle und hüllte uns alle drei in eine stinkige Dampfwolke. Ich hustete, was die Sache nur noch schlimmer machte.

Tania seufzte und sah uns aus dunkel umrandeten Augen an. »Nie wieder Amy Winehouse. Wenn ich ständig mit dem Teil da oben auf meinem Kopf kämpfen müsste, würde ich mich umbringen.«

»Meinst du, sie ist sich bewusst, dass Amy sich tatsächlich umgebracht hat?«, flüsterte Zach mir zu, während uns Tania ins Wohnzimmer führte, wo die Party bereits in vollem Gange war. Anders als bei den Partys, auf denen ich bisher gewesen war, war Tanias Party jedoch zurückhaltender. Weniger Menschen und bisher vor allem weniger Chaos. Stattdessen saßen oder standen alle in kleinen Grüppchen beisammen und lachten gemeinsam. Viele waren aus unserer Stufe, ein paar sogar aus der Elften, aber die meisten aus dem Abiturjahrgang.

»Ich bezweifle, dass Tania so einen makabren Humor hat«, antwortete ich Zach und versuchte nicht darauf zu achten, dass immer wieder verstohlene Blicke auf uns fielen. In meiner Living the Dream-Liste hatte ich zwar geschrieben, dass ich einmal der Star einer Party sein wollte, so mit meinem ganz eigenen Slowmotion-Moment, das hatte ich hiermit also ziemlich schnell abgehakt, aber jetzt gerade würde ich daraus sehr viel lieber einen Fastmotion-Moment machen und zu der Stelle vorspringen, an der ich nicht mehr auf dem Präsentierteller läge.

»Ich weiß nicht genau«, murmelte Zach leise. »Wenn man hört, wie Maria über sie redet, dann könnte man denken, sie wäre der Teufel höchstpersönlich.«

Ich beobachtete, wie Tania strahlend zu Kevin Westfahlen hinüber hüpfte und ihm durch das blonde Haar fuhr. Dann schmiegte sie sich an seine Seite und flüsterte ihm etwas ins Ohr. Als Kevin sie anstrahlte, hallte ihr helles Lachen durch den Raum. »Oh ja, der Teufel. Das sieht man sofort«, sagte ich trocken.

»Stille Wasser sind tief«, entgegnete Zach leise. Ich drehte mich zu ihm um und bemerkte, dass er bei diesen Worten nicht Tania, sondern mich angesehen hatte.

Als er mich weiter mit bedeutsamem Blick ansah, schnipste ich vor seiner Nase herum. »Stille Wasser sind tief?«, wiederholte ich und setzte dabei den gleichen extrem ernsten Blick auf, mit dem er mich angesehen hatte.

Zach blinzelte verwirrt. Doch ich bemerkte, dass seine Mundwinkel schon wieder zu zucken begannen. So häufig wie das allein innerhalb der letzten paar Minuten geschehen war, könnte man meinen, seine Mundwinkel hätten gemeinsam mit den Schmetterlingen in meinem Bauch zu viel gefeiert.

»Was soll der Spruch überhaupt heißen? Tania ist ganz bestimmt kein stilles Wasser, so viel wie die redet. Und ob sie tief ist ... Mhm, emotional besonders tief jetzt nicht gerade. Ihr Ausschnitt, der ist tief.«

»Hast du sonst noch Sprichwörter, die du auseinandernehmen möchtest? Vielleicht dass der frühe Vogel den Wurm fängt?«, schlug Zach vor und seine Augen funkelten.

»Es sei denn, man möchte einen späten Wurm fangen. Dann sollte man auch ein später Vogel sein. Mal ganz davon abgesehen, dass ich nicht weiß, was ich bitteschön mit einem Wurm anfangen soll.«

Zach lachte und ich konnte nicht anders als mitzulachen. Wenn Zach lachte, dann war das, als würde jemand in meinem Herzen eine warme Laterne anzünden, die ihr Licht bis in jeden Winkel meines Körpers ausbreitete. Gott, ich würde mir am liebsten selbst eine Ohrfeige verpassen, um aus dieser flauschigen Rosarotwelt aufzuwachen.

»Und was ist mit … Lieber den Spatz in der Hand als die Taube auf dem Dach?«

»Das kann ich allerdings nur unterstreichen! Spatzen sind viel süßer als Tauben. Außerdem ist so eine Taube auf dem Dach ziemlich kacke. Im wahrsten Sinne des Wortes.«

»Lilli, du hast echt 'nen Dachschaden«, sagte Zach, aber er lächelte dabei und mein Blick blieb an den goldenen Flecken in seinen Augen hängen.

Ich wurde mir plötzlich bewusst, wie nah wir beieinander standen, aber mein Körper gehorchte mir leider nicht, als ich versuchte auf Abstand zu gehen. Dummes Ding!

»Genau. Wegen der Taube auf dem Dach«, flüsterte ich stattdessen.

Einen Moment lang reagierte Zach gar nicht. Sein Blick war hinab zu meinen Lippen gewandert und ich versuchte verzweifelt meine von seinen fernzuhalten und stattdessen bei seinen Augen zu verharren. Das war aktuell noch das kleinere Übel. Schließlich hob Zach den Blick wieder und runzelte leicht die Stirn. »Was ist mit der Taube auf dem Dach?«, fragte er leise.

Ich grinste. Wenigstens schien meine Anwesenheit ihn genauso zu beeinflussen wie seine mich. »Die Taube auf dem Dach ist der Grund für meinen Dachschaden«, entgegnete ich.

Zach verdrehte die Augen. »Mensch, Lilli, deinen Gedankengängen zu folgen ist manchmal gar nicht so leicht. Du kannst wirklich froh sein, dass du mich hast. Nicht jeder würde mit dir fertig werden.«

»Oh, niemand wird mit mir fertig, darauf kannst du Gift nehmen.«

»Davon musst du mich gar nicht überzeugen. Ich glaube es dir aufs Wort.«

»Liebe Leute!«, rief Tania über die schnatternde Menge hinweg. »Wir spielen *Noch nie habe ich*! Holt euch alle was zu trinken und dann geht es los!« Sofort gingen die meisten auf den Tisch zu oder in Richtung Küche, um ihre Gläser zu füllen. Zach und ich blieben jedoch, wo wir waren.

»*Noch nie habe ich?*«, fragte ich und hob eine Augenbraue. »Ist das diese Sache, bei der die Leute versuchen, die sexuellen Erfahrungen der anderen zu ergründen und ohnehin jeder lügt?«

»Exakt«, erwiderte Zach und schob mich in Richtung Esszimmertisch, wo sich eine kleine Lücke aufgetan hatte, durch die Zach nun nach zwei Gläsern griff. »Es sei denn man heißt Zachary Martinez oder Elisabeth Benz. Denn die beiden werden natürlich immer absolut und vollkommen ehrlich sein.«

»Und sich nicht über sexuelle Erfahrungen austauschen?«

»Ich garantiere für nichts«, erwiderte Zach, während er nach dem Orangensaft griff.

»Lilli!«, rief plötzlich eine Stimme direkt neben meinem Ohr und ließ mich zusammenzucken. Als ich mich umwandte, blickte ich direkt in Kevin Westfahlens strahlend blaue Augen. Er verkörperte heute offenbar irgendeinen Sportler, denn er hatte das blonde Haar auf merkwürdige Weise zur Seite gegeelt, trug Turnschuhe, Shorts und ein Deutschlandtrikot. Wenn ich mich mehr mit Fußball befassen würde, wüsste ich vielleicht, wen er darstellen sollte, aber so musste ich raten.

»Hallo ... Podolski?!«

»Hallo Lilli!«, antwortete Kevin strahlend und ich verkniff es mir, triumphierend die Faust in die Luft zu recken. Kevin musterte mich mit leicht verwirrter Miene, wobei sein Blick an meinem Cowboyhut hängen blieb. »Und wer bist du?«

»Ich bin natürlich Taylor Swift!«, sagte ich, streckte ihm meine Boots hin und warf die blonden Locken nach hinten.

Kevin runzelte noch immer die Stirn, als säße er gerade an einer sehr komplizierten Mathematikaufgabe. Ich spürte Zachs Grinsen neben mir mehr als dass ich es hörte und verpasste ihm einen Stoß mit dem Ellenbogen. Schließlich schaffte Kevin es, seine Gedanken in Worte zu fassen: »Aber Taylor Swift sieht doch nicht so aus.«

»Sie war früher einmal Countrysängerin, bevor sie in die Poprichtung gegangen ist«, antwortete Zach für mich. »Danach ging es ein wenig den Bach herunter.«

»Also bitte!«, sagte ich empört. »Ihr neues Album war doch der Hammer! Da waren so viele tolle Songs drauf.«

»Aber es waren Popsongs«, erwiderte Zach, als sei Popmusik die Ausgeburt des Teufels.

»Oh. Mein. Gott.«, sagte ich, weil mir plötzlich etwas klar wurde. »Zach, stehst du auf Countrymusik?«

Zach sagte dazu nichts, aber der Blick, den er mir zuwarf, war Antwort genug. Ich verkniff mir einen Kommentar dazu und wandte mich stattdessen wieder an Kevin. »Ich bin jedenfalls prä-pop-Taylor.«

Kevin sah mich noch einen Moment lang mit leerem Blick an. Dann wandte er sich ohne ein weiteres Wort an Zach und grinste. »Du bist auf jeden Fall Elvis!«

«Richtig!«, erwiderte Zach und ich war froh, dass Kevin den amüsierten Unterton aus seiner Stimme nicht herauszuhören schien. »Der King of Pop.«

»Was für eine Ironie«, sagte ich. »Du hättest als Billy Rae Cyrus gehen sollen.«

»Es ist wirklich traurig, dass das der einzige Countrysänger ist, der dir einfällt.« Zach seufzte. »Und das bestimmt nicht einmal aufgrund seiner Musik, sondern nur wegen Hannah Montana.«

»Tja, was soll ich sagen? Ich bin ein Kunstbanause.« Mein Blick glitt zu den Bechern, die Zach in den Händen hielt. Es sah ganz so aus, als hätte er irgendeine Orangensaftmischung hineingefüllt. »Was ist das?«, raunte ich ihm zu, während Kevin weitergezogen war, weil er mit dem Mädchen im Cindy aus Marzahn Kostüm sprechen wollte.

»Das, meine Liebe, ist bisher nichts weiter als Orangensaft mit einem Schuss Multivitamin.«

»Gut«, erwiderte ich und nahm ihm eines der beiden Gläser ab. »Nach der letzten Feier mache ich um Alkohol erst einmal einen sehr großen Bogen.« Ich beäugte sein Glas und wartete darauf, dass er einen ordentlichen Schuss Wodka dazu goss, aber Zach grinste nur, als wüsste er genau, was ich dachte, und führte mich zur Couchgruppe hinüber, wo noch zwei nebeneinandergelegene Stühle frei waren.

»Ich trinke schon seit etwa einem Jahr keinen Alkohol mehr«, sagte er. »Da war nämlich die Feier, die *mir* die Augen geöffnet hat.« Diesen letzten Satz sagte er in einem Tonfall, der mich aufhorchen ließ. Es wirkte, als würde hinter dieser Aussage sehr viel mehr stecken, als Zach hatte preisgeben wollen. Allerdings begann Zach einen Jungen aus dem Abschlussjahrgang zu bewundern, der mit seiner Brille und der Perücke sofort als Udo Jürgens erkannt werden konnte, und ich beschloss das Thema fallenzulassen, um später darauf zurückzukommen. Wir waren ja anscheinend beide daran gewöhnt, dem anderen Dinge zu verheimlichen.

»Leute!«, rief Tania dann, als jeder sich ein Getränk und einen Sitzplatz besorgt hatte. »Ich fange an. Sicher kennt jeder die Regeln. Also ich sage etwas, das ich noch nie getan habe und alle, die es im Gegensatz zu mir schon hinter sich haben, müssen etwas trinken. Alles klar?« Zustimmendes Gemurmel.

»Wenn Mutter Theresa da drüben den ganzen Abend diejenige ist, die verkündet, was sie noch nie getan hat, dann wird das für uns ja ein sehr unangenehmer Abend«, raunte Zach mir zu.

»Wie gut, dass unsere Mische an unsere missliche Lage angepasst ist«, erwiderte ich und beobachtete Tania, wie sie sich nachdenklich ans Kinn fasste. Dann breitete sich ein Lächeln auf ihrem Gesicht aus.

»Noch nie bin ich am Tag nach meinem achtzehnten Geburtstag aufgewacht!«, sagte sie grinsend. Einige verdrehten leicht genervt die Augen, hoben ihr Glas an die Lippen und nippten daran. Zach prostete mir zu, bevor er einen großen Schluck nahm und dann das Gesicht verzog, als würde ihm der nicht vorhandene Alkohol die Kehle wegbrennen. Als ein Junge, verkleidet als Johnny Depp in Fluch der Karibik, ganz mit Hut und verfilzter Haarperücke ihn anerkennend musterte, stutzte ich. Mein Blick fiel auf das Mädchen, das auf seinem Schoß saß und sich mit seligem Lächeln an ihn kuschelte. Sie war nicht wirklich kostümiert, trug dafür aber ein glitzerndes Paillettenkleid, das gut auf eine High Society Party gepasst hätte. Wieder betrachtete ich den Jungen und blieb an seinen schwarz umrandeten Augen hängen.

»Peter?«, fragte ich, völlig fassungslos. »Was zum Geier machst du denn hier?«

Peter zuckte beim Klang seines Namens zusammen und als er mich ansah und offenbar erkannte, wich alle Farbe aus seinem Gesicht. »Lilli?«, stammelte er und es klang als wollte er sich am liebsten in Luft auflösen. »Was machst du denn hier?«

»Ich wurde eingeladen und bin der Einladung gefolgt. Eine ziemlich harmlose Erklärung, wie ich finde. Ich wiederhole gerne meine ursprüngliche Frage und hoffe, dass du eine genauso harmlose Erklärung für mich hast: Was zum Geier machst du hier?«

»Mia hat mich eingeladen«, sagte er und sein Blick wanderte zu dem Mädchen, das noch immer auf seinem Schoß hockte und mich aus großen Augen ansah.

»Ach, Mia, ja?«, fragte ich angriffslustig. »Und was sagt deine Freundin dazu, dass du mit einer anderen auf Tanias Party gehst und dort mit der rumschmust?«

Peters Miene verfinsterte sich. »Welche Freundin, Lilli? Scheint ganz so, als sei ich doch nicht derjenige, der es als letztes erfährt.«

»Was?« Es war als sei plötzlich die Luft aus meinem Körper gewichen. »Hannah ...«

»Hat mit mir Schluss gemacht. Vorgestern. Mia hat mich eingeladen, um mich aufzumuntern.«

Ich wusste, dass ich mich eigentlich bei Peter entschuldigen musste, aber in diesem Moment war ich zu sehr bei Hannah und ihren Gefühlen. »Oh je, die Arme«, sagte ich leise. »Sie muss sich schrecklich fühlen.«

»Oh ja, mein Mitleid für sie ist grenzenlos«, sagte Peter trocken.

»Ach komm, stell dich nicht so an. So schlecht kann es dir ja gar nicht gehen, wenn du heute schon wieder ein Date hast.«

»Das ist kein Date!«, fauchte Peter zurück. Das Mädchen auf seinem Schoß warf ihm einen verletzten Blick zu, stand hastig auf und murmelte etwas davon, dass sie mal aufs Klo müsse. Peter stöhnte leicht verzweifelt und funkelte mich noch einmal an, bevor er hinter ihr hereilte.

»Du musst trinken«, sagte Zach plötzlich. Er drückte mein Glas mit den Fingern in Richtung meiner Lippen und ich nahm etwas weggetreten einen kleinen Schluck. Dabei vergaß ich zwar so zu tun, als brenne der Alkohol mir meine Geschmacksknospen weg, aber momentan schien niemand herzusehen. Und außerdem war das wirklich meine letzte Sorge.

»Ich muss mal kurz telefonieren«, raunte ich Zach zu, bevor ich mich erhob und mich in Richtung Klo davonstahl.

STEP 18 – RAINING A KISS

Wer träumt nicht von dem epischen Kuss im Regen? Ob jetzt in der 0815 Version wie bei Hailey und Nathan aus ›One Tree Hill‹ oder im Spiderman-Style auf dem Kopf hängend: Ein Kuss im Regen gehört einfach dazu. Am liebsten mit einer ordentlichen Portion Verzweiflung und einem dicken fetten Regenbogen am Ende.

»Lilli? Ist etwas passiert? Warum bist du nicht auf Tanias Party? Du solltest doch eigentlich das High Society Leben für mich mitgenießen und mir dann alles haarklein berichten!«, kam Hannahs leicht besorgte Stimme aus dem Telefon, kaum dass sie abgehoben hatte.

Einen kurzen Moment lang versuchte ich die richtigen Worte zu finden. Worte, die sie aufmuntern würden und ihr Hoffnung schenkten. Worte, die ihr sagen würden, dass sie mir einfach alles erzählen konnte. Worte, die aussagten, dass es okay war. Alles, was ich jedoch hervorbrachte, war: »Warum hast du mir nicht gesagt, dass du mit Peter Schluss gemacht hast?« Bei meinem anklagenden Tonfall zuckte ich zusammen.

»Oh«, entgegnete Hannah. »Ich wollte es Katrina und dir eigentlich morgen Nachmittag in aller Ruhe sagen. Aber offenbar sind Gerüchte mittlerweile schneller als ich dachte. Das liegt sicher am Internet. Ich meine, Fortschritt ist ja gut und schön, aber in solchen Situationen würde ich dem Fortschritt ganz gern mal gehörig in den A-«

»Hannah!«, sagte ich warnend, weil sie schon wieder vor Nervosität zu plappern begonnen hatte. »Es ist doch total egal, wie ich davon erfahren habe. Auch wenn ich anmerken möchte, dass es nicht das Internet war, sondern

Peter selbst. Er ist da draußen mit irgendeiner Mia und ich habe ihn voll angepflaumt deswegen.«

»Oh«, wiederholte Hannah und es klang furchtbar schuldbewusst. »Das tut mir so leid, Lilli! Ich wollte bloß ...« Sie stockte kurz, bevor sie fortfuhr. »Ich glaube, ich wollte einfach nur einen Tag Ruhe haben, weil es euch zu erzählen ... das hätte es irgendwie real werden lassen und dazu war ich nicht bereit.«

»Hannah, das verstehe ich sehr gut und ich mache dir überhaupt keinen Vorwurf.« Weil das klang, als würde darauf ein Aber folgen, fuhr ich rasch fort. »Wie geht es dir? Hast du dir ne ordentliche Portion Eiscreme gekauft und in dich hineingelöffelt?«

»Ja«, sagte sie und mir schmerzte das Herz, als ich ihren leisen, sanften Tonfall hörte. »Ich hab die ganze Packung aufgefuttert. Und jetzt habe ich nichts mehr.«

»Wenn wir uns morgen treffen, dann bringe ich dir Nachschub! Ich könnte dir auch jetzt schon welchen besorgen, wenn du möchtest!«

»Nein, Lilli, alles okay. Ich schaffe das schon. Ich meine, ich war schließlich diejenige, die Schluss gemacht hat.« Sie sagte das in einem Tonfall, der mir zeigte, dass sie gern stark sein wollte, aber ich hörte, wie ihre Stimme brach und drückte das Handy näher an mein Ohr.

»Aber das heißt doch nicht, dass du nicht traurig sein darfst! Ich habe sogar das Gefühl, dass du trauriger bist als Peter.« Meine Miene verzog sich zu einer Grimasse und ich hätte Peter gern eins auf die Nase gegeben, obwohl er eigentlich nichts Schlimmes getan hatte. Manchmal funktionierten Beziehungen einfach nicht so, wie sie es sollten. »Soll ich vorbeikommen, wenn die Party vorbei ist? Ich könnte etwas früher gehen und das Eis aus unserem Kühlfach mitbringen. Und dann reden wir. Die ganze Nacht lang.«

»Nein, es ist okay«, sagte Hannah leise, doch ich hörte einen leisen Schluchzer in ihrem letzten Wort. Als sei er ihr entschlüpft, auch wenn sie ihn noch so sehr hatte zurückhalten wollen.

»Hey! Andere müssen auch mal! Mach hinne da drinnen«, rief jemand plötzlich durch die Klotür und ich fuhr erschrocken zusammen. Ich hatte nicht schlecht Lust, dem Typen da draußen ordentlich meine Meinung zu geigen. Besonders da sich in Tanias Haus weit mehr als eine Toilette befand.

»Du versteckst dich auf dem Klo?«, fragte Hannah ungläubig und klang dabei gleich viel gefasster als vorher. »Das geht gar nicht, Lilli! Mit so einer Aktion kann man sich seinen Ruf endgültig ruinieren. Geh da raus und mach mich stolz!«

»Aber ich –«

»Kein Aber! Wir sehen uns morgen. Ich hab dich lieb. Tschüss!« Und damit hatte sie aufgelegt. Einen Moment lang starrte ich noch auf den mittlerweile dunklen Bildschirm meines Telefons, dann erhob ich mich seufzend vom zugeklappten Klodeckel.

»Was hast du denn da drin gemacht, verdammte Kacke?«, fragte der große Typ, der mich mit säuerlicher Miene ansah, als ich das Klo verließ.

»Kacke. Du hast es erfasst.« Ich verdrehte die Augen, als er mich schockiert anstarrte und klimperte mit den Wimpern. »Nein, natürlich habe ich bloß meine Lippen nachgezogen und mein Näschen gepudert«, sagte ich mit süßlicher Stimme, bevor ich mich leicht vor ihm verbeugte. »Das Königreich der Kloschüsseln und Papierrollen gehört aber nun ganz Ihnen, mein Prinz.« Der Typ blickte mich nur mit offenem Mund an, während ich mich wieder zurück auf den Weg ins Wohnzimmer machte. In Gedanken war ich noch immer bei Hannah. Egal, was sie sagte, sie war nicht okay. Vielleicht würde ich meine Eltern bitten müssen, mich nach der Party noch schnell zu ihr zu bringen.

»Alles in Ordnung bei Hannah?«, fragte Zach, als ich mich wieder neben ihn fallen ließ, mit besorgter Stimme. Ich fragte mich, ob ich ihm jemals in die Augen würde blicken können, ohne dass dabei mein Herz schneller schlug und sich dieses warme, glückliche Gefühl in mir ausbreitete. Seine Sorge war nicht gespielt, sie war echt, und das, obwohl er mich erst seit so kurzer Zeit und Hannah quasi kaum kannte.

»Nicht wirklich«, erwiderte ich leise. »Ich glaube, sie braucht jetzt jemanden, der für sie da ist, aber ich kann nicht hin und Katrina ist heute mit ihrem Vater essen. Er ist nur für ein paar Tage in der Stadt und ich will sie da jetzt nicht stören. Sie würde sofort alles stehen- und liegenlassen und dann wäre hinterher sie diejenige, die man trösten müsste.«

»Noch nie habe ich darüber nachgedacht, von zu Hause wegzulaufen«, tönte die Stimme eines Mädchens mit braunem Haar und strahlend grünen Augen zu uns herüber.

Zach stöhnte, zögerte dann kurz, hob das Glas aber schließlich an die Lippen und nahm einen Schluck. Ich bemerkte, dass er bereits mehr als die Hälfte der Flüssigkeit hatte trinken müssen.

»Du wolltest von zu Hause abhauen?«, fragte ich interessiert. »Warum?«

»Das ist etwas ziemlich Privates, liebes Fräulein Swift«, sagte Zach ausweichend und ich versuchte in seinem Gesicht abzulesen, ob es sich lohnen würde, weiter zu bohren.

»Geht es um den Zustand, in dem du dich befunden hast, als du letztens bei mir aufgetaucht bist?«, fragte ich leise. »Steckst du irgendwie in Schwierigkeiten?«

»Ach, Lilli. Du und deine Fragen immer«, seufzte Zach leise.

»Wenn ich nicht frage, dann bekomme ich von dir ja auch keine Antworten. Und ich habe dir schon mehrfach gesagt, dass ich die gerne hätte, wenn wir das hier ...« Ich deutete zwischen uns beiden hin und her. »So weitermachen wollen, wie bisher.«

»Ich will das hier ...« Er wiederholte meine Geste mit einem spöttischen Grinsen. » ... ja auch gar nicht so weitermachen, wie bisher. Ich will mehr.« Er hielt inne und schaute mich verblüfft an, ganz so, als könnte er selbst nicht glauben, was da gerade aus seinem Mund gekommen war. Dann wurde seine Miene wieder ernst. »Aber es gibt einfach Dinge, die ich dir noch nicht sagen kann. Nicht bevor das alles vorbei ist.«

»Zuerst habe ich gedacht, dass es was mit Pedro zu tun hat, aber mittlerweile glaube ich nicht mehr, dass das stimmt.«

Zach schwieg nur, sah mich aber mit bedeutungsvollem Blick an. Ich rümpfte die Nase. Ich kannte ihn mittlerweile gut genug, um zu wissen, dass er versuchte mir etwas weißzumachen, das gar nicht stimmte, ohne mich direkt anlügen zu müssen.

»Noch nie war ich in einer Gang«, sagte ich deshalb so laut, dass ich das Geschnatter um mich herum übertönte. Ein paar Leute sahen mich verwirrt an, aber ich bemerkte auch, dass sehr viele Blicke an Zach hängen blieben. Der warf mir einen leicht empörten Blick zu, als habe ich ihn verraten, doch anstatt einzuknicken hob ich bloß herausfordernd die Augenbrauen. »Dann trink doch, wenn du meinst, du müsstest mir etwas beweisen.«

Ich sah genau, wie Zach die Zähne zusammenbiss. Er schüttelte leicht den Kopf, aber wieder einmal zupfte das Lächeln an seinen Lippen. Das Glas, das er in seinem Schoß hielt, bewegte sich keinen Millimeter. Ich grinste zufrieden.

»Noch nie war ich wegen einer anderen Person im Krankenhaus«, sagte Zach plötzlich. Um mich herum hoben sich einige Gläser. Kevin stupste Tania an, die die Augen verdrehte und dann ihr Glas an die Lippen hob, während ihr Freund lachend erzählte, dass er ihr einmal aus Versehen einen Fußball gegen die Hand gedonnert hatte. Sie hatte sich dabei wohl den Finger gebrochen.

Ich jedoch saß stocksteif auf meinem Stuhl und starrte auf den Saft in meinen Händen. Ich könnte lügen, ja ich versuchte sogar krampfhaft meine Finger davon zu überzeugen, sich nicht von der Stelle zu bewegen. Aber dann sah ich hinauf in Zachs Gesicht. Langsam hob ich das Glas an meine Lippen und nahm einen großen Schluck. Zach nickte, ganz so, als wüsste er bereits alles, was ich ihm dazu hätte sagen können. Er hakte auch nicht nach, sondern legte eine Hand sanft auf meine. An der Stelle, an der unsere Finger sich berührten, spürte ich ein Kribbeln, das von dort bis in meinen gesamten Körper fuhr. Ich seufzte, weil ich nicht anders konnte.

»Warum muss das Leben immer so kompliziert sein?«, fragte ich leise.

»Das Leben ist nur so kompliziert, wie du es ihm erlaubst zu sein.«

»Oh Elvis, deine Lebensweisheit ist grenzenlos«, erwiderte ich und lächelte, während ich meine Finger mit seinen verwob.

»Noch nie habe ich auf Tanias achtzehntem Geburtstag getanzt«, grölte plötzlich jemand und erntete dafür begeisterte Zustimmungsrufe. Tania verdrehte die Augen und sagte etwas davon, dass sie noch andere Spiele in petto habe und dass es viel zu früh sei, um zu tanzen, aber die Begeisterung ihrer Gäste trieb sie schließlich doch zur Stereoanlage, wo sie die Musik lauter drehte. Wummernde Bässe ließen plötzlich den ganzen Raum, wenn nicht sogar das gesamte Haus, beben und ein paar Mädchen kreischten erfreut auf, als sie irgendeinen Song erkannten, der mir völlig fremd war. Mein Blick glitt zu den Fenstern, durch die man an der Seite des Hauses eine Hollywoodschaukel erkennen konnte. Aus irgendeinem Grund musste ich wieder an Hannah denken, die jetzt allein in ihrem Zimmer hockte und niemanden hatte, der ihr beistand. Vielleicht würde ihre Mutter sich zu ihr legen und gemeinsam mit ihr Katzenbaby-Videos ansehen, wie mein Vater es getan hatte. Im Gegensatz zu ihrem Mann war Hannahs Mutter eine der liebevollsten Personen, die ich kannte.

»Möchtest du kurz raus?«, fragte Zach und ich zuckte zusammen. Als ich ihn ansah, merkte ich, dass er mich aufmerksam aus seinen braunen Augen musterte. Auf seiner Stirn hatte sich eine kleine Falte gebildet. »Oder möchtest du tanzen?«, schob er noch hinterher, auch wenn es nicht im Mindesten überzeugt klang.

»Wieso hast du keine Freundin?«, platzte es plötzlich aus mir heraus. Wie konnte jemand, der aussah wie Zach und dazu auch noch so rücksichtsvoll und herzlich und intelligent und lustig und einfach unglaublich war wie er, wie konnte so jemand keine Freundin haben? Wollte er keine Beziehung, war es das? Aber warum versuchte er dann fast schon verzweifelt, mich zu einer zu überreden?

»Komm, wir reden draußen darüber«, sagte Zach. Er zog mich an der Hand, die er noch immer umschlossen hielt, hoch und führte mich durch die tanzende Menge auf die Glastüren zu, die aus dem Wohnzimmer hinaus in den Garten führten.

Wenn der Vorgarten schon beeindruckend gewesen war, dann war der Garten eine Erscheinung. Es gab einen kleinen Weg, der zu einem riesigen Springbrunnen führte, der munter vor sich hinplätscherte und von warmem, sanftem Licht erleuchtet wurde. Auch einen Swimming-Pool gab es, aber dieser war nicht gefüllt, sondern mit einer Plane bedeckt. Vermutlich damit keiner der Partygäste auf die Idee kommen konnte, ein mitternächtliches Bad zu nehmen. Der Sommer ließ schließlich trotz des etwas wärmeren Wetters noch auf sich warten und der Nachthimmel war mittlerweile von dunklen Wolken verdeckt. Auf diesen Gedanken reagierte mein Körper mit einer leichten Gänsehaut, die sich über meine Arme zog und mich frösteln ließ.

Zach warf mir einen prüfenden Blick zu. »Sollen wir dir eine Jacke holen gehen?«, fragte er und ich war froh, dass er mir nicht seine Lederjacke angeboten hatte. Das wäre einfach zu viel Nähe gewesen und vermutlich wäre ich dann schreiend davongelaufen.

»Ich habe eine bessere Idee«, sagte ich stattdessen, ließ seine Hand los und ging voran in Richtung der Hollywoodschaukel, die an der Seite des Hauses stand und in Richtung Straße ausgerichtet war. Wie ich es gehofft hatte, lagen auf dem weißen Holz Polster und eine Decke, in die ich mich einkuschelte. Zach betrachtete mich einen Moment lang, ohne sich hinzusetzen. Sein Gesicht wurde von einem der Lampions in ein warmes Licht getaucht und ich sah in seinen Augen, dass er zögerte sich mir zu nähern.

»Hast du Angst, dass ich dir deine Geheimnisse entlocke? In der Dunkelheit der Nacht meine Reize spielen lasse, um dich rumzukriegen?« Grinsend wackelte ich mit den Augenbrauen und fasste mir an den Hut. »*Say you'll see me again even if it's just in your wildest Dreams*«, sang ich leise. Leider konnte ich nicht wirklich gut singen, weshalb es kein Wunder war, dass Zach zu lachen begann und sich schließlich neben mir auf die Bank fallen ließ, weil er sich nicht mehr aufrecht halten konnte.

»Lilli, du bringst mich noch um«, brachte er schließlich keuchend hervor.

»Solange du dann glücklich stirbst«, entgegnete ich grinsend. Als sein Blick meinen traf, funkelten seine Augen und strahlten so viel Glück aus, als wären sie kleine Sonnen, die mich wärmten. Fast automatisch lehnte ich mich näher zu ihm herüber und sah dabei zu, wie seine Miene langsam wieder ernst wurde. Die kleinen Lachfältchen verschwanden, die Mundwinkel zogen sich etwas nach unten, aber das Leuchten in seinen Augen, das verschwand nicht.

»Also …«, sagte ich leise.

Zach schluckte und ich sah, wie sein Blick kurz hinab zu meinen Lippen ging. »Also …«, wiederholte er.

»Also warum hast du keine Freundin?«, fragte ich und hob eine Augenbraue. Zach lachte wieder und hob die Hand, um sich durch das dunkle Haar zu fahren. Als er damit jedoch gegen seine sicher mit mindestens drei Dosen Haarspray gesicherte Tolle stieß, ließ er sie wieder sinken.

»Ich denke, es hat irgendwie mit Pedro zu tun.«

»Pedro«, seufzte ich. »Lass mich raten, jetzt kommt der Punkt, an dem du mir erzählst, dass er dir mal die Freundin ausgespannt hat und ihr seitdem verbitterte Erzfeinde seid?«

Zach grinste. »Nicht ganz.«

»Und worum geht es dann?«

»Naja, irgendwie geht es schon um ein Mädchen.«

»Das habe ich mir ja schon gedacht.«

»Und ja, ich mochte sie und ja, Pedro mochte sie auch. Sie hieß Liana und ist in Pedros Straße eingezogen, als wir beide vierzehn waren.« Beim Gedanken an diese Liana lächelte Zach und ich konnte einen kleinen Stich der Eifersucht nicht verhindern. Seltsam, dass man auf etwas eifersüchtig sein konnte, das längst vorbei war.

»Und dann habt ihr um sie gekämpft?«, fragte ich und meine Neugier stopfte die Eifersucht in den Winkel meines Wesens zurück, wo sie hergekommen war.

»Nein«, meinte Zach. Er zog sich die Jacke enger um den Körper, als uns ein kühler Luftstoß so heftig traf, dass die Schaukel begann, sich hin und her zu bewegen. Die Wolken über uns waren mittlerweile noch dunkler geworden. Eigentlich hätten wir reingehen müssen, aber ich wollte unheimlich gern seine Geschichte hören. »Nein, wir haben uns nicht um sie gestritten. Wir waren uns einig, dass sie die Entscheidung treffen und der Verlierer dies akzeptieren müsse.« Noch immer lächelte Zach und mir kam der Gedanke, dass er vielleicht gar nicht um Lianas Willen lächelte, sondern um Pedros Willen.

»Was ist dann passiert?«, fragte ich.

Zach seufzte und sein Lächeln verschwand. »Du hast sicher das Gerücht gehört, dass Pedro in einer Gang ist?«

Ich nickte, sagte jedoch nichts. In unserer Schule waren davon alle überzeugt. Hin und wieder deuteten sogar die Lehrer so etwas an.

»Es ist nicht wirklich richtig«, sagte Zach zu meiner Verblüffung. »Er ist nicht in einer Gang. Vielmehr hat er … die falschen Freunde.«

»Das klingt ziemlich euphemistisch, um ehrlich zu sein«, meinte ich.

»Euphemistisch?«, sagte Zach kopfschüttelnd. »Ich kann nicht glauben, dass du tatsächlich so redest.«

»Lehrerkind«, erwiderte ich nur grinsend.

»Also ja, es ist durchaus etwas verschönt ausgedrückt. Zu dem Zeitpunkt als das mit Liana war, hat er diese … Freunde kennengelernt und schnell angefangen ihnen nachzueifern. Zigaretten, dann Alkohol. Irgendwann hat er angefangen, ihnen beim Autoknacken zu helfen.« Zach seufzte. »Pedros Vater ist abgehauen als Pedro klein war und seine Mutter ist immer nur am Arbeiten. Ich glaube, bei diesen Leuten hat er sich irgendwie … gehört gefühlt.«

»Aber er hatte doch Maria«, sagte ich und dachte dabei daran, wie einsam ich mich als Einzelkind manchmal fühlte. »Und dich!«

»Manchmal braucht man aber auch Leute, zu denen man aufblicken kann. Und Pedro hat sich da nun einmal die falschen ausgesucht. Ich habe das ziemlich lange mit angesehen. Ich habe oft etwas gesagt, aber mir auch gleichzeitig eingeredet, dass es schon von alleine vorübergehen würde. Und dass er niemandem damit schadete außer sich selbst.«

Es musste unglaublich schwer sein, dabei zuzusehen, wie der eigene Cousin abrutschte, und daneben stehen zu müssen, hilflos. Ich konnte verstehen, dass das Spuren bei Zach hinterlassen hatte.

»Du hast es solange mit angesehen, bis Liana ins Spiel kam, richtig?«

»Exakt.« Zachs Miene verdüsterte sich noch weiter. Mit zusammengezogenen Augenbrauen, gekräuselter Nase und geballten Fäusten sah er selbst in seinem Elviskostüm beinahe gefährlich aus. »Die beiden haben sich ohne mich getroffen und sich mit Pedros Kumpels volllaufen lassen. Pedro wollte Liana eigentlich nach Hause bringen, hat das aber in seinem Zustand nicht mehr auf die Reihe bekommen. Liana ist halb benebelt vors nächste Auto gelaufen.«

»Ist sie …« Mir stockte der Atem.

»Nein. Ihr geht es gut«, sagte Zach und schenkte mir ein beruhigendes Lächeln. »Aber sie hat danach weder mit mir noch mit ihm je wieder ein Wort gewechselt. Was ich verstehen kann. Vielleicht waren es auch ihre Eltern, die ihr den Umgang verboten haben. Vor ein paar Monaten habe ich sie beim Einkaufen getroffen. Da hat sie so getan, als wäre ich Luft.«

Einen Moment lang hatte ich das Bedürfnis, ihn danach zu fragen, ob er noch immer etwas für sie empfand, aber dann sah ich den Ausdruck in seinem Gesicht. Es sah nicht verletzt aus, sondern eher resigniert.

»Hast du irgendwann mal versucht mit Pedro darüber zu sprechen? Es muss schwer sein, ein Familienmitglied einfach so aus seinem Leben zu streichen.«

»Natürlich vermisse ich ihn. Aber er hängt noch immer in kriminellen Dingen drin, mit denen ich nichts zu tun haben möchte. Und er hat sich bis heute nicht entschuldigt. Weder bei Liana noch bei mir. Maria hätte es mir erzählt, wenn doch.« Zach blickte, die Hände vor dem Körper verschränkt und die Ellenbogen auf die Knie gestützt, hinauf in den düsteren Himmel.

»Genau wie Mona«, flüsterte ich leise.

Zach betrachtete mein Gesicht, als ständen meine Gedanken dort geschrieben. Ich strich mir hastig darüber, für den Fall, dass dem wirklich so war. Zach beobachtete mich weiterhin. »Genau wie Mona ...«, wiederholte er meine Worte, auch wenn sie bei ihm mehr wie eine Frage klangen.

»Und seitdem hattest du keine Freundin?«, fragte ich schließlich, um das Thema zu wechseln.

»Seitdem wollte ich keine mehr.«

Ich zuckte zusammen, als ein Regentropfen auf meinem Unterarm landete. Verwundert sah ich dabei zu, wie er an meiner Haut hinabrann und schließlich ins Gras unter unseren Füßen tropfte. Während ich mein Gesicht gen Himmel hielt, stellte ich die Frage, bei der ich Angst hatte, dass seine Reaktion darauf etwas in mir auslösen würde, das ich nicht rückgängig machen konnte.

»Und jetzt?« Es waren nur zwei kleine Wörter, aber in der Stille der Nacht, die nur unterbrochen wurde von den feinen Regentropfen, die ins Gras um uns herum fielen, wirkten sie so viel größer.

»Jetzt hat sich das geändert«, sagte Zach mit fester Stimme. Ich spürte seine Finger an meinem Kinn und er schob mein Gesicht sanft in seine Richtung, so dass ich nicht anders konnte, als ihn anzusehen. Er meinte es ernst, das sah ich sofort. Ehrlichkeit, die einzige Waffe im Leben, gegen die es keine Verteidigung gibt. Für einen winzigen Augenblick schloss ich die Augen und als ich sie wieder öffnete, gab ich meine Gegenwehr schließlich auf. Sollte sich doch mein morgiges Ich damit befassen, was dies alles bedeutete. Denn Zach griff mit diesem zupfenden, herrlichen, unglaublichen Lächeln nach meinem Cowboyhut und schob ihn mir vom Kopf. Während die Regentropfen immer stärker fielen, vergrub er seine Hände in meinen gelockten Haaren.

»Weißt du eigentlich wie unfair es ist, wie gut du heute aussiehst«, sagte er mit tiefer, leiser Stimme.

»Nur weil du auf Taylor Swift stehst«, murmelte ich, als er mich näher zu sich heranzog.

»Nein«, meinte er mit einem kleinen Lachen und ich spürte seinen Atem auf meiner Haut, genau wie die Regentropfen auf meinen Wangen, meinen Armen, meinen Lippen. »Ich muss zugeben, dass das Taylor-Outfit nicht gerade schadet, aber eigentlich ist es nur weil ich auf *dich* stehe.« Dann überbrückte er die Distanz und berührte meinen Mund mit seinem.

Mir kam der Gedanke, dass ich meinen Kuss im Regen tatsächlich bekam. Und dass Klischees manchmal genauso wundervoll und atemberaubend waren, wie uns Teeniefilme das weismachen wollten.

STEP 19 – HELPING A FRIEND

Eigentlich müsste ich diesen Punkt gar nicht aufschreiben, weil das einer der wenigen Punkte ist, den du (Oder ich?! Wir??!! Mhm, schwierige Sache diese Personalpronomen!) schon dein ganzes Leben lang zu verfolgen versuchst. Trotzdem gehört er zu jedem guten Teeniefilm dazu: Für seine Freunde da sein, wenn sie einen brauchen, weil alles, was das Leben einem vor die Füße wirft, bezwingbar ist, wenn man Freunde hat, die einem beistehen.

Dieses Mal war es anders als die anderen Male, bei denen ich Zach geküsst hatte. Anders als alles, was ich jemals erlebt hatte. Bei unseren bisherigen Küssen hatte immer ein Hauch von Verzweiflung darin gelegen. Ein Bedürfnis, sich körperlich so nahe zu sein wie nur irgendwie möglich. Sie waren schnell und irgendwie wild und … heiß gewesen.

Dieser Kuss war nicht heiß, er war warm. Eine Wärme, die nicht auf meiner Haut brannte, sondern mich darunter glühen ließ. Seine Lippen, die nur einen leichten Druck auf meine ausübten. Sich langsam bewegten. Seine Hand, die sanft über meine Wange strich, während er mit der anderen meine Finger umschloss. Fast vorsichtig küssten wir uns, als würden wir etwas Kostbares nicht zerstören wollen. Wenn ich nicht aufpasste, dann würde mein Herz mit Sicherheit jeden Moment platzen.

Ich war diejenige, die den Kuss zuerst löste. Grund dafür war, dass der Regen mittlerweile so stark war, dass ich spürte, wie mir das Wasser, mit dem sich meine Haare vollgesogen hatten, den Nacken hinab ins Kleid lief. Die Kälte fuhr mir so schnell in die Glieder, dass ich zu zittern begann, aber trotzdem wich ich nur ganz langsam von Zach zurück und öffnete die Augen.

Ich sah, wie seine Lider flatterten, die Lippen hatte er noch leicht geöffnet. Dann sah er mich mit einem Ausdruck von Verwunderung im Gesicht an. Fehlte nur noch, dass er seine Hand an seine Lippen heben und sie befühlen würde. Ich wusste jedenfalls, dass ich das nur zu gern getan hätte. Aber das leichte Zittern in meinem Körper war mittlerweile ein heftiges Schütteln geworden und ich musste niesen.

»Wir sollten rein gehen«, sagte ich, allerdings ohne mich vom Fleck zu rühren.

Zach grinste, bevor er sich erhob und mich mitzog. Er führte uns jedoch nicht hinein, wie ich es erwartet hatte, sondern bloß auf die überdachte Terrasse, die bis auf ein paar Raucher am anderen Ende leer war. Heizstrahler waren hier aufgestellt und ich hielt sofort meine Hände vor einen von ihnen. Zach beobachtete mich dabei und mir fiel auf, dass seine Haartolle dem Regen nicht hatte standhalten können. Stattdessen lag sein Haar nun platt auf seinem Kopf und die nassen Strähnen fielen ihm ins Gesicht.

»Deine Frisur ist ruiniert«, flüsterte ich und sah, wie sich sein Lächeln bereits jetzt wieder zurückstahl.

»Und du siehst aus, als würdest du schwarze Tränen weinen.« Er streckte die Hand aus und strich mir unter den Augen die verlaufene Wimperntusche weg. Ich bezweifelte, dass das viel bringen würde, aber Zach wusste sicher nicht, wie hartnäckig Mascara manchmal sein konnte.

»Und trotzdem …«, murmelte Zach. Er musste den Satz nicht beenden. Das Knistern zwischen uns konnte keiner von uns beiden leugnen.

»Und trotzdem«, wiederholte ich. »Was machen wir hier? Du willst mir nicht von deinem Kram erzählen, weil du mir nicht vertraust, und ich kann es nicht dabei belassen, weil ich dir nicht vertraue. Aber trotzdem scheinen wir es auch irgendwie nicht einsehen zu können, dass das zwischen uns keine gute Idee ist.«

Zach fuhr sich frustriert durch das nasse Haar, wobei er mich volltropfte. Da ich aber ohnehin aussah, als hätte ich eine Dusche genommen, machte mir das nichts aus.

»Ich weiß es ja auch nicht. Und wenn wir unser Abi haben, dann will ich ohnehin hier weg und du willst sicher etwas anderes und dann …«

Seine Worte versetzten mir einen Stich. Zach wollte weg? Nicht dass ich es ihm verübeln konnte, schließlich war unsere Stadt nicht gerade eine Metropole, aber trotzdem trafen mich seine Worte härter, als ich erwartet hätte. Auch wenn ich wusste, dass er Recht hatte.

»Wir würden uns trennen, genau wie Hannah und Peter«, murmelte ich.

Als hätte es nur auf dieses Stichwort gewartet, ließ mein Handy ein lautes *Pling* hören und ich zog es aus der Hosentasche, um die Nachricht zu lesen. Sie kam von Katrina und war gefolgt von einer Reihe Smileys, die sich die Hände vor Schreck vors Gesicht schlugen.

Hannah hat sich von Peter getrennt?????? Wusstest du das??? Soll ich kommen???

Ich seufzte. Dann tippte ich eine Antwort.

Nein, ich bin so gut wie unterwegs.

Dahinter setzte ich noch einen zwinkernden Smiley, damit sie sich keine Sorgen machte.

»Ich kann nicht glauben, dass ich das sage, aber ich werde Tania Wagners Party wohl frühzeitig verlassen müssen«, sagte ich an Zach gewandt. »Meine Mutter wird begeistert sein.« Sie und mein Vater hatten sich auf einen Abend vor dem Fernseher gefreut, weil Marco übers Wochenende bei Erik bleiben würde. Sie steckten vermutlich gerade mitten in irgendeiner französischen Tragikomödie.

»Hat es etwas mit Arielle zu tun? Soll ich mal ein ernstes Wort mit Jack Sparrow da drinnen reden?« Zach hob eine Augenbraue, als sei dies ein ernst gemeintes Angebot.

»Das ist lieb von dir, aber erstens ist es irgendwie nicht wirklich seine Schuld und zweitens ist es irgendwie nicht wirklich deine Sache.«

»Hallo? Hannah ist unser Fangirl Nummer eins! Und Elvis ist immer für seine Fans da.« Als Zach versuchte sich durchs Haar zu fahren, tropfte er sich nur mit Regenwasser voll und ich kicherte.

»Das ist ein wirklich nobles Angebot, lieber Elvis, aber das Einzige, was Hannah jetzt braucht ist eine ordentliche Packung Eis und ihre beste Freundin.«

Zachs Blick glitt kurz zur Terrassentür, durch die man die tanzende Menge sehen und hören konnte. Alle schienen einen tierischen Spaß zu haben, aber mir wurde plötzlich klar, dass Tania Wagners Partys, auch wenn sie noch so toll gestaltet waren, nie das sein würden, was ich mir davon erhofft hatte. Jedenfalls nicht, wenn ich nicht Katrina und Hannah bei mir hatte, mit denen ich sie gemeinsam genießen konnte.

»Danke, dass du die einzige Party von Tania, auf der ich je sein werde, zu etwas Besonderem gemacht hast.« Ich seufzte. »Wenn ich so früh gehe, hat sie uns mit Sicherheit das letzte Mal eingeladen.«

»Das letzte Mal? Auf keinen Fall!« Zachs unheilvolles Grinsen ließ mich schreckliches ahnen, was sich bestätigte, als er klitschnass, wie er war, die Terrassentür aufschob und in der tanzenden Menge verschwand. Ich machte, dass ich hinter ihm herkam, bevor er irreparablen Schaden anrichten würde.

»Oh mein Gott!«, sagte Tania gerade, als ich zu ihr und Zach aufschloss. Ihre Haare waren mittlerweile in sich zusammengefallen und statt des riesigen Haufens, war nur noch eine kleine Beule auf ihrem Kopf zu sehen. Offenbar hatte sie es aufgegeben, ständig mit dem Haarspray nachzusprühen. »Das ist ja furchtbar! Natürlich verstehe ich, dass ihr sofort losmüsst!«

»Tania, vielen, vielen Dank! Ich hoffe, dass du es uns nicht übelnehmen wirst, aber ... nun ja, es ist im Auftrag der Liebe sozusagen.« Bitte was? Ich versuchte mir die Verblüffung nicht anmerken zu lassen.

»Natürlich!« Sie drückte Zachs Hand und sah mich dann mit einem mitleidigen Blick an. »Oh, Lilli! Es tut mir ja so leid! Du musst mir unbedingt am Montag erzählen, wie es ausgegangen ist!«

»Äh, klar«, sagte ich, mehr weil ich keine Ahnung hatte, was ich sonst tun sollte, als dass ich tatsächlich wusste, wovon sie sprach. Kevin, der hinter seiner Freundin auftauchte und leicht alkoholisiert wirkte, verzog das Gesicht. »Ihr geht schon?«, fragte er und ich stellte fest, dass er mit Schmollmund noch besser aussah als sonst. Offenbar konnte man das ziemlich gut an meinem Gesicht ablesen, denn Zach verpasste mir einen kleinen Stoß mit dem Ellenbogen.

»Konzentration jetzt«, murmelte er leise. »Mission impossible ist noch nicht beendet.

»Ich will aber nicht Tom Cruise sein«, erwiderte ich leise. »Scientology ist nicht mein Ding.«

Zach antwortete nicht, sondern wandte sich an Kevin und Tania. »Es war uns eine Freude, hier sein zu dürfen«, sagte er und schlang dabei einen Arm um meine Taille, um mich näher zu sich zu ziehen. Ich wünschte, dass ich sagen könnte, dass sich das gut anfühlte, aber sowohl meine als auch seine Klamotten waren durch den Regen komplett vollgesogen und die Berührung fühlte sich daher eher an, als würde mich ein riesiger Fisch umarmen.

»Wollt ihr euch nicht wenigstens kurz abtrocknen und umziehen? Ich bin sicher, ich habe etwas da, was euch passen würde«, schlug Tania vor und ich seufzte bei der Vorstellung, trocken zu werden auf. Zach jedoch winkte ab.

»Ich bin mit dem Auto da und nehme Lilli mit zu mir. Da finden wir dann sicher einen Weg, uns aufzuwärmen.«

Als er zwinkerte, begann Tania zu kichern und zu meinem absoluten Entsetzen mit den Wimpern zu klimpern. Sie sah Zach an, als sei er ein kleines Weltwunder und ich spürte überraschend ein Gefühl von Besitzergreifung in mir aufsteigen. Fast unbewusst rückte ich näher an ihn heran, beugte mich vor und drückte ihm einen Kuss auf die Wange. Er sah mich für den kurzen Bruchteil einer Sekunde völlig überrumpelt an, fing sich aber schnell wieder.

Nachdem Tania uns noch einmal das Badezimmer zum Umziehen angeboten hatte und wir dankend abgelehnt hatten, traten Zach und ich endlich aus der Tür. Sobald mich der kalte Nachtwind traf, begann ich wieder zu zittern. Ich zog mein Handy heraus, um meine Mutter anzurufen, aber Zach nahm es mir aus der Hand.

»Ich fahre dich. Hab ich doch gesagt. Eiscreme können wir auch bei mir zu Hause holen. Ich wette, Marianne hat davon jede Menge im Tiefkühlfach gebunkert.«

Ich sah ihn nur verblüfft an und fragte mich, wer Marianne war.

Zach verstand meine Verblüffung jedoch falsch. »Seit sie schwanger ist, hat sie ständig Fressattacken. Mein Vater kauft dann immer ganze Wagenladungen Essen, weil sie ja Nahrung für zwei braucht, sagt er immer.«

Noch immer brachte ich keinen Ton heraus und stand bloß verwirrt da. Zach schien das zu beunruhigen, denn er kratzte sich verlegen am Hals, mein Handy noch immer in der Hand. »Also ... Wenn es dir irgendwie unangenehm sein sollte, mit zu mir zu kommen, dann kann ich dich auch nach Hause bringen. Ich will dich ja nicht entführen oder so.«

»Sagte er, nachdem er ihr das Handy und damit jede Kommunikation nach außen genommen hatte.« Auf seinen verdutzten Blick hin nahm ich ihm lachend mein Handy wieder ab und steckte es zurück in meine Jackentasche. »Zach, mach dir keine Sorgen. Ich war nur etwas verwirrt, weil ich den Namen Marianne vorher noch nie gehört habe. Aber anscheinend ist das eine schwangere Frau, die bei euch lebt. Eine Schwester? Cousine? ... Exfreundin?«

Beim letzten Wort stöhnte Zach auf, auch wenn ich es mit einem Zwinkern gesagt hatte. »Gott bewahre«, meinte er. »Marianne ist meine Stiefmutter und sie ist unerträglich, ich sag's dir. Mir graut schon jetzt davor, später meine Frau schwanger ertragen zu müssen.«

»Oh«, machte ich. »Ist sie der Grund, warum du von zu Hause abgehauen wolltest?«

Zach sah mich so verdutzt an, dass ich sicher war, dass ihm dieser Gedanke noch nicht einmal in den Sinn gekommen war. »Quatsch!«, sagte er nachdrücklich. »Marianne ist super, wenn sie nicht gerade meinen letzten Joghurt aufisst.«

Eine neue Windböe traf mich mit voller Wucht und Zach, der mich erneut zittern sah, deutete mit fragendem Blick auf seinen Wagen. Ich zögerte nur einen kurzen Moment beim Gedanken daran, was meine Eltern sagen würden, wenn sie davon wüssten. Aber wie sagte man so schön? Was sie nicht wissen, macht sie nicht... Ähh... beschissen? Das war zwar nicht wirklich die richtige Redewendung, funktionierte aber trotzdem.

***

Die Fahrt verbrachten Zach und ich größtenteils schweigend, beide zu sehr damit beschäftigt, die Sitzheizung vom Familienwagen der Martinez' zu genießen. Ich wäre gern aus meinem Shirt geschlüpft und hätte meine Haut direkt auf die warmen Sitzpolster gedrückt, aber ich bezweifelte stark, dass das der Freundschaftliche-Bekannte-Krise helfen würde. Als ich schließlich bibbernd vor Zachs Haustür stand und darauf wartete, dass er die Tür aufschloss, kroch die Kälte erneut in meine Glieder. Zachs Finger zitterten ebenfalls, weshalb er es nicht schaffte, den Schlüssel ins Schloss zu stecken.

»Verdammter Kuhmist!«, sagte er im selben Moment, in dem die Tür von innen aufgerissen wurde.

Eine Frau in den Dreißigern stand im Türrahmen, die Augenbrauen gehoben, und musterte uns mit leicht amüsiertem Blick. In der Hand hielt sie einen Esslöffel und ein großes Glas Nutella. Sie stemmte die andere Hand in die Seite und streckte dabei ihren runden Bauch hervor, über dem sich das rote T-Shirt spannte. »Wofür habe ich dir bitte eine Stunde lang mit den blöden Haaren geholfen, wenn du ohnehin vorhattest, doch nicht als Elvis, sondern als begossener Pudel zu gehen?«

Entgegen meiner Erwartung war es Zach offenbar nicht peinlich, dass seine Stiefmutter ihm bei seinen Haaren geholfen hatte, und auch wenn ich ihn damit später noch aufziehen würde, bewunderte ich ihn dafür. Ich schüttelte den Kopf, als ich bemerkte, dass ich Zach schon wieder anschaute wie so ein hohles verliebtes Schaf mit dümmlichem Grinsen im Gesicht. *Freundschaftliche Bekannte, Lilli,* sagte ich mir. *Solange bis er dir alles sagt. Es ist nicht normal, nach einer Prügelei völlig zugerichtet mitten in der Nacht bei dir aufzutauchen und von dir zu erwarten, dass du das so hinnimmst. Beherrschung, Lilli, Beherrschung.*

»Ich kann froh sein, dass du diese Nutella-Attacke hattest, nachdem du mir die Haare gemacht hast. Schokoladenparfum ist nämlich nicht so mein Ding«, sagte Zach, während er mich zuerst durch die Tür ins Warme schob. »Womit futterst du das Zeug dieses Mal?«

»Mit allem«, antwortete sie mit einem glückseligen Lächeln, während sie uns Platz machte und mir schließlich die Hand hinstreckte. »Zach bringt also doch noch einmal Freunde mit nach Hause. Und ich dachte schon, dass wir die Hoffnung endgültig aufgeben könnten.«

»Ich bin Lilli«, sagte ich grinsend und schüttelte ihre Hand, »und ich bin einfach so ein herzensguter Mensch, dass ich die Einzige bin, die diesem Idioten eine Chance gibt.«

»Reine Herzensgüte also. Genau das habe ich mir schon gedacht«, sagte Marianne und lächelte dabei auf eine Weise, als wüsste sie genau, dass die Mädchen in meiner Stufe ab und an von Zachs Oberarmen schwärmten. »Und jetzt solltet ihr euch umziehen gehen, sonst muss ich Zachilein nachher noch gesund pflegen. Und das möchte sicher niemand hier.«

»Am allerwenigsten ich«, meinte Zach grinsend, bevor er mich zur Treppe zog. Ich folgte ihm und ließ den Blick dabei über die Wand im Flur schweifen, an der Kinderfotos von Zach hingen, die ihn und seinen Vater bei verschiedensten Unternehmungen zeigten. Man sah die beiden beim Angeln, was offenbar schon länger zu ihren Hobbys zu zählen schien und auf einem anderen Foto standen sie grinsend am Strand nebeneinander und Zach hatte einen Volleyball in der Hand. Es gab auch ein Hochzeitsfoto mit Marianne, die darauf von einem bis zum anderen Ohr strahlte. Zachs Vater, den ich von dem Gespräch, das ich vor einigen Wochen auf dem Schulparkplatz belauscht hatte, wiedererkannte, hatte dieselben Gesichtszüge wie sein Sohn und das gleiche dunkle, dichte Haar. Er war allerdings etwas höher gewachsen und hatte im Vergleich zu Zach strahlend blaue Augen.

»Willst du da unten Wurzeln schlagen?«, hörte ich Zachs Stimme von oben und ich bemerkte, dass er bereits vorgegangen war und jetzt im Flur des ersten Stockes in einem der Türrahmen lehnte. Er war noch immer klitschnass und da er die Lederjacke abgelegt hatte, sah ich auch, wie das weiße T-Shirt an seiner Haut klebte. Ich schüttelte kurz den Schauer ab, der mich bei dem Anblick durchlief und folgte Zach in sein Zimmer. Mir fiel auf, dass seit meinem letzten Besuch ein paar neue Zeichnungen an die Wände gehängt worden waren. Eine war mit einer dunklen Farbe, vielleicht sogar mit Kohle, gezeichnet und zeigte Marcos Profil mit einem sehr ernsten Blick. Ich fragte mich, ob Zach noch einmal die Chance gehabt hatte, ihn zu sehen, oder ob er die Zeichnung aus dem Gedächtnis angefertigt hatte. Die andere Zeichnung zeigte mich und mir blieb fast der Atem weg, als ich sie entdeckte, denn sie war entgegen meiner Erwartungen wunderschön. Nicht dass ich kein Vertrauen in Zachs Fähigkeiten hatte, aber ein Bild war doch normalerweise nur so gut wie das Motiv, auf dem es basierte. Zumindest meiner zugegeben sehr eingeschränkten Vorstellung von Kunst nach. Aber auf diesem Bild sah ich aus wie das schönste Mädchen, das jemals auf Erden gewandelt war. Er musste es in der Schule angefertigt haben, denn ich erkannte den Hintergrund als die Bäume, die hinten auf dem Schulhof in einer kleinen Gruppe standen und vor allem im Sommer Schatten spendeten, wenn die Sonne einem ins Gesicht schien, als würde sie versuchen die Haut wegzubrennen. Ich erinnerte mich an den Moment, als vor ein paar Tagen der Trageriemen meiner Schultasche gerissen und meine Hefte, Bücher und Stifte sich auf der Erde unter der Baumgruppe verteilt hatten. Mein schokoladenförmiges Radiergummi hatte ich nicht wiedergefunden und die Suche schließlich aufgeben müssen.

Der Moment, den Zach eingefangen hatte, war der, als ich mich einen Moment lang verzweifelt zu Boden hatte sinken lassen und dort saß, die Arme verschränkt und einen nachdenklichen Blick aufgelegt. Ich konnte mir vorstellen, dass ein anderer Betrachter sich fragen könnte, was dieses Mädchen auf dem Boden suchte und über was es so angestrengt nachdachte. Ich jedoch, die ich die Antwort kannte, fand dass Zach es unglaublich gut geschafft hatte, sie vor dem Betrachter zu verbergen. Auf dem Bild da war nur ich, die Bäume über mir, die im Wind leise raschelten, und die Gedanken, die mich umtrieben.

»Gefällt es dir?«, fragte Zach leise. »Du musst bestimmt zehn Minuten lang so dagesessen haben. Zwischendurch hatte ich das Gefühl, dass du nie wieder aufstehen würdest.«

»Es gefällt mir schon, aber ich habe das Gefühl, als hättest du irgendwie ... geschummelt. So habe ich für die hunderten von Schülern, die an mir vorbeigekommen sind – und nebenbei bemerkt nicht im Mindesten den Drang verspürt haben mir beim Aufheben zu helfen sicher nicht ausgesehen.« Ich drehte mich zu Zach um und hob eine Augenbraue. »Ist das nicht unfair oder so?«

Zach, der sich anscheinend köstlich amüsierte, grinste mich an. »Zum Glück ist die Wahrnehmung von uns Menschen etwas unglaublich Subjektives und in meinen Augen geht es bei Kunst genau darum, anderen einen Blickwinkel zu zeigen, den sie selbst nicht haben.«

»Darüber habe ich noch nie so richtig nachgedacht, aber die Vorstellung gefällt mir. Auch wenn ich mir nicht vorstellen kann, dass irgendjemand diesen Moment so empfunden hat, wie du ihn mit dem Bild eingefangen hast. Ich jedenfalls definitiv nicht.«

Zach lächelte mich auf eine wissende Art an, schwieg jedoch zu diesem Thema. Er erhob sich, ging zu seinem Kleiderschrank hinüber und warf mir ein paar Sachen zu. »Genug philosophiert! Wir haben ein verlorenes Fangirl aufzumuntern!«, sagte er schwungvoll.

***

Als Hannah ihre Zimmertür öffnete, spiegelten sich in ihren Augen die Emotionen, die durch ihren Kopf zu rasen schienen. Überraschung, Freude, Erstaunen, Entsetzen und letztendlich wieder Freude. Ich versuchte mich für den Redeschwall zu wappnen, der nun folgen würde, wusste aber schon vorher, dass dieses Vorhaben vergebens sein würde.

»Oh mein Gott, Lilli! Du bist hier! Und das obwohl du eigentlich auf Tania Wagners Party eingeladen warst! Ich liebe dich so sehr, weil ich eigentlich gesagt habe, ich wäre okay, aber ich bin alles andere als okay! Und du hast das gewusst!« Bei diesen Worten stürmte sie nach vorne und drückte mich an sich. Ich sah über ihre Schulter hinweg, wie Zachs Lächeln sich schon wieder auf seine Lippen schlich, allerdings schwieg er.

»Du riechst so gut!«, fügte sie hinzu. »Aber anders. Liegt das an den Sachen, die du anhast? Die gehören nicht dir oder?« Sie löste sich von mir und begutachtete das weite Shirt und die Hose, die ich mit einem Gürtel hatte fixieren müssen, damit sie mir nicht immer wieder herunterrutschte. Hannahs Blick wanderte hinüber zu Zach und sie begann zu grinsen. »Sind das deine Sachen? Warum zum Teufel hat Lilli deine Sachen an? Ich meine, ich freue mich total, dass ihr euch anscheinend endlich mal zusammengerafft habt, aber trotzdem finde ich es dann doch etwas protzig, Lilli zu zwingen in deinen Klamotten durch die Gegend zu rennen.«

»Ich habe Eiscreme«, sagte Zach bloß mit einem leichten Schulterzucken und hob die Packungen hoch, die wir aus Zachs Kühlfach geklaut hatten.

Marianne hatte zwar protestiert, aber schließlich nachgegeben und sich mit dem Nutella Glas begnügt.

»Eiscreme!«, rief Hannah begeistert, griff nach der Packung und verschwand in ihrem Zimmer. Zach warf mir einen ratlosen Blick zu, aber ich schüttelte nur lachend den Kopf, betrat den Raum und ließ mich neben Hannah aufs Bett fallen. Zach stand einen Moment lang unsicher in der Mitte des sehr großen Zimmers herum und betrachtete die weißen Schränke und das rote Himmelbett. »Bin ich hier bei den Kardashians oder was?«, fragte er leise.

Während Hannah zu beschäftigt damit war, die Eispackung aufzureißen und den Löffel von ihrem Nachtschränkchen als Schaufel zu benutzen, begann ich zu lachen. »Reiche Disneyprinzessinnen, schon vergessen, Zach?«

Er seufzte und ließ sich auf den flauschigen, weißen Teppich am Boden sinken. »Benz, du bist echt das anstrengendste Mädchen, das ich jemals kennengelernt habe.«

»Du meintest wohl interessanteste«, mampfte Hannah mit vollem Mund. Sie kniff dabei die Augen zusammen, als wollte sie Zach dazu herausfordern, ihr zu widersprechen.

»Das auch«, sagte er stattdessen und sein Blick traf meinen. Augenblicklich wanderten meine Gedanken zurück zu dem Moment auf der Hollywoodschaukel und ich hatte Schwierigkeiten mich von seinen dunklen Augen zu lösen.

»Warum seid ihr noch nicht zusammen? Wenn Peter und ich so eine Chemie gehabt hätten wie ihr zwei, dann wäre ich vielleicht mit ihm zusammengeblieben.« Hannah klang dabei weder traurig noch verbittert. Sie musterte uns lediglich mit ernster Miene, als ginge es ihr tatsächlich um unsere Antwort.

Ich sah zu Zach hinüber, aber der zuckte die Achseln, als sei es nicht er, der das Hindernis war. Ich funkelte ihn an, als ich Hannah antwortete. »Es gibt da ein paar Dinge, die Zach mir nicht sagt. Wichtige Dinge.«

»Es gibt auch Dinge, die du mir nicht sagst, meine Liebe. Dinge, die Mona betreffen.«

»Mona?« Hannah horchte auf und sie fixierte mich mit ihren grünen Augen.

Ich rutschte unruhig auf der Decke herum und mied ihren Blick.

»Du redest nie über Mona«, fügte sie leise hinzu.

Zach sah überrascht von mir zu Hannah und wieder zurück.

»Sie weiß es nicht?«, fragte er leise.

»Weiß was nicht?« Hannah hatte den Blick nicht von mir gelöst.

»Nein«, sagte ich nur.

»Und Katrina?«, fragte Zach. »Hast du es ihr gesagt?«

Hannah sah schockiert zu ihm herüber, als sei ihr der Gedanke, dass Katrina etwas wusste, das ich ihr verschwiegen hatte, noch gar nicht gekommen.

»Katrina weiß es auch nicht«, versicherte ich ihr. »Niemand außer meiner Familie weiß es.« Ich sah zu Zach hinüber und legte den Kopf schief. »Zumindest bis du gekommen bist.«

Hannah sog scharf die Luft ein und taxierte mich vorwurfsvoll. »Du hast es irgendeinem dahergelaufenen Typen gesagt, aber nicht deinen besten Freundinnen, die du seit Jahren kennst?«

»Dahergelaufener Typ?«, wiederholte Zach leicht belustigt. »Was ist aus Zachisabeth geworden?«

»Ich habe es Zach nicht gesagt«, beteuerte ich. »Er scheint es allein herausgefunden zu haben.«

»Wie das denn?«, fragte Hannah skeptisch. »Katrina und ich haben uns ein Jahr lang gefragt, was damals mit Mona geschehen ist. Du warst zwei Wochen lang nicht in der Schule und dann, ganz plötzlich warst du wieder da, aber du warst völlig … leer. Seitdem hast du sie nie wieder erwähnt und wir haben uns nicht getraut zu fragen, weil wir dich nicht verletzen wollten.«

Mir brach fast das Herz beim Anblick ihrer besorgten Miene. Mir war nicht bewusst gewesen, dass die beiden überhaupt wussten, dass das Thema etwas war, das mich noch immer beschäftigte. »Genau, Zach«, sagte ich und wich Hannahs Blick aus. »Wie hast du es herausgefunden?«

Einen Moment lang schien er zu überlegen, was er sagen sollte, aber dann antwortete er schließlich. »Zeitungsberichte und Facebook-Posts, um ehrlich zu sein. Mona hat ein Profil, das wusstest du aber sicher.« Ich nickte. Manchmal saß ich einfach vor meinem PC und starrte ihr Profilbild an. »Nachdem du mir ihren Namen genannt hattest, wurde ich neugierig und habe angefangen nach ihr zu suchen. Deine Reaktionen auf meine Fragen haben mich stutzig gemacht. Zu Recht. Es hat Zeitungsanzeigen gegeben, nachdem sie weggelaufen war. Ihre Eltern haben sie einmal pro Woche in die Zeitung stellen lassen. Ein ganzes Jahr lang.«

»Davon wussten Katrina und ich«, sagte Hannah. »Es gab auch Poster in der Stadt und alles. Mona war schon bevor sie weggelaufen ist, immer etwas … schwierig.«

»Schwierig?«, fragte ich und spürte, wie die Wut in mir hochstieg. »Inwiefern schwierig? Und warum habe ich dich das nie sagen hören, bevor sie abgehauen ist?« Ich wusste, dass ich kein Recht hatte, sauer zu sein, aber es hatte viele Leute gegeben, die nach Monas Verschwinden angefangen hatten zu sagen, dass sie schon immer verdorben gewesen war. Dass nie etwas aus ihr hätte werden können. All die Menschen, die mit Schauergeschichten über Mona angekommen waren, von denen ausnahmslos alle gelogen gewesen waren. Hannah gehörte nicht zu diesen Menschen, aber meine Wut aus dieser Zeit kroch trotzdem aus der kleinen Ecke, in die ich sie verbannt hatte, wieder zurück an die Oberfläche.

»Sie hat sich nachts weggeschlichen. Mit ein paar fragwürdigen Leuten herumgehangen. Und um ehrlich zu sein hat es mir nie gefallen, wie sie dich behandelt hat.«

»Mich?«, fragte ich überrascht. »Sie hat mich geliebt.«

Hannah seufzte. »Du hast sie geliebt, Lilli. Mehr als alles andere. Und Mona … Manchmal hatte ich das Gefühl, als würde sie es ausnutzen, dass du die Einzige warst, die sie immer noch als liebes, gutes Mädchen gesehen hat, das niemals etwas Böses tun könnte.«

»Sie hat auch nie etwas richtig Böses getan!«, sagte ich hitzig.

»Das stimmt mit Sicherheit, Lilli. Aber … Nun ja, ihr Ruf sagt etwas anderes und deshalb glauben das auch alle. Ständig ein neuer Typ und das Ende der Beziehungen war so gut wie nie friedlich. Ich glaube, du warst die Einzige, der das alles nicht wichtig gewesen ist.«

»Weil es nicht ihre Schuld war! Ich meine, klar, sie hatte viele Freunde, aber das ist doch allein ihre Sache. Außerdem sind die meisten dieser Geschichten nicht wahr.«

Hannah seufzte. »Ich glaube dir das, Lilli, und ich habe nie etwas anderes behauptet. Katrina und ich mochten sie, das weißt du. Ich versuche nur zu erklären, warum mir nicht gefallen hat, wie sie mit dir umgegangen ist.«

»Dann machst du dabei aber einen wirklich schlechten Job.« Ich atmete tief durch, um mich zu beruhigen, aber eigentlich wusste ich, was Hannah sagen wollte. Es war nur unglaublich schwer, sich das einzugestehen.

»Mona hat dich sicher geliebt, aber sie hat dich auch ausgenutzt.« Hannahs Miene blieb ernst und es erschrak mich, dass ich in ihrem Blick einen Hauch von Angst entdeckte. Ganz so, als glaubte sie, dass ihre Ehrlichkeit unsere Freundschaft gefährden könnte.

Ich seufzte. »Sie hat mich so oft versetzt, dass ich irgendwann aufgehört habe zu zählen«, gestand ich leise.

»Also das stand nicht in der Zeitung«, murmelte Zach. Hannah warf ein Kissen nach ihm und murmelte etwas von unsensiblen Jungs.

»Aber Mona und ich, wir haben uns immer noch verstanden«, warf ich ein. »Wenn sie tatsächlich gekommen ist, dann waren das die schönsten Momente, die ich damals gehabt hatte. Wir kannten einander … Zumindest dachte ich das, bis sie abgehauen ist.« Ich hatte gar nicht gemerkt, dass Hannah mir sanft über den Rücken strich, aber jetzt sah ich auf und lächelte sie an, um ihr zu zeigen, dass es mir gut ging. Und seltsamerweise war dieses Lächeln tatsächlich echt.

»Sie ist mit diesem Typen durchgebrannt, oder?«, fragte Hannah leise. »Der Freund, den sie als letztes hatte? So ein großer Typ, der sie ständig mit dem Motorrad von der Schule abgeholt hat.«

»Ich weiß es nicht«, sagte ich ehrlich. »Sie hat es mir nie gesagt. Am Anfang habe ich geglaubt, dass man sie entführt hat. Eigentlich habe ich das die ganze Zeit geglaubt.«

»Bis sie wieder aufgetaucht ist«, sagte Zach. Auf seine Anmerkung hin trat Stille ein.

Hannahs Hand auf meinem Rücken hielt inne. »Sie ist … wieder da?«, fragte Hannah leise. »Und ich dachte immer, sie wäre vielleicht … naja gestorben.«

Ich musste lachen, auch wenn es ein wenig bitter klang. »Und du dachtest, ich hätte euch das nicht gesagt?«

»Naja, irgendetwas ist auf jeden Fall passiert und du hast es nicht gesagt. Du hast gar nichts mehr über sie gesagt.« Hannah sah zu Zach hinüber. »Woher weißt du überhaupt davon?«

Zach grinste und tippte sich an den Kopf. »Ich habe mein Gehirn eingeschaltet. Ein Jahr lang kam jede Woche eine Anzeige und dann auf einmal hörte es auf. Tatsächlich dachte ich zuerst auch, dass Mona vielleicht wirklich entführt worden war und man ihre Leiche gefunden hatte. Aber in den Zeitungen gab es keine Todesanzeige und schließlich habe ich dann noch einen Artikel gefunden.«

Mein Herz stockte und plötzlich sah ich wieder die Lichter vor mir, die die Nacht erhellten. Lichter, die sich manchmal in meine Gedanken drängten, wenn ich nicht gut genug aufpasste.

»Zach, das … das ist eine Geschichte, die ich selbst erzählen werde. Ein anderes Mal. Wenn Katrina dabei ist.« Und wenn am Rand meines Blickfeldes nicht mehr diese schwarzen Punkte tanzten.

Zach nickte mir zu, während Hannah so aussah, als wollte sie auf eine Erklärung bestehen, aber nach einem Blick in mein Gesicht gab sie schließlich auf.

»Und was ist es jetzt, was du Lilli nicht erzählst?«, fragte Hannah schließlich in die Stille hinein.

Zach zog eine Grimasse. »Nicht du auch noch«, murmelte er leise.

»Ich habe gerade mit dem Jungen Schluss gemacht, mit dem ich mein Leben teilen wollte. Ihr zwei seid meine einzige Hoffnung darauf, dass Liebe so wie in den Filmen existieren kann. Willst du mir wirklich diese Hoffnung nehmen?« Sie zog einen Schmollmund und verschränkte gespielt gekränkt die Arme vor der Brust.

»Liebe ist nicht wie in solchen Filmen«, sagte ich. »Je schneller man das akzeptiert, desto besser.«

»Aber ...«, setzte Hannah an, doch ich wusste, dass sie auf die Living the Dream-Liste anspielen wollte und sah sie deshalb warnend an. Sie schloss den Mund und schmollte weiter.

»Ich kann es Lilli noch nicht sagen«, meinte Zach. »Es geht einfach nicht.«

»Weil du emotional noch nicht in der Lage bist darüber zu sprechen?«, fragte Hannah mit skeptischem Blick.

Zach schnaubte. »Nein, weil es ... gefährlich wäre darüber zu sprechen.«

»Jetzt macht er schon wieder einen auf Superheld«, sagte ich zu Hannah und zwinkerte ihr zu, auch wenn ich wusste, dass die Sache ernst war.

»Tja, Super-Egoman kann schließlich nicht seine geheime Identität aufgeben, das weißt du doch«, sagte Zach grinsend und erhob sich. »Außerdem muss er jetzt die Welt retten gehen. Aber ich denke mal die Rette-das-Fangirl-Mission kann sein Sidekick Icecreamgirl für ihn beenden.«

»Sidekick?«, fragte ich. »Und da dachte ich, wir seien Partner.«

»Ach, du dachtest du wärst Icecreamgirl? Dabei meinte ich damit den Eisbecher, der gerade von Arielle massakriert wird.« Sein Grinsen reichte von einem bis zum anderen Ohr. »Dich würde ich doch niemals als mein Sidekick bezeichnen.«

»Awww«, machte Hannah, was sehr seltsam klang, weil ihr Mund gerade voller Schokoladeneis war.

Ich hob einen Finger. »Warte, Hannah, da kommt noch was nach.«

Zach grinste. »Den Titel als meinen Sidekick musst du dir erst noch verdienen.« Mit diesen Worten machte er einen Abgang und ließ eine kichernde Hannah zurück. Und natürlich das Gefühlschaos, das seit dem Kuss im Regen in mir tobte.

»Ich kann echt nicht glauben, dass du deine wahre Liebe einfach so hast gehen lassen«, meinte Hannah nach ein paar Minuten des Schweigens. »Als deine Freundin bin ich dir wirklich dankbar, aber als euer Fangirl Nummer eins bin ich etwas enttäuscht, dass es keinen Abschiedskuss gab.«

»Tja, da siehst du mal, was ich für Opfer für meine Freunde bringe«, meinte ich, verdrehte dabei allerdings die Augen.

STEP 20 – FACING A DEMON

Ich weiß, dass das hier eigentlich kein Punkt ist, der in jedem Teeniefilm vorkommt. Trotzdem werde ich ihn aufschreiben, weil ich weiß, dass ich sonst niemals meinen Hintern hochkriegen werde. Also: Stelle dich deinen Dämonen. Einem ganz bestimmten Dämon, um genau zu sein. Du weißt selbst am besten, von wem ich spreche.

Ich gähnte. Dabei fühlte ich mich wie ein Löwe, der das Maul aufriss, um seine Beute zu verschlingen. Ein kleines Mädchen mit roten Haarbändern und aufwendiger Flechtfrisur sah mit schockiertem Gesichtsausdruck zu mir hoch.

»Schaff dir Probleme an, dann siehst du bald auch so aus wie ich«, sagte ich. Mein Outfit war nur schnell drübergeworfen, geschminkt war ich auch nicht und wenn ich jemals einen Bad Hair Day gehabt hatte, dann war das heute. Aber am schlimmsten war die Müdigkeit, die mir in den Knochen saß, als habe sie sich dort festgefressen. Am Freitag hatten Hannah und ich noch bis spät in die Nacht über Peter gesprochen. Meinen Eltern hatte ich gesagt, dass Hannah mich abgeholt hatte und dass ich bei ihr schlafen würde, deshalb hatte uns auch nichts daran gehindert, erst um sieben Uhr morgens schlafen zu gehen. Aufgewacht waren wir irgendwann am späten Mittag und dementsprechend war ich am Samstag erst sehr spät ins Bett gegangen. Mein Schlafrhythmus war tot und das hatte auch mit Zachery Martinez zu tun. Wie anscheinend alles, was ich mittlerweile tat. Mir wurde bewusst, dass ich gerade vor der Schule seines Halbbruders stand, um diesen abzuholen, und ich seufzte tief. Es gab einfach kein Entkommen.

Das Mädchen, das mein innerer Monolog natürlich nicht im Mindesten interessierte, rümpfte nur die Nase und ging dann an mir vorbei, um in ein großes Auto zu steigen, das an der Straße parkte.

Mein Blick glitt zurück zum Schulgebäude und ich sah hinab auf meine Uhr. Marco hätte eigentlich schon längst draußen sein müssen, aber ich entdeckte ihn unter den Grundschülern, die aus dem Gebäude strömten wie kleine Ameisen aus ihrem Bau, leider nicht. Ich begann nach einem blauen Schultornister Ausschau zu halten. Als zehn Minuten später noch immer keine Spur von Marco zu sehen war, bekam ich langsam Angst. Es war ein schleichendes, leises Gefühl, das mit jedem Kind, das an mir vorbeikam und nicht er war, lauter wurde. Ich begann den Kindern entgegenzulaufen, aber je näher ich dem Gebäude kam, desto weniger wurden es und als ich endlich die Glastüren erreicht hatte, waren die Flure, die ich dahinter sah, leer.

»Marco!«, rief ich und versuchte meinen raschen Atem und mein wummerndes Herz zu beruhigen. Er musste hier irgendwo sein. Vielleicht hatte seine Klasse länger Unterricht? Als ich die Tür bereits geöffnet hatte, nahm ich aus dem Augenwinkel etwas wahr, das mich innehalten ließ. Es war die Lederjacke, die meinen Blick angezogen hatte, vielleicht auch seine Haltung, die mir in den letzten Wochen so vertraut geworden war.

»Zach?«, flüsterte ich leise, auch wenn er mich von der Baumgruppe aus, unter der er stand, sicher nicht hören konnte. Meine Beine setzten sich wie von selbst in Bewegung und je näher ich kam, desto schneller schlug mein Herz. Als ich die kleine Gestalt neben Zach erkannte, begann ich zu rennen.

»Marco, du musst mitkommen!«, sagte Zach und ich hörte seinen unterdrückten Zorn auch über die Strecke, die uns noch voneinander trennte, deutlich heraus. »Ich gehe hier nicht ohne dich weg.«

»Aber ich werde abgeholt!«, sagte Marco mit leiser Stimme und scharrte mit den Füßen. Neben Zach sah er so klein und unschuldig aus.

Zach packte ihn an der Jacke und begann ihn mit sich zu ziehen, auch wenn Marco versuchte sich von ihm loszumachen. »Morgen kommt sie raus und du gehst zurück. Bis dahin müssen wir verschwunden sein, sonst –«

»Was zum Teufel tust du da?«, schrie ich, als ich die beiden fast erreicht hatte. Zach wirbelte zu mir herum, ein gehetzter Ausdruck in seinen Augen. Mein Blick wanderte sofort zu seiner Schläfe, an der ich eine neue Platzwunde ausmachen konnte.

»Lilli«, stöhnte er und wich ein Stück zurück, ließ Marco jedoch nicht los. »Was machst du hier?«

»Ich bin hier, um Marco von der Schule abzuholen, weil meine Eltern beide nicht können. Und du? Du weißt doch genau, dass du Marco nur sehen darfst, wenn deine Mutter dabei ist.«

»Als würde das einen Unterschied machen«, sagte Zach, die Lippen zu einer schmalen Linie zusammengepresst.

Ich zögerte einen Moment, aber schließlich griff ich nach Marcos Hand und zog ihn sanft zu mir. Er klammerte sich an meiner Hand fest und zerquetschte dabei fast meine Finger. Seine großen braunen Augen sahen schreckgeweitet zu mir hoch. Wütend wandte ich mich wieder an Zach. »Du machst ihm Angst! Ist es das, was du willst?«, fauchte ich ihn an. Ich konnte nicht anders. Das Bedürfnis Marco zu beschützen wog stärker als jede Entschuldigung, die Zach für sein Verhalten haben könnte.

Zachs Blick ging hinab zu Marco und er schien dessen Reaktion erst jetzt zu realisieren. Abrupt ließ er seine Hand los und stolperte ein paar Schritte zurück.

»Zach, ich weiß echt nicht, was mit dir los ist, aber, wenn du mir nichts sagst, dann kann ich dir auch nicht helfen.« Meine Stimme klang leise, fast schon resigniert. »Ich glaube, es wäre das Beste, wenn du jetzt verschwindest.«

Zach reagierte nicht direkt. Er sah mich nur mit leerem Blick an.

»Zum Arzt solltest du auch gehen«, fügte ich noch hinzu, als ich wieder auf seine Stirn sah.

Das schien Zach wachzurütteln, denn er warf einen letzten Blick auf unsere verschränkten Hände, wandte sich dann um und stürmte davon.

Ich sah ihm nach und drückte Marcos Hand ein wenig fester.

Er erwiderte den Druck und sah zu mir auf »Kriegt Zachy jetzt Ärger?«

Einen Moment lang dachte ich über meine Antwort nach. Eigentlich war es unverantwortlich, meinen Eltern oder sogar Zachs Mutter den Vorfall zu verschweigen. Andererseits wollte ich Zach zumindest die Chance geben, sich zu erklären. Und solange Marco bei uns zu Hause war, würde Zach auch nicht die Möglichkeit haben, ihm noch einmal nahe zu kommen. Mir fröstelte bei der Richtung, die meine Gedanken genommen hatten. »Nein, Zachy bekommt keinen Ärger.«

Marco sah erleichtert aus, deshalb hatte ich das Gefühl, als könnte ich weitersprechen, ohne dass ich ihn damit traumatisierte.

»Wohin wollte er dich mitnehmen?«, fragte ich ihn.

»Weg«, antwortete Marco nur und zuckte die Achseln.

»Und warum?«, stellte ich die Frage, die mir in der Seele brannte, seitdem ich Zachs Geheimnis erspürt hatte. Warum machte er das alles? Warum verheimlichte er was auch immer da passierte? Warum waren seine Verletzungen und was Marco damit zu tun hatte solch ein Geheimnis?

»Damit wir uns immer sehen können.« Marco scharrte mit den Füßen. »Mama und Papa wollen das aber nicht.«

»Ja, das weiß ich«, sagte ich leise. »Und warum nicht?«

»Mama denkt, dass Zach gefährlich ist.« Marco biss sich auf die Lippe, als würde er sich gerade dieselbe Frage stellen wie ich: Wie sie auf diese Idee kam.

Ich beugte mich zu Marco hinab und drückte ihn an mich. »Alles wird gut«, murmelte ich leise. Eigentlich hatte ich erwartet, dass er sich an mich klammern würde wie vorhin, aber er drückte mich weg.

»Nicht so fest«, hauchte er, so dass ich mich anstrengen musste, um ihn zu verstehen.

Ich lehnte mich ein Stück zurück und betrachtete ihn mit gerunzelter Stirn. »Ist alles in Ordnung?« Mein Blick tastete über seinen Körper, um zu erkennen, was ihm solch ein Unbehagen bereitete, doch unter der dicken Jacke konnte ich nichts sehen. »Tut dir was weh?«

»Bin nur hingefallen. Am Arm«, sagte er und wich meinem Blick aus.

Plötzlich wurde mir schlecht. Meine Finger zitterten, als ich Marcos Jacke langsam, ganz langsam zurückstrich und seine kleinen Ärmchen darunter freilegte. Den Pulli, den er trug, schob ich vorsichtig hoch, um die bloße Haut sehen zu können. Marco wehrte sich nicht, aber er blickte mich noch immer nicht an. Stattdessen sah ich, dass ihm Tränen in die Augen schossen und mein Herz zog sich so schmerzhaft zusammen, dass ich glaubte, ich würde jeden Moment in Ohnmacht fallen.

An seinem linken Oberarm war ein Bluterguss zu sehen. Es war nicht die schlimmste Verletzung, die ich jemals gesehen hatte, aber als ich seinen Arm leicht drehte, stiegen trotzdem die Tränen in mir hoch. Denn der Bluterguss hatte die Form einer Hand, die sich um Marcos Arm geschlossen hatte.

Marco und ich sahen uns einen Moment lang an, dann zog ich den Pulli wieder herunter, zog ihm die Jacke an und drückte ihn erneut an mich, diesmal sanfter.

»Es wird alles gut«, flüsterte ich leise, während Marco heftiger zu weinen begann. »Ich schwöre dir, dass alles wieder gut wird. Cinderella wird dafür sorgen, dass du dein Happy End bekommst.«

***

Ich starrte auf mein Handydisplay und sah dabei zu, wie die Ziffern sich veränderten und aus 19:59 eine 20:00 wurde. Ich hatte Zach bis zum Abend Zeit gegeben, um mir die Wahrheit zu sagen. Das waren mehr als sechs Stunden gewesen, von dem Zeitpunkt an, an dem ich ihn angerufen hatte. Marco hatte ich bereits ins Bett gebracht, weil er so müde gewesen war, nachdem er seine Gute-Nacht-Geschichte gehört hatte. Natürlich hatte ich versucht mit ihm über seine Verletzung zu sprechen, allerdings keine Informationen aus ihm herausbekommen. Schließlich hatte ich den Versuch aufgegeben, weil ich immerhin noch jemand anderen kannte, der sicher alle Antworten auf meine Fragen für mich haben würde. Leider war dieser jemand trotz meiner Drohung, dass ich mit meinen Eltern sprechen würde, nicht aufgetaucht.

Seufzend zog ich die Living the Dream-Liste aus meiner Schublade hervor und betrachtete die vielen Listenpunkte, die teils in sorgfältiger Schrift mit bunten Farben, teils in Eile hingeschmiert dort standen. Mir fiel überrascht auf, dass ich weit mehr als die Hälfte davon bereits hatte abhaken können. Und trotzdem hätte mein Leben von einem filmreifen Happy End nicht weiter entfernt sein können. Meine Finger strichen über das Wort »Dream« und ich kniff grimmig die Lippen zusammen. »Wohl eher ein Albtraum«, murmelte ich leise, bevor ich die Liste zurück auf meinen Schreibtisch fallen ließ.

Ich sollte mir über ein paar Dinge klarwerden. Zum Beispiel, was geschehen würde, wenn ich meinen Eltern die Wahrheit erzählte. Sicher würden sie mir wieder Hausarrest verpassen. Allerdings hätte ich den auch mehr als verdient, vor allem da ich mich bei meinem letzten einfach weggeschlichen hatte.

Und Marco? Meine Eltern würden mit Sicherheit dafür sorgen, dass es ihm gut ginge und dass er vor was auch immer in Sicherheit wäre. Blieb nur Zach ... Würde er mich hassen? Bestimmt. Vielleicht wäre er mir ja auch dankbar, dass er das große Geheimnis, das ihn so sehr belastete, nicht mehr allein zu tragen hatte?

Ich schüttelte den Kopf. Selbst wenn das der Fall wäre, so würde Zach mir nie verzeihen, dass ich sein Geheimnis preisgegeben hatte, ohne vorher mit ihm zu sprechen. Außerdem würde seine Mutter sicher glauben, dass Zach es gewesen war, der seinen Bruder verletzt hatte. Ich verbot meinen Gedanken, diese Richtung auch nur ansatzweise einzuschlagen, auch wenn sie immer wieder zu dem Moment zurückkehrten, in dem Zach an Marcos Jacke gezerrt hatte. Aber wenn das tatsächlich der Fall wäre, würde es nicht erklären, warum Zach selbst ebenfalls verletzt war. Die Theorie seiner – und offenbar auch meiner – Mutter, dass er sich in Bars prügelte oder sonst etwas Absurdes, konnte einfach nicht der Wahrheit entsprechen. Doch wenn es jemanden gab, der bei Zach zu Hause verletzte – was ich mir nicht vorstellen konnte, nachdem ich Marianne kennengelernt hatte –, warum hatte Marco dann ebenfalls diesen blauen Fleck?

»Lilli, kommst du mal bitte?«, rief meine Mutter von unten und riss mich damit aus meinen Gedanken. Mein Blick wanderte wieder zu meinem Handydisplay. 20:04 und keine Nachricht von Zach. Seufzend öffnete ich meine Zimmertür und ging zu meiner Mutter nach unten.

Als ich den Fuß der Treppe erreicht hatte und zum ersten Mal aufblickte, sah ich neben meiner Mutter jemanden stehen, dessen Anblick mir die Sprache verschlug.

Das aschblonde Haar hatte sie zu einem ungewohnt strengen Zopf nach oben gebunden und die grauen Augen waren nicht mehr so stark mit Eyeliner umrandet wie früher. Trotzdem waren ihre hohen Wangenknochen, die große, leicht schlacksige Figur und die vielen Bänder von Konzerten und sonstigen Veranstaltungen an ihren Armen so vertraut, dass es mir einen Stich versetzte. Als wir noch Kinder gewesen waren, hatten wir oft zu hören bekommen, wie ähnlich wir uns sahen, und ich war dabei jedes Mal vor Stolz fast geplatzt. Aber als ich sie jetzt betrachtete, sah ich, dass diese Leute Unrecht gehabt hatten. Ich sah in ihr nichts von mir selbst.

»Mona«, flüsterte ich leise.

Sie schluckte und wich einen kleinen Schritt zurück. »Lilli«, erwiderte sie ebenso leise.

Meine Mutter sah von mir zu ihr und wieder zurück, bevor sie sich in die Küche verdrückte. »Ich mache mal Tee«, meinte sie bloß und verschwand aus dem Zimmer.

Mona sah ihr mit nachdenklichem Gesichtsausdruck nach. »Sie hasst Tee«, meinte sie stirnrunzelnd.

»Menschen ändern sich, wenn genug Zeit vergeht«, meinte ich. Natürlich entsprach das der Wahrheit, aber eigentlich hasste meine Mutter Tee noch immer und hatte es nur als Ausrede benutzt, um uns beiden unsere Privatsphäre zu geben.

Mona schluckte. »*Du* hast dich ganz offensichtlich verändert«, sagte sie fast traurig.

Ich wusste nicht genau, warum, aber ihre Worte versetzten mir einen Stich »Ich musste mich verändern. Denn offensichtlich stimmte etwas mit mir ganz und gar nicht. Wie sonst hätte ich so blöd sein können mit dir mitzugehen?« Die Erinnerung an Mona auf der Fensterbank, wie sie mir ihre Hand entgegenstreckte und mich anlächelte, kam mir wieder ins Gedächtnis. Ihre Augen hatten dabei geglänzt und ihr Lächeln und ihre Begeisterung waren so ansteckend gewesen, dass ich nicht anders gekonnt hatte, als ihr zu folgen.

Sie holte tief Luft und sah mich dann an. »Ein Junge war bei mir«, sagte sie langsam, vorsichtig.

»Dein Mitbewohner? Ja, ich habe mit ihm gesprochen, als ich angerufen habe.« Ich hielt kurz inne, als mir ein anderer Gedanke kam. »Oder war es dein Freund?«

Mona lachte und schüttelte den Kopf. »Pascal? Um Gottes Willen, nein.« Sie zögerte und sah mich an, bevor sie fortfuhr. »Ich hatte seit dem Unfall keine Beziehung mehr.«

Das überraschte mich zwar, aber ich versuchte, es mir nicht anmerken zu lassen. Schließlich konnte es mir egal sein. Wenn sie beweisen wollte, dass sie sich verändert hatte, dann kam das reichlich spät.

»Was willst du hier?«, fragte ich deshalb und war stolz darauf, wie ruhig und neutral ich dabei klang.

»Mich bei dir entschuldigen«, sagte sie leise. »Auch dafür, dass ich dich bei unserem Telefonat so abgewürgt habe. Ich hatte ein wenig Zeit, um darüber nachzudenken, und habe dir einen Brief geschrieben.«

»Einen Brief?«, fragte ich und sah dabei zu, wie sie einen Umschlag aus ihrer Jacke zog. »Meinst du nicht, dass es dafür ein bisschen spät ist?«

Mona nickte, als würde sie das akzeptieren. »Aber du hast die Hoffnung nie aufgegeben, dass ich mich ändern würde. Und jetzt werde ich die Hoffnung nicht aufgeben, dass du mir eines Tages verzeihst.« Sie reichte mir den Umschlag und ich sah, dass ihre Hände zitterten. »Du kannst ihn lesen und dich dann melden. Oder auch nicht, ganz wie du möchtest.« Sie brachte ein kleines Lächeln zu Stande.

Ich starrte sie nur an, ohne in der Lage zu sein, ihr zu antworten. In ihren grauen Augen lag ein Ausdruck, den ich bei ihr bisher so gut wie nie gesehen hatte: Bedauern. Mona bereute normalerweise nichts, das hatte sie nie. Früher hatte ich sie immer darum beneidet und vielleicht tat ich das auch noch heute. Warum sonst hätte ich meine Living the Dream-Liste schreiben sollen? War es nicht genau darum gegangen, Dinge im Leben zu tun, zu versuchen, zu riskieren, ohne sich Gedanken über die Konsequenzen zu machen? Aber genau diese Reue in Monas Augen war der Grund, warum ich die Finger ausstreckte und nach dem Brief griff. Ohne meinen Blick von ihr abzuwenden, steckte ich ihn in die Tasche meiner Sweatjacke.

Mona nickte, als akzeptierte sie mein Schweigen. Dann lächelte sie ein letztes Mal und wandte sich ab. »Ich hoffe, du hast nächste Woche einen schönen Geburtstag.«

Als die Tür schon längst ins Schloss gefallen und mein ganz persönlicher Dämon wieder verschwunden war, flüsterte ich: »Ich hoffe, du auch.«

STEP 21 – RISKING A LIFE

Im Leben gibt es Momente, in denen man alles für jemanden riskieren muss, den man liebt. Auch wenn ich diesen Punkt hier aufschreibe, hoffe ich natürlich, dass dir so etwas niemals passieren wird, aber falls doch, dann tu es, Lilli. Manche Menschen sind es wert, gerettet zu werden.

Man sollte meinen, dass ich für diesen Tag genug emotional aufreibende Gespräche hinter mich gebracht hatte, aber natürlich war dies nicht der Fall. Wieso sollte ich auch in meinem Chaosleben jemals wieder eine ruhige Minute bekommen, um alles, was in den letzten Wochen geschehen war, zu reflektieren? Nachdem Mona gegangen war, öffnete ich die Tür zu meinem Zimmer und das erste, was mir ins Auge fiel, war das weit aufgerissene Fenster. Ich hatte es einen Spalt weit offen gelassen, als ich nach Zach Ausschau gehalten hatte. Für einen schrecklichen Moment glaubte ich, dass er nur darauf gewartet hatte, dass ich verschwand, damit er sich hereinschleichen und zu Marco gelangen konnte. Doch glücklicherweise lag ich damit falsch. Mein panischer Blick glitt durchs Zimmer und traf schließlich auf Zach, der auf meinem Bett hockte und mich aus diesen großen, dunklen Augen ansah.

Während mein Herz noch immer in meiner Brust donnerte, ging ich zu ihm hinüber und verpasste ihm einen Schlag auf den Arm.

»Bist du jetzt endgültig übergeschnappt?«, fragte ich und ließ mich neben ihn fallen, weil ich spürte, wie das Adrenalin meinen Körper verließ und mir allmählich schwindelig wurde. »Wartest in meinem Zimmer auf mich wie so ein kranker Stalker!«

»Dass ich ein kranker Stalker bin, das haben wir doch schon in der ersten Nacht festgestellt«, meinte Zach und ich sah, wie das Lächeln wieder an seinen Lippen zupfte.

»Vergiss es!«, fauchte ich. »Du kannst nicht sowas bringen wie heute Morgen und dann *zu spät* hier auftauchen, mit den Wimpern klimpern und von mir erwarten, dass ich wieder alles vergesse, was eigentlich wichtig ist!«

Zachs Lächeln wurde zu einem Grinsen und das machte mich nur noch wütender.

»Ich meine das ernst, Zach! Wenn du mir keine Erklärung liefern kannst, dann *werde* ich mit meinen Eltern sprechen!« Ich seufzte und erhob mich, um ein wenig Distanz zwischen uns beide zu bringen. »Das hätte ich schon längst tun sollen«, murmelte ich.

»Okay, okay!«, sagte er und hob beschwichtigend die Hände. »Ich weiß, dass es ernst ist. Aber die Vorstellung, dass du wegen mir aufhören könntest zu denken, ist einfach … lächerlich! Du denkst *immer,* Lilli. Und meine Wimpern werden daran auch niemals etwas ändern.«

»Das stimmt nicht!«, sagte ich nachdrücklich. »Wenn ich noch richtig denken könnte, dann hätte ich schon längst etwas unternommen. Irgendetwas stimmt nicht mit dir oder mit deiner Familie oder mit irgendwem und du weißt, was das ist.«

»Das bedeutet nicht, dass du nicht mehr selbst für dich denkst!« Zach war nun ebenfalls aufgestanden und versuchte nach meinen Händen zu greifen, aber ich wich ein Stück zurück. Er ballte seine zu Fäusten und sah mich grimmig an. »Du hast es niemandem gesagt, weil du mich *kennst.* Weil du weißt, dass ich zwar ein Geheimnis vor dir habe, aber du vertraust mir auch die richtigen Entscheidungen zu treffen.«

»Das dachte ich, bis ich heute Marcos Verletzung gesehen habe. Egal, was du für richtig hältst, Zach. Daran war gar nichts richtig.« Meine Stimme brach beim letzten Wort und ich schluckte verzweifelt die Tränen herunter, die mich zu ertränken drohten.

Zach wich einen Schritt zurück und sah mich mit ausdrucksloser Miene an. »Marcos … Verletzung?«, fragte er leise. Es klang trotz seiner unbeweglichen Miene – oder gerade deswegen – wie ein bedrohliches Flüstern.

»Ja, seine Verletzung, Zach! Du kannst doch nicht so tun, als wüsstest du davon nichts!«

Zach atmete tief durch, fast als hätte er Probleme, Luft zu bekommen, bevor er hinüber zum Schreibtisch ging und sich darauf abstützte. Er blickte aus dem Fenster in unseren Garten und schwieg einen kurzen Moment lang.

»Du glaubst, dass ich was damit zu tun habe?«, flüsterte er schließlich und klang dabei so verletzt, dass es mir schwerfiel, die nächsten Worte über die Lippen zu bringen.

»Ich weiß es nicht, Zach. Woher auch? Du redest ja nicht mit mir.«

Einen Moment lang herrschte Stille und ich war dankbar dafür, dass meine Eltern sich unten im Wohnzimmer bei voller Lautstärke einen Film ansahen und uns so nicht hören konnten. Marco schlief hoffentlich auch fest genug, um nicht geweckt zu werden, obwohl er direkt nebenan lag.

Schließlich ließ Zach mit voller Wucht seine Faust auf meinen Schreibtisch knallen und fegte dabei gleich ein paar meiner Hefte und Papiere herunter. Ich sah ihn schockiert an, als er zu mir herumwirbelte.

»Ich würde Marco niemals, *niemals* etwas tun!«, knurrte er wütend. »Und das solltest du am besten wissen!«

»Das habe ich auch nie behauptet«, erwiderte ich und sah ihm dabei fest in die Augen. »Trotzdem ist es Fakt, dass Marco verletzt ist und dass du weißt, warum und es niemandem anvertraust.«

Zach setzte an, etwas zu sagen, stoppte jedoch und fuhr sich mit einem frustrierten Geräusch durchs Haar. Er bückte sich, um die Papiere aufzuheben, die er auf dem Teppich verteilt hatte.

Seufzend stellte ich fest, dass er meinen Füller erwischt haben musste und die tiefblaue Tinte gerade meine Geschichtshausaufgaben durchtränkte. Resigniert betrachtete ich die Katastrophe, die einmal ein Aufsatz über Bismarcks Weg an die Macht gewesen war.

»Das kann ich jetzt nochmal neu schreiben«, murmelte ich leise, während ich begann die Zettel, die aus meinem Collegeblock gefallen waren, wieder in die richtige Reihenfolge zu bringen. »Entschuldigen könntest du dich ja zumindest mal«, fügte ich hinzu. Als ich keine Antwort von ihm bekam, blickte ich von meinem Mathebuch auf und stellte überrascht fest, dass Zach innegehalten hatte. Er hatte sich über einen Zettel gebeugt und las mit gerunzelter Stirn und fest zusammengepressten Lippen.

»Was hast du da?«, fragte ich, während mein Herz schneller zu schlagen begann, auch wenn ich nicht genau wusste, warum. »Ist das der Biotest? Ich weiß, es ist ne Vier minus. Du musst aber zugeben, dass der echt schwe-«

»Forcing a Neighbour?«, unterbrach mich Zach, ohne aufzublicken. Seine Augen flogen noch immer über das Papier.

»Oh«, machte ich nur und mein Herzschlag geriet plötzlich ins Stolpern. Es war die Liste. Zach las die Liste. Eine Liste, die ich in dem Glauben geschrieben hatte, dass sie niemand jemals zu Gesicht bekommen würde. Am allerwenigsten Zachery Martinez. »Das ist nicht so wichtig«, murmelte ich leise, obwohl ich wusste, dass das gelogen war.

»Nicht wichtig?«, wiederholte er prompt und endlich glitt sein Blick von der Liste auf zu mir. Die Wut brannte in seinen Augen und ich wusste, dass ich nichts würde sagen können, was ihn jetzt beruhigen könnte. Dazu war die Situation schon vorher zu emotional aufgeladen gewesen. Also schwieg ich, was offenbar noch schlimmer war.

»Eine Liste? Ist das dein Ernst?«, fragte er ungläubig und sprang auf. Ich erhob mich ebenfalls, aber ich wusste noch immer nicht, was ich sagen sollte. Zach funkelte mich weiter wütend an und es brach mir fast das Herz. »Der Kuss im Regen«, flüsterte er so leise, dass ich ihn kaum hören konnte. »Das hast du ja alles wirklich geschickt eingefädelt.«

»Zach, ich …«, setzte ich an, aber er ließ mich nicht zu Wort kommen.

»War es das für dich? Das zwischen uns war nur ein kleines *Projekt* von dir? Eine Liste, die du abarbeitest? Geordnet und sicher ein kleines Häkchen hinter jeden Punkt setzt?«

Er hielt mir das Blatt vors Gesicht und deutete auf die glitzernden Sterne, die hinter den abgehakten Punkten klebten.

»Ich hatte nie geplant mich in dich zu verlieben!«, erwiderte ich heftig. »Egal, was diese Liste sagt! Das ist doch nur …« Verzweifelt suchte ich nach den richtigen Worten, fand aber keine.

»Da habe ich aber Glück gehabt, dass du extra für mich deine Pläne geändert hast«, sagte er sarkastisch. »Mal ganz davon abgesehen, dass auf der Liste sehr wohl steht, dass du dich in mich verlieben wolltest.« Er schnaubte verächtlich. »Als könnte ich dir jetzt noch irgendetwas glauben.«

»Auf der verdammten Liste steht auch, dass ich mich in Jonas Daring verlieben wollte, oder? Oder das Date mit Dan? Und, habe ich mich in einen von denen verliebt? Nein!«

Ich riss ihm wütend das Papier aus der Hand. »Ich musste so blöd sein mich in *dich* zu verlieben!« Erst als die Worte bereits heraus waren, registrierte ich, was ich da gerade gesagt hatte. Ich, Elisabeth Benz, war in Zachery Martinez verliebt. Dieses Geständnis überraschte mich so sehr, dass ich ihn nur noch mit offenem Mund anstarren konnte.

Zach, der mich mit eindringlichem Blick taxierte, setzte zu einer Antwort an, aber wir wurden dadurch unterbrochen, dass die Zimmertür aufging und Marco den Kopf hereinstreckte.

»Zachy«, sagte er ein wenig verschlafen, aber erleichtert. »Warum schreit er so?«, fügte er an mich gewandt hinzu, bevor er in seinem blauen Schlafanzug zu Zach tapste und die Arme um ihn schlang.

Dieser sah auf seinen Bruder hinab und sofort wurden seine Gesichtszüge weicher. »Hallo, kleiner Mann«, murmelte er und hockte sich neben ihn. Er strich Marco die hellbraunen Locken aus dem Gesicht und umfasste es dann mit beiden Händen. »Was habe ich dir gesagt, Marco? Wenn dir jemand wehtut, dann musst du sofort zu mir kommen.«

Bei seinen Worten regte sich etwas in meinem Kopf und mir wurde plötzlich klar, dass Zach tatsächlich nicht gewusst hatte, dass Marco verletzt war. Ich hätte deshalb erleichtert sein müssen, aber stattdessen machte es mir nur noch mehr Angst. »Wer hat dich verletzt, Marco?«, fragte ich und versuchte seine Aufmerksamkeit auf mich zu ziehen, aber sowohl Marco als auch Zach ignorierten mich.

»Ich bin hingefallen«, sagte Marco trotzig.

Zach seufzte tief, bevor er antwortete. »Ich weiß, dass es leichter ist, wenn du das sagst. Es wäre ja auch viel schöner, wenn das wahr wäre, oder?« Er kniff kurz die Augen zusammen. »Ich habe wirklich geglaubt, dass er dir nichts tun würde. Ich dachte, das wären nur leere Drohungen.«

Leere Drohungen? Ich versuchte verzweifelt ruhig zu bleiben und nicht loszuschreien, aber es fiel mir unglaublich schwer. Am liebsten hätte ich die Hand ausgestreckt und sie beide umarmt, wie sie da in meinem Zimmer hockten. Zwei Brüder, die sich so ähnlich sahen und deren Gesichtsausdruck denselben Schmerz widerspiegelte.

»Zeig es mir«, sagte Zach leise und Marco deutete auf die Stelle, an der ich den Bluterguss gefunden hatte. Zach rollte den Schlafanzugärmel ein Stück hoch, warf jedoch nur einen kurzen Blick auf die Verletzung. Als er ihn wieder herunterzog, war aus seinem Gesicht jede Emotion gewichen. »Das wird nie wieder passieren, das verspreche ich dir.«

»Und wie willst du das anstellen?«, fragte ich, während Zach Marco einen Kuss auf die Stirn gab und sich dann meinem Fenster zuwandte.

»Ich werde dem ein Ende setzen«, sagte er grimmig. »Irgendeinen Weg muss es geben.«

»Okay, nein!«, rief ich und tatsächlich hielt Zach inne. »Wenn du jetzt gehst«, sagte ich leise. »Dann *werde* ich die Polizei rufen. Oder den Krankenwagen. Die Feuerwehr. Oder ich rufe einfach bei dir zu Hause an und unterhalte mich mit Marianne oder deinem Vater.«

Zach sah mich einen Moment lang an. Dann griff er nach meiner Hand. »Vertraust du mir?«, fragte er leise.

Meine Gedanken huschten zu dem Moment zurück, als Mona mit demselben fragenden Ausdruck in den Augen versucht hatte mich dazu zu überreden, mich heimlich mit ihr wegzuschleichen. »Nein«, sagte ich deshalb mit klarer, fester Stimme.

Zach zuckte zusammen, aber sein Blick glitt forschend über mein Gesicht und er schüttelte den Kopf. »Du lügst, Lilli. Du belügst dich selbst.« In seinen

Augen sah ich genau, wie er in meinen nach einer anderen Antwort auf die Frage suchte, die er gestellt hatte. *Vertraust du mir?*

Ich seufzte. »Zach, versprich mir, dass du nicht zu wem auch immer fährst und versuchst ihn umzubringen oder so ein Unsinn, ja? Wir sind hier nicht in einem Mafiafilm.«

Zach lachte bitter. »Ihn umbringen? Glaubst du ernsthaft, dass ich das könnte?«

»Versprich es!«, wiederholte ich nachdrücklich.

»Ich verspreche dir, dass ich ihm nichts tun werde.« Grimmig sah er mich an und wartete auf meine Reaktion.

Ich war mir nicht sicher, ob ich ihm glauben konnte, aber ich wusste auch, dass er nicht eher lockerlassen würde, bis er mein Versprechen gehört hatte. »Dann verspreche ich, dass ich nicht die Polizei rufen werde.«

»Und auch nicht meinen Vater?«, hakte Zach nach.

»Und auch nicht deinen Vater.«

Zach atmete auf, bevor er mir noch einmal tief in die Augen sah, um zu überprüfen, ob er mir glauben konnte. »Gut.«

Ich wartete, bis er durch das Fenster geklettert war und ihn die Dämmerung dahinter verschluckte. Dann zog ich mein Smartphone hervor. Ich sah hinüber zu Marco, der unsere Unterhaltung schweigend verfolgt hatte, dann zurück zum Fenster.

»Marco, du musst mir sagen, wer dir wehgetan hat«, sagte ich und beugte mich zu ihm vor. »Und zwar jetzt.«

Marco schüttelte den Kopf. »Ich darf nicht«, sagte er und wich ein Stück zurück.

»Zach wird ganz große Probleme bekommen, wenn du es mir nicht sagst.« Als ich die Angst in seinen Augen sah, wusste ich, dass er sich mir nicht anvertrauen würde und fühlte mich gleichzeitig schrecklich, weil ich es überhaupt versucht hatte. Mein Blick glitt nun wieder zurück zu meinem Telefon. Mit zitternden Fingern ging ich meine Kontaktliste durch. Die Polizei und auch Zachs Vater fielen weg. Ich wusste zwar, dass es dumm war, aber es kam mir falsch vor, mein Versprechen zu brechen. Zumindest zu diesem

Zeitpunkt. Außerdem glaubte ich nicht, dass einer von ihnen mir würde helfen können, solange ich nicht einmal sicher wusste, wer Marco und Zach verletzt hatte. Das gleiche galt für Katrina und Hannah und jeden anderen, den ich kannte.

Ich seufzte. »Sieht ganz so aus, als müsste Veronica Mars das mal wieder allein machen.«

***

Als ich den Ersatzschlüssel unter dem Blumenkasten auf der Fensterbank hervorholte, klopfte mein Herz so heftig, dass ich das Gefühl hatte, jemand würde meinen Schädel mit einer Bohrmaschine bearbeiten. Meine Finger zitterten, als ich das kühle Metall umschloss und mein Blick zur Tür wanderte. Irgendwie hatte ich es schon gewusst, als Zach auf der Party mit dem blauen Auge aufgetaucht war. Nicht so wie man weiß, dass Wasser seine höchste Dichte bei einer Temperatur von vier Grad besitzt. Es ist ein tief sitzendes Gefühl, das einen beschleicht und das man manchmal nicht benennen kann, auch wenn seine Anwesenheit unbestreitbar ist.

Auf dem Klingelschild stand Jenssen und daneben hing die kleine Hand, die ein Junge mit vier Jahren in Ton gepresst hatte, damit sie hier verewigt werden würde und jedem, der es sah, mitteilte, dass ein Kind im Hause Jenssen lebte. Ich überlegte, wie viel einfacher das Leben wäre, wenn direkt daneben ein großes Schild hinge, auf dem geschrieben stünde, was im Hause Jenssen noch vor sich gegangen war. Wenn jedes Haus ein solches Schild hätte, dann müsste es keine kleinen Jungen mit blauen Flecken und Augen, die heimlich hinter verschlossenen Türen ein Meer aus Tränen weinten, mehr geben.

Als ich den Schlüssel ins Schloss steckte und ihn herumdrehte, hörte ich das erste Geräusch und ließ fast den Schlüssel wieder fallen. Es war ein Rumpeln, das aus dem ersten Stock kam und mich wissen ließ, dass er zu Hause war. Einen Moment lang überlegte ich zu klingeln, aber schließlich entschied ich mich dagegen. Meine Geschichte funktionierte besser, wenn ich weiter so tat, als wüsste ich nicht, dass er zu Hause war.

Die Tür ging mit einem leisen Knarren auf und ich blickte in den düsteren Flur, der in ein noch düstereres Wohnzimmer führte. Ein Wohnzimmer, das ich unheimlich gut kannte, weil ich so viele Abende hier verbracht hatte. Hätte ich noch vor ein paar Wochen geglaubt, dass sich hier etwas Derartiges zutragen könnte?

Ganz sicher nicht. Aber wenn ich ehrlich war, dann konnte ich mir bei keinem Menschen dieser Welt vorstellen, dass er oder sie willentlich einem Kind so etwas antun könnte.

»Hallo?«, rief ich leise, schnell, als hoffte ich, dass er mich nicht hören würde. Hastig schloss ich die Tür hinter mir und ging die paar Schritte in die Küche. Da hier niemand zu sehen war, suchte ich auch den Rest des Erdgeschosses ab, aber er war offenbar oben oder im Keller und wenn Zach bei ihm war, dann hatte ich darauf bisher keinen Hinweis gefunden. Vorsichtig schlich ich zum Treppenaufgang, von dem aus das einzige Licht nach unten fiel. Erneut ertönte ein Rumpeln von oben, dieses Mal war es gefolgt von einem leisen Stöhnen. Ich versuchte sowohl meinen Atem als auch meinen Herzschlag zu beruhigen, weil ich wusste, dass er es merken würde, wenn ich so aufgeregt wirkte, wie ich mich fühlte. Ich nahm all meinen Mut zusammen und rief erneut, dieses Mal jedoch lauter: »Hallo? Ist dort oben alles in Ordnung? Ich bin es, Lilli! Marco hatte sein Stofftier vergessen und sagte, dass er ohne nicht einschlafen kann.«

Ich sah hinab auf die Augen des flauschigen Teddybären, den ich als Alibi mitgenommen hatte. Ich bildete mir ein, dass die kleinen, schwarzen Knöpfe schreckgeweitet zu mir aufblickten, ganz so, als könnten auch sie nicht glauben, was ich da gerade tat. Von oben hörte ich nichts als Stille und musste plötzlich an den Baseballschläger denken, der hinter der Schlafzimmertür stand und nur darauf wartete, benutzt zu werden. Meine Finger gruben sich stärker in das Fell des Stofftiers und ich schloss kurz die Augen, während ich tief einatmete.

»Hallo Lilli.« Seine Stimme riss mich aus meinen Gedanken und ich musste mich zusammenreißen, um nicht zurückzuweichen, als ich die Lider öffnete und ihn auf der Treppe stehen sah.

»Hallo, Erik«, sagte ich und zwang mich dazu, zu lächeln. Marcos Vater hatte dunkelbraunes Haar, das für sein Alter noch sehr voll war und so dunkle Augen, dass sie fast schwarz wirkten. Er war mittelgroß und hatte dadurch, dass er Fußball spielte, einen durchtrainierten Körper. Mein Blick blieb an seinem Lächeln hängen, das weiße Zähne entblößte und mir fuhr ein kalter Schauer den Rücken hinab.

»Ist da oben alles in Ordnung?«, fragte ich und trat nun doch einen Schritt zurück. Hoffentlich dachte er, ich würde versuchen ihm Platz zu machen und nicht vor ihm zu fliehen.

»Oh, natürlich! Ich räume nur ein wenig auf. Bevor Sandra nach Hause kommt, sollte alles blitzblank sein, sonst wird sie mir wieder vorwerfen, dass ich ohne sie im Dreck versinken würde.« Sein Lachen klang völlig harmlos, als er die letzten Stufen zu mir hinunterstieg. Ich fragte mich, was er tun würde, wenn ich ihm jetzt all die Vorwürfe machte, von denen ich tief in meinem Herzen bereits wusste, dass sie stimmten. Würde er mich in den Keller sperren? Mich auch verprügeln, um mich dazu zu bringen, Zachs Schweigen zu teilen?

»Oh je, das wollen wir natürlich nicht!«, sagte ich mit einem leichten Stirnrunzeln. Mein Blick wanderte wieder hinab zu dem Bären in meiner Hand. Dann sah ich in Richtung Flur und fragte mich, ob er mich würde einholen können, wenn ich jetzt losrannte. Als ich zu Erik zurückblickte, wurde mir bewusst, dass auch er abschätzend die Tür anstarrte. Automatisch machte ich einen Schritt in diese Richtung und war mehr als erleichtert, als er mir nicht folgte, sondern mich nur mit hochgezogener Braue betrachtete.

»Ich werde dann jetzt mal wieder gehen«, murmelte ich und konnte es dabei nicht über mich bringen, ihm in die Augen zu schauen. »Marco wartet schließlich auf seinen Teddy.«

Einen Moment lang legte sich das Schweigen über uns und ich rechnete fast damit, dass er sich auf mich stürzen würde. Sicher hatte er mich durchschaut. Er würde nicht zulassen, dass ich jetzt ging. Aber dann lächelte er und bei dem Anblick seiner Gelassenheit wurde mir ganz schlecht.

»Natürlich nicht«, flüsterte er leise. »Gut, dass du so gründlich warst und ihn hier gesucht hast.«

Ich schluckte. Ich sollte etwas sagen, irgendwie reagieren, damit er meiner Geschichte Glauben schenkte. Aber alles, was ich zustande brachte, war ein schwaches Nicken, bevor ich mich umdrehte und hastig durch den Flur auf die Haustür zulief. Während ich ging, klopfte mein Herz so stark, dass ich ihn nicht gehört hätte, selbst wenn er sich mir mit polternden Schritten genähert hätte. Die ganze Zeit über glaubte ich bereits seine Hand an meinem Arm zu spüren, wie sie mich zurück in die Düsternis des Wohnzimmers zerrte. Wie sie sich über meinen Mund legte, damit ich nicht schreien konnte. Wie seine Finger über meinen Hals krochen und zudrückten.

Doch nichts davon geschah. Stattdessen schaffte ich es ungestört bis zur Tür, öffnete diese und trat schließlich hinaus. Der wolkenklare Abendhimmel begrüßte mich, als ich nach draußen trat. Mein Fahrrad lehnte an der hüfthohen Mauer, die den Garten der Jenssens von dem ihrer Nachbarn trennte. Hastig ging ich darauf zu und kramte den Schlüssel aus meiner Tasche.

»Nicht umdrehen, Lilli«, flüsterte ich mir leise zu, während ich mit zittrigen Fingern das Schloss öffnete. Als ich das rechte Bein über das Fahrrad schwang, schloss ich kurz die Augen und ermahnte mich noch einmal, einfach loszufahren. Doch ich zögerte. Was wenn ich mir alles einbildete? Was wenn dieses Gefühl, beobachtet zu werden reine Paranoia war und Erik Jenssen in Wahrheit tatsächlich bloß aufgeräumt hatte? Was wenn ich alles falsch verstand?

Ich atmete tief durch, bevor ich den Blick von meinen Händen löste, die sich so fest um den Lenker gelegt hatten, dass die Knochen weiß hervortraten. Sofort zog das Fenster im ersten Stock meine Aufmerksamkeit auf sich, als wüsste ich intuitiv, dass Erik dort stehen würde. Es war nur ein kleiner Augenblick, in dem sich unsere Blicke trafen, aber doch reichte es aus, um sein grimmiges Lächeln zu erkennen, bevor er den weißen Gardinenvorhang zuzog und dahinter verschwand.

Mit pochendem Herzen wandte ich mich vom Haus ab und versuchte nicht zu hyperventilieren. Die Geräusche und das Stöhnen vorhin ... Dann Eriks Blick, als er mich entdeckt hatte ... Mittlerweile war ich mir sicher, dass Marcos Vater nicht nur Zach bei sich hatte, sondern auch, dass er wusste, dass ich sein Geheimnis kannte. Als ich auf mein Fahrrad stieg und losfuhr, war mir so übel, dass ich für einen Moment lang Sterne sah.

STEP 22 – BEING A HERO

Ein Superheld wäre natürlich noch besser. Oder magische Fähigkeiten! So eine Zaubererschule wäre sicher nicht schlecht. Aber von Vampiren halt dich besser fern, sonst hasst dich nämlich hinterher die halbe Bevölkerung, wenn sie den dazugehörigen Film sieht ... Also: Sei eine Heldin! Ob du nun eine Katze von einem Baum rettest oder Frau Heller im Sportunterricht endlich mal sagst, dass sie eine sadistische, gemeine Kuh ist. Heldentaten müssen nicht immer brennende Häuser oder fliegende Autos involvieren. Finde deine eigene Heldentat!

An der ersten Biegung blieb ich abrupt stehen, schmiss mein Fahrrad auf den Asphalt und zog so schnell wie möglich das Handy hervor. Mit zittrigen Fingern tippte ich die Nummer ein, von der ich gehofft hatte, dass ich sie niemals würde benutzen müssen.

»Polizeidienststelle Ehrenfeld, Heckenschmitt am Apparat?«

»Hallo, ich brauche einen Polizeiwagen in die Bismarckstraße 18. Dort wird gerade ein Freund von mir von seinem Stiefvater festgehalten und verletzt.«

»Haben Sie dies selbst bezeugen können?«

Einen Moment lang zögerte ich. Die ehrliche Antwort auf diese Frage müsste ein Nein sein, aber ich hatte zu viel Angst, dass man mich dann nicht ernst nehmen würde. Und was wenn Erik sich durch mich bedroht fühlte und Zach schlimmeres antat, als ihm nur ein blaues Auge zu verpassen? »Ja, habe ich. Ich konnte gerade noch herauskommen.« Dass meine Stimme bei dieser Lüge zitterte, würde sicher helfen, um die Angst zu vermitteln, die sich über mich gelegt hatte, seitdem ich Erik am Treppenaufsatz hatte stehen sehen.

»Wir werden sofort einen Wagen schicken. Dies kann jedoch ein paar Minuten dauern. Erzählen Sie mir solange bitte mehr über den Vorfall.«

Mein Blick wanderte zurück zu der Ecke, hinter der das Haus lag, das ich gerade verlassen hatte. Das Haus, in dem sich Zach befand und in Gefahr war. »Ein paar Minuten?«, fragte ich und spürte, wie sich mein Herzschlag etwas beruhigte. »Wie lang sind ein paar Minuten?«

»Nicht lange«, sagte der Mann mit leiser, weicher Stimme. »Gleich wird jemand bei dir sein. Du musst jetzt nur ganz ruhig abwarten, dann werden wir deinem Freund helfen. Wie ist es zu der Eskalation gekommen? Handelt es sich um regelmäßig stattfindende häusliche Gewalt?«

Ich schwieg. Ein paar Minuten waren noch immer ein paar Minuten zu viel. Vielleicht hatte ich es schon gewusst, als ich das Haus verlassen hatte, aber jetzt war ich mir sicher, dass ich nicht hier würde stehen bleiben können, während Zach da drin wer wusste schon was durchmachen musste. »Beeilen Sie sich bitte«, sagte ich deshalb nachdrücklich, bevor ich das Smartphone vom Ohr nahm und schließlich auf den roten Hörer drückte.

»Dumm«, murmelte ich, während ich mein Fahrrad vom Boden pflückte und es in die Richtung drehte, aus der ich gekommen war. Dieses Mal bemühte ich mich nicht darum, den Anschein zu machen, dass alles in Ordnung war, sondern trat so schnell in die Pedale, dass ich mit dem Knie gegen die Mittelstange stieß und ins Taumeln geriet. Ich konnte mich gerade noch fangen, bevor ich gefallen wäre. »Dumm«, murmelte ich erneut. »Dumm, dumm, dumm.«

Als ich den Vorgarten der Jenssens erreichte, warf ich das Rad ins Gras und rannte über die Wiese zur Vordertür, wo ich hastig nach dem Blumentopf griff. Doch alles, was ich dort ertastete, war kalter Stein. Der Schlüssel! Ich musste ihn im Schloss stecken gelassen haben ... Oder hatte ich ihn auf den Tisch gelegt? Fluchend versuchte ich durch das milchige Glas der Eingangstür nach drinnen zu blicken, aber dort war nichts als Schwärze zu erkennen. Schließlich sah ich nach oben. Die Fenster? Nein, sie lagen zu hoch. Über die Garage? Nein, dort lag nur das Schlafzimmer der Eltern und dieses Fenster war normalerweise abgeschlossen.

»So dumm«, murmelte ich erneut, als ich daran dachte, wie oft ich in Horrorfilmen über die Mädchen gelacht hatte, die in das Haus des Mörders schlichen und glaubten, sie könnten ihren Freunden helfen. Aber was niemand einem erklärte, das war, dass man dieses innere Bedürfnis verspürte, das Leben eines Menschen, der einem so viel bedeutete, zu beschützen. Und so unglaublich dumm es sich auch anfühlte zu versuchen Zachs Leben zu retten, obwohl die Polizei bereits unterwegs war, so war die Alternative, nämlich hier zu stehen und nichts zu tun, zwar nicht unglaublich dumm, aber dafür unerträglich für mich.

»Verfluchte Teeniefilme!«, murmelte ich und ließ den Blick erneut über das Haus schweifen. Meine Gedanken wanderten zurück zu dem Abend, an dem ich meine Living the Dream-Liste geschrieben hatte, weil ich mich auch damals gefühlt hatte, als sei ich in einem Horrorfilm gelandet. Die Geräusche, die ich aus dem Garten gehört hatte, hatten mich so erschreckt, dass ... Die Gartentür! Hastig schlich ich um das Haus herum und duckte mich hinab, als ich an den Fenstern vorbeikam. Als ich den Garten erreichte, sah ich, dass ich mit meiner Vermutung richtiggelegen hatte: Die große Glastür war zum Lüften geöffnet, so wie an den meisten Abenden. Dies war auch der Weg, den Zach jedes Mal genommen hatte, wenn er heimlich Marco besucht hatte. Er musste es auch gewesen sein, den ich an jenem Abend beim Babysitten gehört hatte.

Als ich die Tür vorsichtig aufdrückte, um kein Geräusch zu machen, versuchte ich mir vorzustellen, dass ich Veronica Mars war, die sich professionell und ruhig in das Haus eines Verdächtigen schlich, um die Beweise zu bekommen, die sie brauchte, um den Täter zu überführen. Und tatsächlich half diese Vorstellung mir, meinen Herzschlag zumindest ein wenig zu beruhigen. Langsam schlich ich mich durchs Wohnzimmer zum Treppenaufgang und lauschte dabei auf Geräusche aus dem ersten Stock. Allerdings herrschte eine drückende Stille, die mir auf die Ohren presste. Auf Zehenspitzen stieg ich die schmalen Stufen hinauf und gelangte so in den Flur des ersten Stocks, von dem aus vier Türen in die angrenzenden Räume führten. Die Tür des Badezimmers zu meiner Linken stand weit offen und ein kurzer Blick hinein verriet mir, dass sich niemand dort aufhielt. Ich drückte vorsichtig die Klinke der rechten Tür herunter und spähte in das düstere Schlafzimmer. Meine Augen suchten die Finsternis nach einer Bewegung ab, aber auch nach zwei Minuten, in denen ich nichts außer meinem beschleunigten Atem hörte, regte sich nichts. Vorsichtig spähte ich hinter die Tür und versuchte Eriks Baseballschläger zu ertasten. Tatsächlich stieß ich gegen etwas Hartes und spürte im selben Moment zu meinem Entsetzen, wie es zwischen meinen Fingern hindurchrutschte. Der Schläger fiel mit einem lauten Klappern, das im ganzen Raum wiederhallte, zu Boden.

Es war als spürte ich, wie das Haus mit mir gemeinsam innehielt. Ich schloss für eine Sekunde die Augen und lauschte auf das Geräusch, von dem ich mir sicher war, dass es folgen würde. Es war unmöglich, dass Erik das Fallen des Schlägers nicht gehört hatte, aber auch wenn ich begann, mir leise Schritte und das Atmen einer anderen Person einzubilden, geschah nichts. Als ich mich umwandte und der Flur hinter mir noch immer leer war, stieß ich die Luft, die ich angehalten hatte, aus und bückte mich, um den Baseballschläger aufzuheben. Was ich damit vorhatte, das wusste ich selbst nicht so genau, aber ich fühlte mich gleich viel sicherer, nachdem ich die Finger um das Holz geschlossen hatte.

Die letzten beiden Türen des Flurs führten zum einen in einen kleinen Raum, der als Abstellkammer benutzt wurde, und zum anderen in Marcos Schlafzimmer. Da ich es mir nicht vorstellen konnte, dass sowohl Erik als auch Zach Platz zwischen dem Gerümpel in der Tür am Ende des Ganges finden würden, wandte ich mich Marcos Zimmer zu. Mein Herz pochte, als ich, den Schläger in der Hand, die Klinke herunterdrückte und die Tür langsam öffnete. Durch den Spalt stellte ich fest, dass in diesem Raum das Licht eingeschaltet war, und ich glaubte das leise Geräusch des Atems von jemandem ausmachen zu können. Doch erst als ich das schmerzerfüllte Stöhnen hörte, wagte ich es endlich, die Tür aufzustoßen und den Raum zu betreten.

Mit erhobenem Schläger und panischem Blick versuchte ich zu begreifen, was ich da vor mir sah.

Zach lag am Boden, sein Gesicht abgewandt, so dass ich nicht erkennen konnte, ob er bei Bewusstsein war oder nicht. Er hatte sich zusammengerollt und wirkte so seltsam klein und verletzlich. Ich schluckte, als ich spürte, wie die Last dieser Situation mich zu Boden zu drücken begann.

»Zach«, flüsterte ich leise, während ich meinen Blick durch den Raum gleiten ließ, um sicherzugehen, dass Erik nicht hier drinnen auf mich wartete.

Als ich ihn ansprach, zuckte Zach zusammen und drehte stöhnend den Kopf zu mir herüber. »Lilli?«, fragte er ungläubig.

Fast hätte ich den Schläger fallen lassen. Zachs Gesicht hatte schlimm ausgesehen, als er in der Nacht nach Katrinas Party bei mir aufgetaucht war, aber im Vergleich dazu, wie er jetzt aussah, war das gar nichts gewesen. Er hatte mehrere Schrammen, aus denen Blut rann und sein Gesicht rot verschmierte, und auf seiner Stirn eine Beule, an der Erik offenbar ein wenig zu heftig zugeschlagen hatte. Ich dachte über die Konsequenzen nach, falls die Schwellung noch schlimmer werden würde, und schluckte erneut meine Emotionen herunter, um nicht davon überwältigt zu werden. Hastig ging ich zu ihm herüber und kniete mich neben ihn.

»Was zum Teufel machst du hier?« Er drehte sich nun endgültig zu mir herum und mein Blick ging sofort hinab zu seinem Arm, der in einem seltsamen Winkel abstand und den er so vorsichtig hielt, dass ich mir sicher war, dass Erik ihn ihm gebrochen hatte.

»Ich versuche dir das Leben zu retten«, erwiderte ich grimmig und stand auf, um in Marcos Kleiderschrank nach irgendetwas zu suchen, mit dem ich Zach verarzten könnte, doch Zachs lautes Stöhnen ließ mich wieder zu ihm herumfahren. Offensichtlich hatte er versucht aufzustehen und war dann wieder zusammengesunken, denn er kniete nun vornübergebeugt da und hatte das Gesicht vor Schmerzen zu einer Grimasse verzogen.

»Nicht bewegen!«, sagte ich und hörte die Panik aus meiner Stimme heraus. »Zach, du musst ganz ruhig liegen bleiben, sonst machst du es nur noch schlimmer!«

»Es ist nicht so schlimm«, murmelte Zach zwischen zusammengebissenen Zähnen hindurch. »Er hat es nur etwas übertrieben. Eigentlich war alles wie immer, aber dann … Ich weiß auch nicht, was passiert ist.«

»Wie immer?«, fragte ich schockiert. »Was machst du hier? Und wie lange geht das schon?«

Zachs Blick traf den meinen und ich war überrascht, als ich merkte, dass seine Wut sich nicht gegen Erik, sondern offenbar gegen mich richtete. »Ich habe dir gesagt, dass ich das regle!«, sagte er mit zusammengekniffenen Augen. »Er wird denken, dass ich ihn verraten habe und dann wird er Marco gegenüber noch schlimmer werden. Wie konnte ich nur so dumm sein dir zu vertrauen?«

»Zach!«, sagte ich. »Weißt du eigentlich, wie krank sich das anhört? Du kannst doch nicht ernsthaft denken, dass das hier eine annehmbare Lösung für das Problem ist! Inwiefern hilft es denn, wenn du dich halb zu Tode prügeln lässt?«

»Wir haben einen Deal«, sagte Zach und klang jetzt nicht mehr wütend, sondern nur noch müde.

»Einen Deal?«, fragte ich und konnte kaum glauben, dass er tatsächlich zu denken schien, dass das hier das Richtige sei. »Bitte sag mir nicht, dass du dich von ihm verprügeln lässt, damit er Marco nichts tut!«

Zachs Schweigen war Antwort genug und ich konnte nicht mehr länger verhindern, dass mir die Tränen in die Augen stiegen. »Wie lange?«, flüsterte ich.

»Unser Deal? Kurz bevor ich zu meinem Vater gezogen bin. Aber Erik macht das schon mit mir, seit er wieder mit meiner Mutter zusammengekommen ist. Irgendwann hat er angefangen, Marco wehzutun, weil ich begonnen habe mich zu wehren, also habe ich ihm versprochen, dass ich aufhören würde zurückzuschlagen. Aber es war unerträglich noch immer im selben Haus mit ihm zu wohnen und meine Mutter ... Sie hat gedacht, dass ich Marco wehgetan hätte. Irgendwann bin ich halb ausgerastet und habe unser Wohnzimmer auseinandergenommen.« Bei dieser Erinnerung sah ich Scham in ihm aufblitzen. »Sie hat mich rausgeworfen und ich war froh, dass ich gehen konnte«, knurrte er.

»Warum hast du ihr nicht die Wahrheit gesagt?«, fragte ich und streckte die Hand aus, um ihm vorsichtig über die Wange zu streichen.

»Sie hätte mir nicht geglaubt«, sagte Zach verbittert.

Ich kannte Sandra, weil sie mit meiner Mutter befreundet war, schon seit mehr als einem Jahr und glaubte nicht, dass das stimmte, aber ich wollte Zach nicht verärgern, deshalb antwortete ich nicht darauf.

»Wir müssen dich hier rausbringen«, sagte ich stattdessen. »Die Polizei wird gleich hier sein und dann –«

Bevor ich weitersprechen konnte, traf mich etwas seitlich am Kopf und Schmerz brach über meinen Körper herein wie eine Welle. Ich schrie auf und krümmte mich zusammen. Für einen Moment sah ich nichts als blinkende Lichter in der Schwärze, dann klärte sich meine Sicht und ich versuchte mich zu drehen, um etwas sehen zu können. Aus dem Augenwinkel bekam ich gerade noch mit, wie Erik, der jetzt über Zach stand, den Fuß hob und ihn mit voller Wucht auf Zachs Rücken donnern ließ. Erneut konnte ich meinen Schrei nicht zurückhalten. Ich dachte panisch an die Konsequenzen, die es haben könnte, wenn er Zach in einem falschen Winkel und mit zu viel Kraft getroffen hatte. Weil meine Aufmerksamkeit so sehr auf Zach fixiert war, sah ich den zweiten Schlag auch nicht kommen. Die Faust traf mich seitlich am Kopf und erneut sah ich Sterne. Der Schmerz pochte mittlerweile so heftig, dass ich Probleme hatte überhaupt einen klaren Gedanken zu fassen.

»Du hast die Polizei gerufen?«, knurrte Erik, packte mein Gesicht und drehte es so, dass ich ihm ins Gesicht sehen musste. Seine Züge waren vor Wut verzerrt. »Du hättest einfach gehen und es dabei belassen können. Es geht dich nichts an, was in meinen eigenen vier Wänden passiert.«

»Wenn du Zach und Marco verletzt, dann schon!«, presste ich hervor. Seine Finger gruben sich fester in meine Wangen und ich hatte das Bedürfnis sie ihm abzubeißen. Ich ruckte meinen Kopf so schnell herum, dass seine Finger sich lösten und schnappte wütend danach. Aber Erik war schnell und packte meine Haare, um meinen Kopf nach hinten zu reißen. Es hätte mich nicht gewundert, wenn er gleich mit ein paar blonden Haarbüscheln in der Hand dagestanden hätte.

»Das ist eine Familienangelegenheit«, sagte er. Er holte aus, um mich erneut zu schlagen, aber in diesem Moment drang das leise Geräusch von

Sirenen an meine Ohren. Erik hielt inne und starrte in Richtung Fenster. Ich sah die Panik in seinem Blick und bekam Angst. Bis die Polizisten in das Haus hineingelangten, würde es dauern und das wiederum würde Erik Zeit genug geben sich an mir zu rächen.

»Es ... es tut mir leid«, sagte ich deshalb in einem weinerlichen Tonfall. »Ich hätte mich heraushalten sollen. Sie haben vollkommen Recht, es ist eine Familienangelegenheit und ich –«

Weiter kam ich nicht. Denn Erik, der mich noch immer mit der linken Hand an den Haaren festhielt, holte mit der rechten aus und rammte mir seine Faust ins Gesicht. Dieses Mal sah ich keine Sterne, nicht einmal Schwärze. Der Schlag knockte mich augenblicklich aus und ich versank in Bewusstlosigkeit.

***

Eine Stimme, die auf mich einredete. Menschen, die um mich herumliefen. Ein taubes Gefühl in meinem Körper, das sich nicht abschütteln ließ.

»Sie kommt zu sich«, sagte eine Frauenstimme, während ich spürte, wie etwas in meinen Finger gestochen wurde. Ich zuckte zusammen und riss dabei was auch immer in meiner Hand steckte, heraus. Der Schmerz war im Vergleich zu dem Pochen in meinem Kopf jedoch völlig harmlos.

»Hallo, Lilli«, sagte eine andere Stimme. Dieses Mal war es die eines Mannes. Sie klang irgendwie vertraut, deshalb öffnete ich langsam die Augen und blinzelte die Dunkelheit fort. Der Mann kniete rechts von mir, hatte warme, liebevolle Augen und trug eine Polizeiuniform, während links von mir eine Frau saß, die ein kleines Gerät in Händen hielt und mit gerunzelter Stirn auf meinen blutenden Finger hinabsah.

»Ich wollte bloß deinen Blutzucker messen«, sagte sie freundlich, während sie aus einem kleinen Koffer ein Pflaster hervorkramte. »Ganz so viel Blut hätte ich dafür aber nicht gebraucht.« Sie lächelte mich kurz an, bevor sie das Pflaster um meinen Finger wickelte.

»Was ist passiert?«, fragte ich und versuchte den Kopf zu heben, aber als sich alles zu drehen begann, ließ ich ihn wieder auf den Boden sinken.

»Ich kann dir nicht sagen, was passiert ist. Ich habe dir am Telefon doch gesagt, dass du bleiben sollst, wo du bist!« Einen Moment lang sah der Mann verärgert aus, aber als er mein Gesicht musterte, wirkte er eher besorgt.

Ich erkannte die blauen Sterne an der Decke von Marcos Zimmer und drehte leicht den Kopf, um neben mich zu sehen. Die Stelle, an der Zach gelegen hatte, als Erik mich am Kopf erwischt hatte, war leer.

»Wo ist er?«, fragte ich und spürte, wie die Panik mir den Hals zuschnürte. »Er war hier und ich … Haben Sie ihn?«

»Bisher noch nicht, aber die Chancen stehen gut, dass wir ihn bald finden. Du bist auf jeden Fall in Sicherheit!«

Das Herz rutschte mir in die Hose. Erik musste Zach mitgenommen haben. Oder er hatte ihn umgebracht und seine Leiche im Garten vergraben. Ich wusste selbst, dass Erik dazu die Zeit gefehlt hätte, aber trotzdem konnte ich meine Gedanken nicht von einem Bild losreißen, in dem Zachs lebloser Körper zwischen den Blumen draußen im Garten lag. Mein Atem ging schneller und die Tränen rannen mir die Wangen hinab und liefen in meine Haare.

»Sie müssen ihn finden! Er ist stark verletzt, vermutlich eine Gehirnerschütterung, ein gebrochener Arm und eventuell Schäden an der Wirbelsäule.« Ich schluckte, als ich daran dachte, in welchem Winkel Erik Zachs Rücken getroffen hatte.

Die Frau legte mir sanft die Hand auf die Stirn und lächelte. »Du meinst gar nicht Erik Jenssen, sondern Zach, nicht wahr?«

»Erik?«, fragte ich leise. Was interessierte mich schon, wo Erik war? Solange er Zach nicht hatte, war mir das im Moment vollkommen egal.

»Zach ist bereits auf dem Weg ins Krankenhaus. Er war im Gegensatz zu dir ansprechbar, wenn auch sehr schwach. Die Kollegen haben ihn sofort weggebracht, damit er operiert werden kann.« Die Frau lächelte. »Wir glauben, dass seine Wirbelsäule keinen bleibenden Schaden davongetragen hat.«

Erleichterung durchflutete mich und zum ersten Mal, seit ich Zach an Marcos Schule getroffen hatte, kehrte wieder etwas Ruhe in meinen Körper zurück.

»Nun aber zu dir, meine Liebe. Du wirst mit Sicherheit eine Beule an der Kopfseite davontragen und ein blaues Auge. Gibt es sonst noch etwas, das dir wehtut. Ist dir vielleicht schlecht?«

»Nein, alles in Ordnung«, sagte ich und richtete mich dann vorsichtig auf. Der Polizist unterstützte mich dabei. »Ich brauche noch eine Aussage von dir, sobald du dich dazu in der Lage fühlst.«

Ich zögerte. »Wenn Sie ihn finden, dann bringen sie ihn ins Gefängnis, oder?«

Das Gesicht des Polizisten wurde plötzlich grimmig. »Er wird vor Gericht gestellt werden und die Strafe bekommen, die er verdient.«

»Dann sage ich ihnen alles, was ich weiß.«

Soviel dazu, dass ich eine Heldin hatte sein wollen. Weder hatte ich Zach beschützen, noch dafür sorgen können, dass Erik gefasst wurde. Wenn ich Batman wäre, würde Gotham City aber sowas von untergehen ...

STEP 23 – DESTROYING A LIST

Nach allem, was gestern geschehen ist, ist mein letzter Punkt, diese Liste beiseitezulegen. Für das Leben gibt es keine Gebrauchsanweisung, der man Schritt für Schritt folgen sollte. Die Schritte, die ich zu gehen habe, kann mir niemand vorgeben, besonders nicht irgendwelche Teeniefilme und erst recht nicht, wenn ich dafür Leute verletzen muss, die ich liebe.

Ich starrte auf die türkisfarbene Tür und versuchte zum hundertsten Mal mich dazu zu bewegen, aufzustehen und sie zu öffnen. So schwer wäre das nicht. Ein paar Schritte durch den Flur von dem Platz aus, wo ich saß, und schon wäre ich drin. Leider gehorchten mir meine Glieder nicht.

»Sie sollten nach Hause gehen.« Eine der Krankenschwestern war mit dem Essenswagen neben mir stehen geblieben und setzte sich nun neben mich. Sie lächelte, während sie beobachtete, wie ich unruhig auf meinem Stuhl herumrutschte.

»Ich will hier sein, wenn er aufwacht«, sagte ich, den Blick erneut auf die türkisfarbene Tür geheftet.

»Nach der Operation war er sehr erschöpft. Niemand weiß genau, wann er aufwachen wird. Es kann sein, dass er noch Stunden schläft. Und deine Eltern machen sich bestimmt Sorgen um dich, wenn du den ganzen Tag lang hier alleine sitzt.«

Ich seufzte. Meine Eltern waren gestern Nacht der Grund gewesen, warum ich vor lauter Schuldgefühlen Magenschmerzen bekommen hatte. Als die Polizei mich zu Hause abgesetzt hatte, hatten sie zunächst geglaubt, das sei ein Scherz. Doch je mehr der Polizist erzählt hatte, desto ungläubiger starrten sie nicht mehr ihn, sondern mich an. Mein Vater hatte irgendwann den Kopf in den Händen vergraben und tief Luft geholt, während meine Mutter mich nur losgelassen hatte, um mein Kühlpack zu erneuern. Die beiden hatten mir mindestens tausend Mal gesagt, dass ich mit ihnen hätte sprechen müssen und dass noch viel Schlimmeres hätte geschehen können. Richtig schlimm war es mit meinem Magen geworden, als sie mir sagten, dass sie mich liebten, egal was je passieren würde, und dass es sie traurig machte, dass ich mich nicht in der Lage gesehen hatte mit ihnen zu reden. Eigentlich hatten sie mich auch in dieser Nacht noch ins Krankenhaus bringen wollen, damit man sich dort noch einmal die Beule ansah, die auf meinem Kopf prangte, aber da ein Notarzt mir gesagt hatte, dass es reichte, wenn ich heute hinging, war ich noch einmal drum herumgekommen. An der Art wie mein Vater mich am nächsten Morgen von der Seite angesehen hatte, war mir klar geworden, dass meine Eltern mich in nächster Zeit so schnell nicht mehr aus den Augen lassen würden.

Dass ich jetzt allein vor Zachs Zimmer saß, war allein meinen unglaublichen Überredungskünsten zuzuschreiben. Und selbst die hätten nichts bewirkt, hätte die Polizei nicht heute morgen angerufen und uns mitgeteilt, dass man Erik in der Frühe aufgegriffen hatte, als er versuchte nach Hause zurückzukehren.

Der Anruf von Zachs Mutter Sandra war kurz nach dem der Polizei gekommen. Meine Mutter hatte erzählt, dass sie sich in der letzten Nacht, nachdem sie informiert worden war, selbst aus dem Krankenhaus entlassen hatte. Sie hatte zu Hause noch ein paar Sachen zusammengesucht und Marco bei uns abgeholt, um dann mit ihm gemeinsam zu ihren Eltern zu fahren. Ich hatte nichts davon mitbekommen, so tief hatte ich geschlafen vor Erschöpfung.

»Wenn du bleiben möchtest, dann setz dich doch wenigstens zu ihm rein«, schlug die Krankenschwester vor und erhob sich endlich, um weiter das Frühstück auszuteilen.

Ich seufzte erneut. Es gab nichts, was ich lieber tun würde, als mich zu vergewissern, dass es Zach gut ging, aber seine Wut auf mich, bevor Erik gestern dazugekommen war, steckte mir immer noch in den Knochen. So gern ich diesen Raum betreten und Zachs Gesicht gesehen hätte, so sehr hatte ich auch Angst davor, dass er das nicht wollte.

»Lilli?«, sagte plötzlich jemand und ich zuckte zusammen. Neben mir stand eine blonde, große Frau und sah mich mit nachdenklicher Miene an.

»Hallo, Sandra«, erwiderte ich vorsichtig. Marcos und Zachs Mutter war also von ihren Eltern zurück. Sie lief noch immer mit Krücken. Sie sah müde aus, geradezu ausgelaugt und sie ließ sich mit einem erschöpften Stöhnen neben mir nieder.

»Er ist nicht wach«, sagte ich mit neutraler Stimme.

»Ich weiß«, antwortete sie und biss sich dabei auf die Unterlippe.

Wir saßen einige Minuten lang schweigend nebeneinander und starrten auf die türkisfarbene Tür. Irgendwie beschlich mich das Gefühl, dass sie genau wie ich sowohl hoffte, dass die Tür sich öffnen, als auch, dass sie geschlossen bleiben würde.

»Sie haben es nie geahnt?«, fragte ich schließlich, so leise, dass sie sich zu mir herüberlehnte, um mich verstehen zu können. Ich musste nicht erklären, was ich damit meinte.

»Ach, Lilli. Auf einmal siezt du mich? Wir kennen uns jetzt schon seit mehr als einem Jahr.« Sie faltete die Hände in ihrem Schoß zusammen und sah zu mir herüber. »So schnell können die Dinge sich ändern, was?«

Ich zuckte nur mit den Schultern. Es stimmte, dass ich Sandra mehr als ein Jahr kannte, aber das änderte nichts an der Tatsache, dass sie ihren Sohn rausgeschmissen hatte, weil sie geglaubt hatte, er würde seinen Bruder schlagen.

»Also: Haben sie was geahnt?«

Sandra sah mich einen Moment lang prüfend an, dann seufzte sie. »Diese Frage habe ich mir heute den ganzen Tag lang gestellt, während die Polizei mich verhört hat. Aber egal, wie sehr ich in mir nachforsche, ich finde nichts, was darauf hingedeutet hätte.«

Ich konnte nicht umhin abfällig zu schnauben.

»Ich weiß, dass es sich unglaubwürdig anhört, aber es ist die Wahrheit.« Ihre Stimme wurde bei diesen Worten sehr leise, beinahe kleinlaut. »Erik hat sich mir gegenüber nie auch nur im Geringsten gewalttätig gezeigt und auch mit den Kindern ist er in meinem Beisein immer gut umgegangen. Und Zach …« Sie seufzte tief. »Zach hat es nicht gut aufgenommen, dass ich wieder mit Erik zusammengekommen bin. Jetzt weiß ich warum. Aber damals war das die Phase, in der er viel mit seinem Cousin gemacht hat. Die beiden steckten ständig in Schwierigkeiten. Und ich traute Zach eine Menge zu. Nachdem sie sich gestritten hatten, ist es besser geworden, aber dann hat Zach sich endgültig verschlossen, kaum mehr mit mir gesprochen. Er war immer mehr bei seinem Vater.«

»Aber warum hast du dich dann damals von Erik getrennt, wenn er anscheinend so toll war?« Ich zog skeptisch eine Augenbraue hoch und betrachtete sie aufmerksam.

Ihre Finger strichen über den tiefblauen Stoff ihrer Jeans. »Unsere Eheprobleme hatten nichts mit diesem Thema zu tun.«

Mein Blick wanderte zurück zur Tür, die sich noch immer nicht bewegte. »Also ist es allein Zachs Schuld, weil er Ihnen nichts gesagt hat?«, fragte ich mit spöttischem Unterton.

Zu meiner Überraschung lachte Sandra bitter auf. Sie schüttelte den Kopf und sah mich ungläubig an. »Glaubst du wirklich, dass ich mir nicht die Schuld an alldem gebe? Ich habe nichts geahnt und das ist die Wahrheit. Glaub mir, ich frage mich seit gestern Abend jede Sekunde: Wie kann es sein, dass ich als Zachs *Mutter* nicht mitbekommen habe, dass mein eigener Mann ihn regelmäßig verletzt? Wie kann es sein, dass er mir nicht genug vertraut, um mit mir zu sprechen? Wie kann es sein, dass ich ihm nicht mehr vertraut habe und er mir auch nicht?«

Einen Moment lang sah ich sie schweigend an. In ihren Augen glitzerten Tränen und sie musste mehrfach schlucken. Ihr Blick glitt durch den Flur, aber niemand war zu sehen.

»Vertrauen muss man sich hart erarbeiten«, sagte ich und wusste nicht, ob es mir dabei nur noch allein um sie ging. Der Anblick ihrer Tränen ließ mich unruhig auf dem Stuhl herumrutschen. Schließlich erhob ich mich, um mir einen Kaffee zu holen und bot auch Sandra einen an. Sie lehnte jedoch mit leerem Blick ab.

»Ich hoffe, dass er mir irgendwann verzeihen kann«, flüsterte sie leise, als ich schon einige Schritte gegangen war.

Für einen Moment hielt ich inne und überlegte ihr zu sagen, dass ich mir das auch wünschte und ihr zu versichern, dass es irgendwann dazu kommen würde. Aber die Wahrheit war: Was wusste ich schon?

Der Kaffeeautomat im Aufenthaltsraum war heiß umkämpft. Ich musste mehrere Leute aus dem Weg schieben, um überhaupt Sicht auf das Gerät zu bekommen, und als ich dann endlich an der Reihe war und in meine Jacke griff, um das Portmonee herauszuziehen, fiel mir auf, dass ich es zu Hause hatte liegen lassen. In der Tasche meiner Sweatjacke war nur eine Packung Taschentücher und ein Stück Papier zu finden.

»Wird das heute noch was?«, raunzte mich eine Frau Mitte dreißig an und sah ungeduldig auf ihre Uhr.

Ich entschuldigte mich und ließ sie an den Automaten. Auf dem Weg zu einem der Stühle im Aufenthaltsraum zog ich das Papier aus der Tasche und beförderte dabei zwei Dinge zu Tage, die das Chaos, in das ich mich hineinmanövriert hatte, perfekt widerspiegelten: Monas Brief und die Living the Dream-Liste.

Seufzend schob ich die Liste beiseite und öffnete mit einer Ruhe, die ich schon lange nicht mehr verspürt hatte, Monas Brief. Das Papier knisterte unter meinen Fingern, während ich den Zettel auseinanderfaltete und zu lesen begann.

Liebe Lilli,

ich habe schon so viele angefangene Briefe hier neben mir liegen. Diesen muss ich jetzt beenden, auch wenn ich jedes Mal, wenn ich ihn durchlese, ohnehin denken werde, dass ich es nicht geschafft habe, auszudrücken, wie ich mich wirklich fühle.
Es tut mir leid. Das ist vermutlich das Wichtigste, was ich dir sagen muss. Ich hätte es viel früher sagen sollen, aber es ist mir einfach so schwergefallen, mich mit dem zu konfrontieren, was ich getan habe. Wenn ich ehrlich bin, dann muss ich sagen, dass ich es gar nicht vorhatte. Selbst dann nicht, als du mich angerufen hast. Aber gestern war ein junger Mann

namens Zachery hier (übrigens sehr guter Geschmack, meine Liebe ;)) und er hat mir erzählt, wie sehr das alles auch dich belastet hat. Er hat mir gesagt, dass ich dir eine Erklärung schuldig bin und damit hatte er Recht.
Ich hatte eigentlich nie vorgehabt von zu Hause wegzulaufen. Ich weiß, dass es dir sehr schwerfallen muss, das zu glauben, aber es entspricht der Wahrheit. Du weißt, dass ich mich zu Hause schon länger nicht mehr richtig wohl gefühlt habe. Es gab einfach so viele Regeln und Beschränkungen und ich habe mich nicht daran gehalten, weil ich dieses dringende Bedürfnis hatte, mich frei zu fühlen. Damals war ich noch mit Martin zusammen und er hatte geplant für den Sommer eine Reise durch Europa zu machen. Seine Freunde und er haben mich gefragt, ob ich mitkommen möchte, und ich habe die Chance ergriffen mal rauszukommen und ein wenig von der Welt zu sehen. Mama und Papa hätten das niemals erlaubt, deshalb musste ich es ihnen verschweigen. Und du? Ach Lilli, ich weiß genau, wie du reagiert hättest, wenn ich dir eröffnet hätte, dass ich weggehen würde. Ich denke, ich wollte mich deiner Reaktion einfach nicht stellen.
Wir sind ein paar Monate lang durch Europa gezogen und es war toll, aber als der Sommer endete und die anderen noch immer nicht zurückfahren wollten, habe ich irgendwann begonnen, zu Hause zu vermissen. Vor allem dich. Es wurden immer mehr Tage, Wochen, Monate, die ich wegblieb und irgendwann fasste ich den Entschluss, dass ich erst an unserem Geburtstag zurückkommen würde. Ich habe mir eingeredet, dass ich, wenn ich für ein Jahr ins Ausland gegangen oder Work & Travel gemacht hätte, genauso lange fort gewesen wäre. Ich habe mir gesagt, dass es gar nicht so anders ist. Aber natürlich war das Unsinn.
Doch je länger ich unterwegs war, desto schwieriger schien es mir zurückzukommen. Die anderen waren alle schon älter als ich. Ich weiß, dass das keine Ausrede ist, aber ich habe oft Dinge mitgemacht, die ich nie hätte tun sollen, nur weil ich dazugehören wollte. Nicht eher nach Hause zu kommen war eines davon.
Als unser Geburtstag kam, waren wir gerade wieder in Deutschland. Ich hatte die anderen überredet meinen Geburtstag in Köln zu feiern. Mitten in der

Nacht erst konnte ich mich dazu aufraffen, das zu tun, wofür ich hergekommen war. Ich habe mir den Wagen von einem Freund geschnappt und bin zu dir gekommen. Ich weiß noch genau, wie ich in dein Zimmer kam und du mich angeschaut hast, als wäre nichts passiert. Als wäre ich nicht fast ein Jahr lang weg gewesen ohne auch nur ein einziges Mal anzurufen. Als wäre alles wieder in Ordnung. Ich habe mich danach gesehnt, dass das stimmt.
Du hast mich gefragt, wann ich meinen Führerschein gemacht habe, und ich habe gelogen. Nicht weil ich unbedingt mit dir irgendwohin fahren wollte und ganz sicher nicht, weil ich dich verletzen wollte. Ich habe gelogen, weil du so zu mir aufgesehen hast und ich ... Ich konnte einfach nicht ehrlich zu dir sein.
Als ich dann im Krankenhaus auf Tante Silvia gestoßen bin, da hat sie mich so angesehen, als ob sie mich nicht mehr wiedererkennen würde. Sie hat auf mich eingeredet und mich gefragt, wo ich war und was passiert ist und bei mir ist irgendwann eine Sicherung durchgebrannt.
Ich bin abgehauen. Weil es das ist, was ich mache, Lilli. Wenn es zu schwierig zu ertragen ist, dann laufe ich weg.
Du weißt bestimmt, dass ich nach dem Unfall wieder Kontakt mit meinen Eltern aufgenommen habe. Ich bin zu ihnen gefahren und habe mit ihnen gesprochen. Sie waren zwar wirklich wütend, aber zu meiner Überraschung hat die Freude überwogen. Sie haben mir einen Job und eine Wohnung in der Nähe besorgt und ich glaube fast, dass sie mir im Laufe der letzten Monate verziehen haben.
Ich weiß, dass das eigentlich nichts mit dir zu tun hat. Denn im Vergleich zu meinen Eltern habe ich mich bei dir nie entschuldigt, obwohl du es mindestens genauso sehr verdient hättest. Ich konnte es einfach nicht.
Aber ich kann dir nur versprechen, dass ich versuchen werde mich zu bessern und ich dich mehr liebe als jeden anderen Menschen auf dieser Welt. Ich weiß, dass es vielleicht nicht so aussieht, aber es stimmt.
Und ich bin es leid, vor dir wegzulaufen.
Ich hoffe, dass du mir eines Tages verzeihen kannst.

Deine Mona

Eine Träne tropfte von meinem Gesicht auf eine der Briefseiten hinab und ließ die Tinte an dieser Stelle ineinanderfließen. Ich strich mit dem Finger über diesen kleinen Fehler zwischen all den geschwungenen, perfekt gesetzten Buchstaben. Mein Leben war ein wenig so verlaufen wie das Wasser, das langsam ins Papier sickerte und die Worte durcheinanderbrachte. Wenn ich Mona jetzt etwas sagen könnte, dann, dass sie zu spät gekommen war. Auch wenn ich mir diese Entschuldigung seit zwei Jahren von ihr wünschte, so würde ich nicht so schnell vergessen können, was passiert war. Eine Woche lang hatte ich im Krankenhaus gelegen. Die Ärzte hatten mir gesagt, dass ich Glück gehabt hatte, dass meine Wirbelsäule nicht gebrochen war, als Mona in den Baum am Wegrand gekracht war.

Erneut las ich Monas Worte und merkte, dass vieles, was ich immer über sie gedacht hatte, nicht stimmte. Mona war kein Mensch, der keine Angst verspürte und niemals bereute. Im Gegenteil war sie vermutlich der ängstlichste, reuevollste Mensch, den ich kannte.

Ich zog mein Handy hervor und tippte ihr eine SMS. Die Nummer hatte ich bis heute nicht aus meinem Telefonbuch löschen können.

Ich habe deinen Brief gelesen.

Das war alles. Aber das war auch alles, was ich ihr zu diesem Zeitpunkt sagen konnte.

Erschrocken zuckte ich zusammen, als gleich darauf mein Handy vibrierte.

Danke, Lilli.

Sorgsam faltete ich das Papier zusammen und steckte es zurück in den Umschlag. Dann widmete ich mich meiner Liste. Mit den Fingern strich ich über die vielen Sternchen und betrachtete die verschiedenen Schritte, die mein Leben in den letzten Wochen bestimmt hatten. Einige davon waren wunderschön gewesen, andere jedoch eine Katastrophe. Trotzdem waren fast alle Punkte, die ich erfüllt hatte, irgendwie am Ende doch noch zu etwas

Gutem geworden. Das lag allerdings nicht an der Liste, sondern an den unglaublichen Menschen, die ich in meinem Leben hatte. An meinen Eltern, auch wenn sie mir für gestern Nacht Hausarrest mit offenem Ende aufbrummen würden, an Katrina, auch wenn sie manchmal ein kleiner Snob war, an Hannah, auch wenn diese vollkommen verplant war. Und an Zach. Und das Schöne war, dass all diese Leute keine Schauspieler eines fiktiven Films waren, sondern echte, einzigartige, unglaubliche Menschen, die ein wirkliches Leben bereicherten. *Mein* wirkliches Leben. Egal, ob es sich in ein Drama verwandeln und ich nur noch rumheulen würde. Oder ob ich wie in einem Horrorfilm von einem kranken Psychopaten gejagt werden würde. Kein noch so toller Film konnte die Menschen, die ich liebte, ersetzen.

Ich lieh mir einen Kugelschreiber von einem älteren Herrn, der gerade ein paar Tische weiter Kreuzworträtsel löste, und schrieb einen letzten Punkt auf meine Liste. Bevor ich den Aufenthaltsraum verließ, steckte ich sie in den Mülleimer neben dem Kaffeeautomaten, wo sich gerade zwei kleine Mädchen darum stritten, wer die Münze in den Automaten werfen durfte. Ich fragte mich, ob die beiden sich auch eines Tages fragen würden, warum ihr Leben nicht wie ein Teeniefilm verlief.

STEP 24 – LIVING THE DREAM

Extrarundenbonuspunkt: Wie Olive aus ›Einfach zu haben‹ so schön gesagt hat, so braucht jeder gute Teeniefilm zum Abschluss eine Musicalnummer! ›Grease‹ und Highschool Musical sind die besten Beispiele, aber es gibt auch in sehr vielen anderen Filmen diese epischen Musikszenen am Ende, in denen alle zusammenkommen und tanzen und lachen und singen. Also, liebe Lilli, das ist mein letzter Punkt für dich: Finde dein Happy End und sing deinen Musicalsong!

Mein Geburtstag war am fünften Mai und es war dieses Jahr ein so sonniger Tag, dass wir ihn draußen im Garten verbrachten. Eigentlich hatten Katrina und Hannah mit mir in einen Vergnügungspark in der Nähe fahren wollen, aber ich hatte sofort abgelehnt. Meine Eltern hatten zwar nie ein Verbot ausgesprochen, aber ich war mir ziemlich sicher, dass sie mich so schnell nirgendwohin mehr fahren lassen würden. Schon gar nicht an meinem Geburtstag.

Außerdem war mir diese Feier im Garten nach all der Aufregung ohnehin lieber gewesen. Meine Mutter hatte eine Torte gebacken und Hannah und Katrina hatten Muffins mitgebracht, auf denen überall »Du schaffst das!« in Zuckergussschrift geschrieben stand. Sie meinten, das sollte mir Motivation sein in meinem nächsten Lebensjahr an meinen Backkünsten zu arbeiten. Meine Großmutter schenkte mir Karten für ein Musical und von meinen Eltern bekam ich den Laptop, den ich mir schon so lange gewünscht hatte. Wir saßen stundenlang in der Sonne, lachten und spielten und als meine Gäste einer nach dem anderen gegangen waren, war mein Glücksbarometer so weit aufgeladen, dass mich nicht einmal die Nachricht von Mona durcheinanderbringen konnte.

Alles Gute, Lilli! Ich hoffe, du hattest einen schönen Tag! Vielleicht können wir ihn ja in einem der kommenden Jahre wieder gemeinsam verbringen.

Ich wünschte ihr auch Happy Birthday, ging auf ihren letzten Satz jedoch nicht ein. Vielleicht würde ich ihr irgendwann verzeihen, aber momentan machte ich mir darum noch keine Gedanken.

Worum ich mir jedoch Gedanken machte, das war Zach. Nicht etwa um seine Gesundheit, denn wie ich schnell herausgefunden hatte, waren seine Verletzungen, bis auf den Arm, der operiert worden war, und die Gehirnerschütterung, nur oberflächlich gewesen. Sein Rücken hatte bis auf ein paar Prellungen zum Glück nichts weiter abbekommen. Viel mehr machte ich mir Sorgen, weil ich noch nichts von ihm gehört hatte. Ich war nicht da gewesen, als er aufgewacht war, hatte ihm aber eine Nachricht geschrieben, in der ich ihn fragte, ob es okay wäre, wenn ich ihn besuchte. Er hatte geschrieben, dass es zunächst einiges gäbe, was er noch regeln musste. Eigentlich war das mehr als nur verständlich, aber seitdem war eine ganze Woche vergangen. Meine Mutter hatte mir erzählt, dass Zach bereits vorgestern wieder entlassen worden war, und so langsam begann ich mir Sorgen zu machen, dass er mich nicht mehr sehen wollte.

»Noch immer keine Nachricht?«, fragte meine Mutter, während sie die letzten Teller übereinanderstapelte. Unsere Gäste waren vor einer Viertelstunde gegangen und der Himmel über mir färbte sich langsam in einem immer dunkleren Rotton.

Meine Mutter sah mich mit diesem wissenden Blick an, den Mütter so perfekt beherrschen und beugte sich vor, um mir sanft übers Haar zu streichen. »Das wird schon werden, Lilli, glaub mir.«

»Ich bin mir da nicht so sicher«, antwortete ich leise und sah hinauf in die Abendsonne, die rot glühend am Horizont stand. Meine Mutter seufzte, packte die letzten benutzten Servietten auf den Tellerstapel und wandte sich unserem Haus zu. »Pass auf, dass du dich nicht erkältest. Es wird jetzt sehr schnell frisch. Auch wenn das Wetter uns einen Streich spielen will, ist der Sommer noch lange nicht gekommen.«

Eine Weile saß ich schweigend da und sah der Sonne dabei zu, wie sie sich immer mehr hinter die Hausdächer der umliegenden Häuser zurückzog, bis ich sie nur noch durch einen kleinen Spalt sehen konnte.

Es war ein schöner Moment, den Tag so ausklingen zu lassen. Manchmal habe ich das Gefühl, dass ich im Leben viel zu sehr mit dem Drama um mich herum beschäftigt bin, um die Schönheit in so simplen Momenten wie diesem hier zu erkennen. Der Sonne dabei zuzusehen, wie sie unterging, das hätte ich sicher nie auf meine Liste geschrieben. Trotzdem war es ein Moment, der einen Platz darauf verdient hätte.

»Cinderella?«, fragte plötzlich eine allzu vertraute Stimme hinter mir. Ich fuhr hastig herum und konnte nicht glauben, was ich da vor mir sah. Im ersten Moment dachte ich, dass Zach sich schon wieder als Elvis verkleidet hatte. Er trug dieselbe Lederjacke und das weiße Shirt wie auf Tanias Party, aber seine Haare waren ein klein wenig anders gegelt. Der größte Unterschied jedoch war der Gips, den er um den Arm trug.

Hinter ihm stand Hannah mit einem riesigen Grinsen im Gesicht und trug einen Haufen schwarzer Sachen in den Händen.

»Was machst du denn hier?«, fragte ich Zach entgeistert und konnte meinen Blick dabei nicht von seinem Gesicht abwenden. Sein Lächeln, das mich jedes Mal dazu brachte, mich ganz leicht zu fühlen. Die warmen, braunen Augen, die funkelten, als würde er sich diebisch darüber freuen, dass ich so verwirrt war. Und die kleinen Grübchen in seinen Wangen, nach denen ich mich in den letzten Tagen so sehr gesehnt hatte.

»Keine Zeit für Erklärungen«, meinte Zach und griff nach meinem Arm. »Los, Superfangirl macht dich fertig und dann kann es losgehen.«

Ich blickte Zach noch immer ungläubig an und erhob mich langsam. Allerdings hatte ich keine Zeit, um ihm noch eine Frage zu stellen, denn Hannah zog uns mit sich ins Haus hinein. »Schnell, zieh die an!«, sagte sie munter und schubste mich mit dem Kleiderhaufen in unser Badezimmer. Hinter mir schmiss sie fröhlich pfeifend die Tür zu.

»Was zur Hölle?«, murmelte ich, während ich die schwarzen hüfthohen Leggins und das hautenge, ebenfalls schwarze Top, das meine Schultern freilegte, begutachtete. »Was wird das denn, wenn's fertig ist?«, rief ich durch die Tür, aber alles, was ich als Antwort bekam, war ein amüsiertes Kichern. Seufzend schlüpfte ich in die Klamotten, die so eng waren, dass ich kaum Luft bekam.

»Bist du fertig?«, fragte Hannah von draußen, wartete jedoch nicht auf eine Antwort, sondern schlüpfte zu mir ins enge Bad. »Hier, mach den drauf«, sagte sie in herrischem Tonfall, während sie mir einen knallroten Lippenstift in die Hand drückte.

»Ich möchte anmerken, dass ich mich gerade nicht wohlfühle und deinen Anweisungen nur deshalb Folge leiste, weil ich die Befürchtung habe, dass dein Fangirl-Anteil mich sonst umbringt.«

»Sehr klug von dir«, entgegnete Hannah, während sie an meinen Haaren herumtoupierte und dabei den kleinen Raum mit Haarspray verpestete.

Ich hustete mehrmals, während ich den Lippenstift auftrug.

»Wenn du wolltest, dass ich aussehe wie eine Prostituierte, dann hast du einen super Job gemacht«, sagte ich, als ich mich schließlich im Spiegel betrachtete.

»Das sagst du nur, weil du mich liebst«, erwiderte sie lachend und zupfte die letzten paar Strähnen zurecht. »Und du wirst es später noch bereuen und mir auf Knien kriechend danken.«

»Möglich«, meinte ich, jedoch in skeptischem Tonfall.

»Dreh dich einmal!«, sagte Hannah und strahlte, als ich dem Folge leistete. »Du bist bereit!«, entschied sie, griff sich ihren Lippenstift und ihr Haarspray und öffnete die WC-Tür.

»Bereit wofür?«, fragte ich. »Bekomme ich eine Überraschungskostümparty?«

»Sowas in der Art«, antwortete sie mit einem verschmitzten Lächeln. Dann lehnte sie sich vor und drückte mich fest an sich. »Ich hab dich lieb, Lilli! So *so* sehr.«

»Ich hab dich auch lieb, Hannah«, sagte ich und drückte zurück. »So *so* sehr.«

»Dann geh da raus und mach mich stolz!«, sagte sie grinsend, als sie sich von mir löste. »Ich wünschte, ich könnte zusehen, aber Zach hat mich schwören lassen, dass ich deine Eltern ablenke, damit sie euch nicht zwischendurch unterbrechen.«

Während ich Hannah dabei zusah, wie sie in Richtung Küche verschwand, bekam ich wirklich Angst vor dem, was Zach geplant hatte. Trotzdem wandte ich mich dem Wohnzimmer zu und schritt hindurch, hinaus in den Garten.

Zach stand mit dem Rücken zu mir auf der Terrasse. Er war zwar leicht zusammengezuckt, als er das Geräusch der aufgehenden Tür gehört hatte, hatte sich aber nicht umgedreht.

»Zach, was geht hier vor?«, fragte ich mit gerunzelter Stirn, während ich näher an ihn herantrat.

Statt einer Antwort hörte ich plötzlich Musik zu mir dringen. Zach musste den Song auf seinem Handy angestellt haben, denn die Qualität war nicht die allerbeste. Ich wollte gerade zu einer Frage ansetzen, als Zach begann im Rhythmus mit den Fingern zu schnipsen. Im nächsten Moment drehte er sich zu mir herum und bewegte zum folgenden Text die Lippen.

»*I got chills, they're multiplying …*«, sang er und sah mich dabei mit breitem Grinsen an. Ich konnte nicht anders als in Gelächter auszubrechen, während er mit den Hüften wackelte und weiter sang. Zach ging in die Knie, bevor er grinsend wieder zu mir aufsah. Auffordernd streckte er mir die Hand hin und ich versuchte Sandys Text aus »You're the one that I want« mitzusingen, bekam zwischendurch aber immer wieder Lachkrämpfe. Erst irgendwo in der Mitte des Songs, als wir beide gleichzeitig sangen, schaffte ich es, mich auf das Lied zu konzentrieren und wir beide tanzten Hand in Hand singend durch den Garten. Wenn meine Eltern mich so gesehen hätten, sie hätten vermutlich nie mehr damit aufgehört, mich aufzuziehen.

Am Ende des Liedes fielen wir beide lachend ins Gras und ich konnte gar nicht aufhören zu lachen, obwohl ich bereits unglaubliche Bauchschmerzen hatte.

»Happy Birthday, Lilli«, sagte Zach nach einer Weile und tastete im feuchten Gras nach meiner Hand. Er verwob seine Finger mit meinen, während wir beide in den immer dunkler werdenden Himmel hinaufblickten.

»Was war das denn bitte?«, fragte ich schließlich.

»Das war deine persönliche Teeniefilm Musicalnummer«, meinte Zach und drehte den Kopf so, dass er mich ansah.

Ich erwiderte seinen Blick mit einem Stirnrunzeln. »Zach, das ist wirklich superlieb von dir, ich weiß das wirklich zu schätzen. Aber wegen der Liste … Ich habe sie nicht mehr. Das, was du gesagt hast, stimmt. Ich hätte dich niemals für die Liste benutzen sollen, auch wenn ich jeden dieser Momente genossen habe und ihn jederzeit wiederholen würde.«

Zach lächelte. »Ich weiß, dass du die Liste weggeworfen hast«, sagte er und drückte dabei meine Hand.

»Woher?« Verwirrt sah ich ihn an. »Hat Hannah es dir gesagt? Oder Katrina?«

»Herbert hat es mir gesagt.« Zach richtete sich auf und zog aus seiner Hosentasche ein Blatt Papier hervor.

»Wer zum Teufel ist Herbert?«

»Mein Zimmergenosse im Krankenhaus. Er hat gesehen, wie du vor meiner Tür gesessen hast. Und dann hat er dich dabei beobachtet, wie du die Liste im Aufenthaltsraum weggeworfen hast, und sie aus dem Müll gefischt.« Zach hielt mir das Papier entgegen.

Ich erinnerte mich an den älteren Herrn, der mir seinen Kugelschreiber geliehen hatte. »Ganz schön clever, der alte Herbert«, meinte ich.

»Oh ja, er hat mich sage und schreibe zwanzig Mal beim Kniffeln geschlagen.« Zach deutete auf den zusammengefalteten Zettel. »Na los, lies sie. Ich habe sie ein wenig abgewandelt.«

»Abgewandelt?« Verwirrt runzelte ich die Stirn. Zach hatte in meiner Living the Dream-Liste herumgefuscht?

»Jetzt guck nicht so, als hättest du in eine Zitrone gebissen«, meinte Zach lachend. »Ich habe sie ein bisschen aufgepimpt. Deine Liste war voller Teenieklischees und das ist auch vollkommen in Ordnung. Aber du solltest für dein ganzes Leben keine Liste mit Dingen haben, von denen du glaubst, dass du sie tun müsstest, sondern mit Dingen, die du wirklich gern tun möchtest.«

Ich öffnete das Papier und sah, dass Zach unter die Liste ein paar Ergänzungen geschrieben hatte: Krankenschwester werden, eine Großstadt besuchen, jemandem einen Wunsch erfüllen … Unter seinen Punkten war ein großes freies Feld, über das er »Hier ist Platz für noch viel mehr Ziele und Träume« geschrieben hatte.

Mir wurde ganz warm, als ich über seinen letzten hinzugefügten Punkt nachdachte.

»Meinen Freund küssen?«, fragte ich vorsichtig und blickte dann zu ihm auf. Zu meiner Überraschung sah ich in seinen Augen ein wenig Unsicherheit.

»Naja, wenn du überhaupt einen Freund willst, nach dem ganzen Drama, das du wegen ihm am Hals hattest. Und er ist auch irgendwie manchmal ein kleines bisschen ein Idiot, weil er dir nicht vertraut und dir nicht schon früher alles erklärt hat.« Er zupfte an seinen gegelten Haaren und mied meinen Blick.

Mein Herz fühlte sich ganz plötzlich an, als wollte es mir aus der Brust springen. Ich lehnte mich zu ihm vor, wartete, bis er meinen Blick erwiderte. »Dann passen wir ja perfekt zusammen, denn ich bin auch ein ziemlicher Idiot und zwar nicht nur manchmal, sondern leider ziemlich oft. Und die Sache mit dem Vertrauen. Nun, daran werden wir einfach arbeiten müssen.«

Zach lächelte. »Und?«, fragte er. »Wie sieht es aus, sollen wir direkt damit anfangen, die Punkte abzuarbeiten?« Sein Blick wanderte hinab zu meinen Lippen und er lehnte sich ein Stück nach vorn.

Ich sah kurz hinauf in den Himmel, der mittlerweile fast schwarz war. »Der späte Vogel fängt den Wurm, würde ich sagen.« Mit einem Lächeln auf den Lippen lehnte ich mich vor und drückte meinen Mund sanft auf seinen.

Mein Leben war kein Teeniefilm. Es war chaotisch, manchmal dramatisch, manchmal langweilig, voller lustiger Momente und voller Trauer. Manchmal auch voller Albernheiten, die es niemals in einen Film schaffen würden. Aber mein Leben war vor allem eines: Echt. Und das war so viel mehr wert als jeder Traum.

ENDE

DANKSAGUNG

Wisst ihr eigentlich, dass ich auch einen meiner Träume lebe und dass ein Buch zu schreiben und zu veröffentlichen schon immer auf der To-do-Liste meines Lebens stand?

Die Tatsache, dass du dieses Buch nun in Händen hältst und so Teil meines Traums geworden bist, verdanke ich einer ganzen Reihe von Menschen:

- meiner Familie (besonders Mama, Papa, Mareike und Pascal), weil sie mir in jedem Augenblick meines Lebens Kraft schenkt.
- meiner einzig wahre Alphaleserin Tanja, weil sie mich unter Einsatz ihres eigenen Lebens durch meine Depriemoautorenputenphase hindurch gebracht hat.
- dem Impress-Team (besonders Pia und Nicole), das immer dafür sorgt, dass all seine Schäfchen im Trockenen bleiben. Manchmal bekommen wir sogar Marshmallowkakao, aber psst.
- meiner Lektorin Hannah, die sich mit mir durch das Chaos gekämpft hat, das ich Manuskript nannte und die auch mein dokumentschluckender Laptop nicht aus der Ruhe bringen konnte.
- meinen »Reallife«-Freunden (besonders Nizzan und Rebecca), weil sie mich inklusive meiner Ich-vergrabe-mich-dann-mal-für-nen-Monat-in-meiner-Geschichte-Phasen akzeptieren.
- meinen »Bücher«-Freunden, von denen es mittlerweile so viele gibt, dass ich sie gar nicht alle aufzählen kann. Deshalb sind das hier nur ein paar Highlights: allen voran Fabian, der die Welt einmal mit all seiner Fantasie aus den Socken pusten wird, meine beiden Betaleser, Jacqueline und David, meine Autorenfreunde Carina Mueller, Felicitas Brandt und Lisa Rosenbecker und meine Booktube-verrückten Mädels und Jungs ‹3, ganz besonders meine Buchmessegefährtin Laura.

- allen Bloggern, Booktubern, Facebookseiten-Betreibern, Bookstagrammern und Lesern, die meine Bücher weiterempfohlen und viel Zeit in Rezensionen oder Nachrichten an mich investiert haben. Ich weiß selbst, wie anstrengend das sein kann, so sehr man es auch liebt und weiß es daher umso mehr zu schätzen. Manche von euch begleiten mich schon seit Jahren, andere erst seit kurzem, aber über jede Rückmeldung freue ich mich jedes Mal, als wäre es ein kleiner in flauschige Zuckerwatte gepackter Glücksmoment.
- zuletzt dir. Weil du einfach awesometacular bist, dafür, dass du dir von all den Büchern, die du hättest lesen können, gerade dieses ausgesucht hast. Ich hoffe, dass du dein Happy End mit Musicalnummer findest! !

Vielen Dank!

© privat

Amelie Murmanns Liebe zu Jugendromanen begann mit einem Jungen, der überlebte, und festigte sich endgültig mit einem Mädchen, das in Flammen stand. Um diese Liebe mit der Welt zu teilen, eröffnete sie 2010 ihren eigenen Buchblog, und begann kurz darauf mit dem Schreiben. Amelie lebt mit ihrer Familie und ihren über vierhundert Büchern in Moers. Wenn sie nicht gerade liest, schreibt oder bloggt, studiert sie Lehramt an der Universität Essen. Ihr Debütroman »Wanderer. Sand der Zeit« ist bei Impress, einem Imprint des Carlsen Verlags, erschienen.

Tauch ein in romantische Geschichten.
HOL DIR BITTERSÜSSE STIMMUNG AUF DEINEN E-READER!
E-BOOKS VON IMPRESS HIER:
CARLSEN.DE/IMPRESS
im.press
impress IST DAS DIGITALE LABEL DES CARLSEN VERLAGS FÜR GEFÜHLVOLLE UND MITREISSENDE GESCHICHTEN AUS DER GEHEIMNISVOLLEN WELT DER FANTASY.